인법충신장

야마다 후타로 지음

김소연 옮김

AK

목차

오오쿠의 이가 사람

1

에도성 오오쿠[주1] 오히로시키[주2]의 이가 사람 무묘 쓰나타로는 이상한 자였다. 동료들이 그렇게 생각할 뿐만 아니라 쓰나타로의 백부에 해당하는 소에방[주3] 무묘 덴자에몬도 그렇게 인정하지 않을 수 없었다.

후궁의 미녀가 삼천 명이라고 하는 오오쿠지만, 어쩔 수 없는 임무로 근무하는 남자들도 약간은 있다. 바깥에서의 공적인 용무를 중간에서 전달하는 관리, 어용상인을 다루는 관리, 정원을 손질하는 이, 또 경호를 서는 관리, 부엌일을 하는 관리 등――다만 그들은 오오쿠 안에서도 오히로시키라는 한 구획에서만 일을 했고, 여자밖에 없는 안쪽과는 단 한 곳, '시모노 오조구치[주4]'라는 통로를 제외하고는 엄중하게 격리되어 있었다. 오히로시키의 이가 사람들은 이 중 오조구치를 지나는 사람 또는 물건을 검사하는 역할이고, 소에방은 그 감독관이다.

이가 사람들은 옛날 덴쇼[주5] 시대에 이가 지방의 호족 핫토리 한

주1) 大奧(오오쿠), 에도성의 중심부 중 쇼군의 부인인 미다이도코로와 측실들이 머물던 곳. 남자는 이곳에 들어갈 수 없었다.

주2) 御廣敷(오히로시키), 오오쿠와 관련된 사무를 하는 관리들의 대기소. 오오쿠에서 유일하게 남자가 있던 곳이었다.

주3) 添番(소에방), 에도 막부의 직명 중 하나. 파수를 서는 관리의 곁을 따르며 그 사무를 보조하는 역할을 하였다.

주4) 御錠口(오조구치), 막부나 영주의 저택에서 안과 밖의 경계에 있는 출입구. 삼나무로 만든 판자문을 세우고 시간을 정해 자물쇠를 채웠는데, 에도성의 경우 문의 너비는 2칸(약 2.6미터)이고 오전 8시경에 열었다가 오후 6시경에 닫고 자물쇠를 채웠다고 한다. 이 안으로는 남자가 드나드는 것이 금지되었다.

주5) 天正(덴쇼), 오기마치(正親町)·고요제이(後陽成) 천황 시기의 연호. 1573~1593.

조가 도쿠가와가(家)에 고용되었을 때 함께 따라온 이백 명의 닌자의 후예였다. 그러나 그 후로 백 년이 넘는 태평성대를 거치면서, 과연 닌자술의 소양이 있는 자가 얼마나 남아 있었을까. ──특히 이 오오쿠 오히로시키에 대대로 근무하는 이가 사람들은 후궁의 경찰관이라기보다 모두 하나같이 비뚤어지고 음습한 환관 같은 창백한 피부를 하고 있었다.

그 사이에서 쓰나타로는 우선 그 풍모부터가 이채를 띠고 있다. 가무잡잡한 피부는 무두질한 가죽 같은 윤기를 갖고 있고, 눈은 요즘의 소위 말하는 태평성대에 흐물흐물해진 하타모토[주6]에게서는 좀처럼 볼 수 없는 야성의 정기를 띠고 있다. 그것은 처음부터 오히로시키 관리들의 눈을 끌어,

"저자는 에도에서 자랐는가."

하고 백부인 무묘 덴자에몬에게 모두가 물었다. 덴자에몬은 무뚝뚝하게 대답했다.

"에도에서 태어난 것은 틀림없지만, 지난 5, 6년은 이가에 가 있었네."

"뭐라, 이가에?"

이가야말로 그들의 고향이지만, 이가 사람들이 그 고향에 돌아가지 않게 된 지 수십 년은 될 것이다.

"이가의 어디에?"

"쓰바가쿠레라는 계곡일세. 열일곱 되던 해에 닌자술을 수행하겠

주6) 旗本(하타모토), 쇼군가에 직속되어 있는 봉록 만 석 미만의 무사.

다며 멋대로 뛰쳐나간 놈일세."

"그래서, 쓰나타로는 닌자술을 수행하고 왔나?"

"닌자술을 수행하고 왔느냐고 물어도 실실 웃을 뿐이고, 제대로 대답도 하지 않네만."

하고 덴자에몬은 씁쓸하게 말했다. 소년 쓰나타로가 지금의 이가 사람에게 만족할 수 없다는 뜻의 편지를 남기고 가출을 했다는 이야기를 들은 당시에는 내심 대단하다고 생각하고 있었지만, 이번에 불러들인 쓰나타로가 백부인 자신을 어딘가 바보 취급하는 듯한 기색이 있는 것이 마음에 들지 않는 것이다.

다만 속으로 한 가지 혀를 내두르고 있는 사실이 있다. 이번에 덴자에몬의 동생, 즉 쓰나타로의 아버지가 죽을병에 걸렸을 때, 덴자에몬은 허둥지둥 이가로 사람을 보냈다. 쓰나타로를 급히 불러들이기 위해서였다. 쓰나타로는 돌아왔다. 그 돌아온 것이 이상하리만치 빨랐다. "이가에서 에도까지 며칠이 걸렸느냐" 하고 물으니 "사흘 걸렸습니다"라는 대답이었다. 덴자에몬은 깜짝 놀랐다. 이가에서 에도까지는 120리는 될 것이다. 그것을 사흘 만에 왔다는 것은 하루에 40리를 달렸다는 뜻이다. 그러나 그 후로 이십 일 이상이 지나서야 겨우 돌아온 심부름꾼에게 쓰나타로가 이가를 떠난 날을 물으니, 쓰나타로의 대답이 거짓이 아님을 알 수 있었다.

그리고 쓰나타로는 돌아가신 아버지의 뒤를 이어 오오쿠 오히로시키에서 근무하게 되었는데, 역시 자리에 어울리지 않는다는 느낌이 있다. 상사인 백부뿐만 아니라 모두가 그에게 바보 취급을 당하고 있는 것 같다고 생각했다. 에도성의, 그것도 가장 예법이 엄격한 오오쿠에서, 그는 전혀 보폭이 맞지 않았던 것이다. 처음에 바보 취급당하고 있다고 느낀 것은 지나친 생각이고, 그것이 단순히 야인이 된 쓰나타로의 습성에 지나지 않는다는 것을 안 것은 얼마 지나지 않아서였다. 그의 행동거지는 옆에 있는 사람을 조마조마하게 만들었다. 그 자신이 위험해질 것을 충분히 예측할 수 있었다.

이가의 산에서 나온 쓰나타로는 오오쿠의 여성들에 대해서는 의외로 관심을 갖지 않은 모양이지만, 그 대신 먹을 것에는 몹시 흥미를 가진 듯했다.

오오쿠의 음식은 모두 오히로시키의 소주방에서 조리한다. 조리가 다 되면 대령숙수가 오히로시키의 우두머리에게 그 사실을 보고한다. 오히로시키 우두머리는 담당 소에방과 함께 소주방으로 나간다. 거기에서 화려한 옻칠을 한 용기에 요리한 10인분의 음식을 남김없이 담고, 소에방이 우선 이것을 한 젓가락씩 맛보고, 다음으로 오히로시키 우두머리가 맛보고, 물러나서 마주 보고 앉아 잠시 서로를 노려본 후 서로에게 눈인사를 하며 말한다.

"괜찮습니다."

그리고 9인분이 된 요리 중 국물은 놋쇠 냄비에 담고, 조림은 붉게 옻칠한 찬합에 담은 후, 오후네(御舟)라고 부르는 배 모양의 용기에 담아 소주방의 말단 관리가 이것을 받쳐 들고 오조구치로 운반한다. 한 번의 식사에 배가 다섯 개, 여섯 개나 나가는 것이 보통이다.

오조구치에서 오후네를 받아 든 시녀는 이것을 내소주방으로 옮기고, 여기에서 또 여관(女官)의 기미를 받는다.

"괜찮습니다."

이렇게 8인분이 된 음식 중 1인분만을 아욱 문양, 금박 옻칠을 한 용기에 담아 '오쓰기'라고 불리는 시녀가 대기하는 방으로 옮기고, '오쓰기'가 휴식을 위한 방까지 옮기면, 오추로[주7]가 받아 비로소 쇼군이나 미다이 님 앞으로 가져간다.

그리고 쇼군과 미다이 님은 두 명의 시동, 도시요리[주8], 주도시요리[주9], 오추로 등이 열심히 주시하는 가운데 식사를 하는 것이다.

생선은 한 젓가락, 다른 음식은 두 젓가락만 대면 즉시,

"교체."

하고 도시요리가 소리치고, 오추로가 앞으로 나아가 눈높이보다 약간 낮게 받쳐 든 소반에 그 음식을 받아 내린 후 원래의 자리로 돌아오면, 그 뒤의 문지방 바깥에 대기하고 있던 '오쓰기'에게,

"무엇무엇 교체."

하고 분부한다. '오쓰기'는 또 다른 시녀에게 명령하여 내소주방에 대기시켜 둔 나머지 7인분의 요리 중 필요한 것을 가져오게 하는 것이다.

이 삼엄한 대기구(大機構)를 알고, 쓰나타로가 "쇼군은 가엾은 분이로군. 게다가 좀……" 하고 중얼거린 것은 무리도 아니다.

주7) 御中﨟(오추로), 오오쿠의 관직 중 하나. 쇼군 또는 미다이도코로 옆에서 시중을 들었으며, 정원은 8명이었다. 오오쿠의 시녀들 중에서 가문이 좋거나 용모가 뛰어난 자가 뽑혔다.

주8) 年寄(도시요리), 오오쿠에 있던 궁중 여관(女官)의 중책. 궁중 살림을 관장하였다.

주9) 中年寄(주도시요리), 미다이도코로를 옆에서 모시는 도시요리의 대리로, 미다이의 식단을 담당했다.

'좀' 다음의 '바보 같기도 하다'는 중얼거림을 삼킨 것을 보면, 아무리 쓰나타로라도 그 정도의 조심성은 있었던 듯하다.

그리고 무묘 쓰나타로가 어느 날, 어슬렁어슬렁 오히로시키 소주방에 나타났다.

2

물론 소관 외의 장소이고 본래 그가 올 곳은 아니지만, 애초에 이 소주방은 고젠부교[주10] 밑에 대령숙수 두 명, 조장 세 명, 조사관 세 명, 기미관 세 명, 소주방 일꾼 서른 명, 잔심부름을 하는 하인 세 명, 숙수 마흔 명, 교군꾼 쉰 명, 합계 130여 명이 정신없이 일하고 있어, 그때는 아무도 눈치채지 못했다.

말이 난 김에 말하자면 이것과는 별개로 외소주방 쪽에서도 육칠백 명의 소주방 일꾼이 일하고 있었다고 하니, 이로써 에도성의 규모를 알 수 있다. 그 재료는, 생선은 한가운데만 잘라 내고 나머지는 버리고, 닭은 가슴살만 사용하고, 가다랑어포는 두세 번 깎은 후 버리고, 된장은 2관[주11]짜리 한 단지에서 오백 돈은 퍼내어 버리는 사치스러움이었다. 하기야 생선이든 푸성귀든, 매일 관리가 시장

주10) 御膳奉行(고젠부교), 쇼군의 식사에 관한 일을 담당하던 관리의 명칭.

주11) 관(貫), 무게의 단위. 1관은 3.75kg으로 1,000돈에 해당.

에 나가 원하는 것을 원하는 만큼 '어용'이라고 외치며 징발한다. 그것이 공짜나 다름없는 값이었기 때문에 정부에 있어서는 아무런 타격도 없었던 것이다. ——그래도 훗날 메이지 시대가 되어 시장에 가서 "막부 시절보다 훨씬 편해졌겠지요?"라고 물었더니 "뭐, 세금이 없는 옛날이 훨씬 더 편했습니다"라고 이구동성으로 대답했다고 한다.

다섯 평, 열 평, 또는 열다섯 평의 각 담당 관리 초소로 둘러싸인 소주방의 중앙에는 여섯 개의 커다란 화덕이 늘어서 있고, 화덕 뒤에서 좌우에 걸쳐 구리를 바른 편백나무 불병풍이 둘러서 있다. 또 길이 2간 반, 폭 1간[주12]의 돌로 된 커다란 이로리[주13]가 있는 40평 정도 되는 마루방의 천장에도 구리를 발랐고, 우물이 있는 이백 평의 나무방에는 천장 대신에 철망을 쳤다.

김과 연기, 고함 소리 속에 허술한 가타기누[주14]를 걸친 백 명 가까이 되는 소주방 일꾼이나 숙수가 채소를 썰고 닭을 삶고 과자를 늘어놓고 있는 것은 장관이지만, 그 구석에서 역시나 가타기누를 걸친 된장 담당 관리가 직경 3자[주15]나 되는 돌절구에 2관의 된장을 넣고 4자 5, 6치의 절구공이로 일심불란하게 갈고 있는 광경은 웃겼다.

"아아, 안 돼."

세로 4자, 폭 2자 5치의 커다란 도마에 가다랑어를 늘어놓고 회를

주12) 1간은 6자로 약 1.818m.

주13) 囲爐裏(이로리), 방바닥을 네모지게 파서 난방이나 취사용으로 불을 피우던 장치.

주14) 肩衣(가타기누), 등의 중앙과 양쪽 가슴에 가문의 문장을 달고 소매를 없앤 의복.

주15) 1자는 약 30.3cm.

뜨기 시작한 숙수 뒤에서, 한 노인이 큰 소리로 외쳤다. 가타기누를 걸치고 있는데, 매듭이 앞이마에 오도록 머리띠를 동여매고 있다.

"방금 간 칼을 사용하면 맛이 떨어지네. 하룻밤 물에 담가 두어야 해. 어제 간 칼은 없는가."

"왜지?"

하고 갑자기 그 옆에서 쓰나타로가 말했다.

"왜, 방금 간 칼을 사용하면 맛이 떨어지는가?"

노인은 자그마한 상투는 새하얗게 세었지만 매끈매끈하고 불그스름한 얼굴을 들고 조금 묘한 표정을 했다.

"쇠 기운이 묻기 때문입니다."

하고 대답했다.

"쇠 기운——그렇군, 하지만 쇠 기운이라면 사흘 전에 간 칼이라 해도 역시 묻지 않는가."

"그거야 어쩔 수 없습니다. 목도(木刀)로 회를 뜰 수도 없으니."

왠지 모르게 모두 거드름을 피우는 부엌 관리들 사이에서, 이 노인은 지금 어시장에서 온 것처럼 거친 말씨였다. 쓰나타로는 씩 웃었다.

"나라면 종이로 자를 수 있네."

"예? 종이로?"

쓰나타로는 품에서 회지[16]를 꺼냈다. 그중 한 장을 뽑아 세 번

주16) 회지(懷紙), 품에 지니고 다니는 종이. 회지를 가지고 다니다가 과자를 담거나 술잔을 닦을 때 사용했다.

접었다.

"어디, 보여 주지."

하며 숙수를 밀쳐 내고 도마 앞에 앉더니 가다랑어 토막을 누르지도 않고 그 회지로 슥슥 잘라 나갔다. 종이로 생선살을 자르는 것도 이상하지만, 참으로 대단히 숙련된 솜씨였다. 거기에 나타난 두께가 조금도 다르지 않은 아름다운 회를 보고, 두 사람은 앗 하며 숨을 삼킨 채 눈을 부릅뜰 뿐이었다.

"회를 뜬 것은 처음이네만 어떤가, 잘하지?"

하며 그는 코를 벌름거리다가, 문득 시선을 들어 맞은편에 쌓여 있는 수박을 바라보았다.

"수박도, 식칼로 자르면 쇠 기운이 묻겠지. 저것을 하나 가져와 보게."

숙수는 쓰나타로의 얼굴을 뚫어져라 보고 있었지만, 그가 무엇을 하려는지를 알자 입술을 일그러뜨리며 그중 하나를 가져왔다.

쓰나타로는 그것을 도마 위에 놓았다. 주위의 숙수들이 "뭐야, 뭐야, 뭘 하려는 거지?" 하며 십여 명 몰려왔다. 쓰나타로는 아무렇지도 않게 그들을 둘러보며, 손에 든 종이로 가볍게 수박을 쓸었다. 정말로 쓴 것으로밖에 보이지 않는 움직임이었는데, 그가 다른 한쪽의 손가락으로 탁 두드리자 수박은 새빨간 절단면을 보이며 좌우로 쩍 갈라져 굴렀다.

이 이상한 칼을 가볍게 뭉쳐서 버리고 손뼉을 치더니 웃으며 떠나가는 쓰나타로를 노인이 허둥지둥 붙잡았을 때, 그제야 숙수들의 입에서 이상한 신음 소리가 났다.

"나, 나리."

하고 노인은 어깨로 숨을 쉬며 말했다.

"저는 이래 봬도 생선 요리에 있어서는 성에서 제일, 아니, 에도에서 제일간다고 자부하고 있는 놈입니다. 본심을 털어놓자면 쇼군께 정말로 맛있는 것을 먹게 해 드릴 수는 없는 이런 성에서 일하는 요리사는 마음에 들지 않지만, 고케[17]이신 기라 님의 중용으로 오게 되었습니다. 그런데 지금 그 종이칼에는 아주 혼비백산했습니다."

하고 노인은 떨리는 목소리로 말했다.

"나리, 그 칼솜씨는 어떤 숙수에게 전수받으신 겁니까? 일본은 아닐 테고 조선이나, 명이나――."

무묘 쓰나타로는 태연하게 말했다.

"이것은 닌자술일세."

"예? 닌자술?"

모두 얼빠진 소리를 질렀을 때, 겨우 이 소동을 눈치챈 대령숙수가 눈을 부릅뜨고 달려왔다.

주17) 高家(고케), 막부의 의식, 전례, 조정의 사절, 신사 참배, 칙사 접대 등 여러 의식을 관장하던 가문으로 무로마치 시대부터의 명문가인 오사와, 다케다, 하타케야마, 오토모, 기라 등 26개 가문이 세습하였다.

3

그 무묘 쓰나타로가 사랑을 하게 되었다. 전혀 여자 따위에는 흥미가 없는 듯하던 쓰나타로가 언제, 어쩌다 그 여자를 보고 첫눈에 반했는지는 알 수 없다.

그는 한때 소주방에 죽치고 있었다. 요리보다도 그 요리사 노인—그래도 성에서 일하니 고케닌[주18] 대우를 받아 성(姓)을 얻었는데, 다만 스스로 생각한 성인지 마나이타 긴베에라는[주19] 이름의 노인—과 몹시 죽이 맞은 모양이다. 이가 사람이 소주방에 드나드는 것은 물론 위법이지만, 그날 가다랑어 회를 드신 쇼군과 미다이 님이 "이렇게 맛있는 가다랑어는 먹은 적이 없다"고 칭찬하며 두 분이 5인분이나 더 달라 청하셨다는 사실이 있었기 때문에, 그 후로 대령숙수들도 묵인할 수밖에는 없었던 것이다.

하기야 그는 요리 자체에는 점점 흥미를 잃고, 그저 방약무인하게 거기 있는 것들을 와구와구 집어 먹고──집어 먹는 것이 아니라 쓸어다 먹었는데, 게다가 그는 생선도 채소도 생것을 좋아하는 듯했다. 닭 같은 것도 털만 뽑은 것을 와구와구 뼈까지 먹어 버리는 것이다. ──그 식욕을 만족시키기 위해 드나들고 있는 것이었지만, 이윽고 거기에도 질렸는지 소주방에 잘 나타나지 않게 되었다. 그러다 보니 이번에는 호기심이 여자로 향한 것인지, 아니면 여자를

주18) 御家人(고케닌), 에도 시대에 쇼군에 직속되어 있던 하급 무사. 하타모토 밑에 있었다.
주19) '마나이타'는 일본어로 '도마'라는 뜻.

깊이 생각한 나머지 식욕이 잊힌 것인지, 그것은 어느 쪽인지 알 수 없다.

상대가 나빴다. 그것은 '시모(下)노 오조구치'에서 일하는 심부름 담당 시녀였다.

쇼군이 드나드는 '가미(上)노 오조구치'에서 일하는 소위 오조구치슈(御錠口衆)는 급이 높은 시녀지만, 그 이외의 바깥세상과의 단 하나의 통로인 이 '시모노 오조구치'에 대기하고 있는 오쓰카이방[20]은 쇼군을 알현할 수도 없는 하급 시녀였다. 삼나무 문 한 장을 사이에 두고 안쪽을 이 오쓰카이방이 지키고, 바깥쪽을 소에방과 이가 사람이 지킨다. 오전 여섯 시에 큰북이 울리면 삼나무 문을 열고, 오후 여섯 시에 양쪽이 초롱을 그곳에 두고 한 번 절한 후 닫는다. 밤에는 물론 교대로 불침번을 선다. 이 폭 2간의 가장자리를 검게 옻칠한 커다란 삼나무 문 앞에는 "여기에서부터 남자는 들어갈 수 없음"이라고 쓴 팻말이 걸려 있었다.

이 '남금제(男禁制)'의 바깥을 지키는 남자가 안을 지키는 여자를 사랑하게 된 것이다. 게다가 무묘 쓰나타로답게, 당당히 연애편지를 보냈다. 그리고 어지간히 몸이 달아 있었는지, 닌자에게는 있을 수 없는 실수를 저지르는 바람에 순식간에 현장에서 잡혔다.

천수각의 하늘에 매가 춤추는 가을의 어느 오후, 마침 가장 풍기 단속에 까다로운 다키카와라는 도시요리가 외출을 했다가 돌아와

주20)　御使番(오쓰카이방), 오오쿠(大奧)의 여관(女官)의 직명. 오히로시키(御廣敷)의 출입구인 오조구치(御錠口)의 관리를 담당했다. 오오쿠와 외부의 중개 역할로 외부에서 들어오는 편지나 선물을 전달하고, 드나드는 사람들을 감시하는 역할이기도 했다.

안쪽으로 들어가려고 했을 때였다. "지나가십시오"라는 목소리와 함께 삼나무 문 안쪽에 엎드려 있던 오쓰카이방 시녀에게, 삼나무 문 바깥에 엎드려 있는 이가 사람의 손이 슬쩍 뻗어 무언가 편지 같은 것을 소매에 넣은 것을, 대여섯 걸음 지나간 다키카와가 문득 돌아보다가 발견한 것이다.

그녀는 되돌아왔다.

"오유, 그것은 무엇이냐."

"예……."

오유라는 시녀는 희미한 불빛 속에 귓불을 붉히며 얼굴을 숙이고 있었다. 그 떨림을 보니 쓰나타로도 몸이 떨리기 시작했다. 다키카와보다도, 자신의 실수보다도, 그녀의 공포가 두려웠던 것이다. 그는 처녀가 기누고시 두부[주21]처럼 떨리다가 깨지지는 않을지 걱정했을 정도였다. 생각지 못한 공포의 전염에, 실은 처음으로 이때 자신이 얼마나 이 처녀를 사랑하고 있는지를 알고 그는 깜짝 놀랐다.

"지금, 저기 있는 이가 사람이 건넨 편지를 보여 다오."

오유가 여전히 고개만 숙이고 있어, 다키카와는 몸을 굽히고 억지로 처녀의 소매에서 지금 본 것을 꺼냈다. 아무것도 몰랐던 소에방 무묘 덴자에몬은 어리둥절해하고 있었다. 다키카와는 편지를 읽었다.

"나는 무묘 쓰나타로. 다음에 휴가를 얻어 집으로 돌아갈 때, 요쓰

주21)　絹漉し豆腐(기누고시 두부), 진한 두유와 응고제를 틀 안에 넣고, 위의 맑은 물을 걸어 내지 않고 전체를 굳힌 두부. 비단으로 거른 듯이 곱고 매끄러워 이러한 이름이 붙었다.

야 이가초(伊賀町)의 관사로 와 주시오."

무묘 덴자에몬은 앗 하고 소리쳤다. 흙빛이 되어 쓰나타로를 돌아본다. 쓰나타로는 아무 말도 없었다.

"그것은."

하며 처녀가 얼굴을 들었다. 얼굴이 동그랗고 사랑스러우며, 순백색 비단처럼 섬세한 피부를 가진 처녀였다.

"아버지가 쓰나타로 님께 꼭 식칼을 쓰는 비결을 전수받고 싶다고 하셔서, 쓰나타로 님이 저를 통해 전수해 주시겠다 하여 그 날짜를 의논한 것입니다."

"그대의 아버지는 누구냐?"

"오히로시키 소주방에서 봉공하고 있는 숙수 마나이타 긴베에라는 자입니다."

이번에는 쓰나타로가 입 속으로 앗 하고 외치고 있었다. 연애편지를 쓸 정도로 반해 있으면서도, 멍청하게도 그는 오유가 그 마나이타 긴베에의 딸인 줄은 조금 전까지 몰랐던 것이다.

"무묘 쓰나타로에게 식칼을 쓰는 비결을 전수받고 싶다고. ……오오, 그 이가 사람 말이냐."

다키카와도 그제야 예전에 들은 이야기를 떠올린 모양이었다. 쓰나타로를 돌아보더니 미소를 지었다.

"그런가. 허나 이곳은 중요한 오조구치다. 오쓰카이방과 이가 사람이 사사로운 이야기를 나누어서는 안 돼. 이번 일은 눈감아 주겠지만, 앞으로는 조심해라."

다키카와는 편지를 돌려주고, 조용히 안쪽으로 떠나갔다. 쓰나타로는 엎드린 채, 백부 덴자에몬이 호되게 팔꿈치로 옆구리를 찌른 것에도, 무서운 눈을 하고 노려보고 있는 것에도 무신경했다.

죽은 꽃을 바치다

1

오유가 요쓰야 이가초의 관사에 있는 쓰나타로를 정말로 찾아온 것은, 그로부터 몇 달이 지난 겨울날의 일이었다. 쓰나타로는 당황하고, 또 기뻐 어쩔 줄을 몰랐다.

"이, 이거 잘 오셨습니다. 마치 꿈만 같군요. 일전에는……."

하고 그답지도 않게 새빨간 얼굴을 하고 말했다.

"잘 발뺌을 해 주시더군요. 아니, 그때는 정말이지 어찌나 식은땀을 흘렸는지."

"그 정도의 편지라 다행이었습니다. 도시요리 님이 소리 내어 읽어 주시지 않았다면, 저도 어떻게 말씀드리면 좋을지 알 수 없었을 것이 틀림없어요."

오유는 미소를 지었다. 얼핏 쓰나타로와 눈이 마주치자 영리한 말과는 어울리지 않게 앳된 뺨을 수줍은 듯 살짝 붉혔다. 그 핏기가 이윽고 가시자 오유는 진지한 표정으로 돌아왔다.

"오늘은 쓰나타로 님께 부탁이 있어 찾아뵈었습니다. 그때 도시요리 님께 순간적으로 발뺌을 했던 말이 사실이 되었어요."

"제게 부탁이라니요?"

"칼에 관련한 일로 도와주셨으면 해요."

쓰나타로는 약간 실망했지만, 곧 열렬한 눈빛으로 그녀를 지켜보았다.

"쓰나타로 님, 당신은 곧 어전에서 피로하게 될 외소주방과 오히로시키 소주방의 이케즈쿠리[주1] 시합에 대해 들으셨나요?"

"아니요, 모릅니다."

오유가 이야기한 것은 이렇다.

열흘쯤 전, 쇼군은 바깥에서 잉어 이케즈쿠리를 드시고 몹시 감탄하셨다. 쇼군이 바깥에서 식사를 하실 때는 본래 외소주방에서 조리를 한다.

"이것을 조리한 요리사의 이름은 무엇이냐."

하고 쇼군이 근신을 돌아보니 근신들은 잠시 이야기를 나눈 후,

"그자는 가와스미 스케하치라는 자입니다."

하고 대답한 후에,

"그 가와스미 스케하치는 아사노 다쿠미노카미[주2] 님이 천거하신 식칼의 명인입니다."

하고 말했다. 마침 그날은 고케(高家) 사람들과 버드나무방[주3]에 있는 영주들이 식사를 함께하고 있었다. 말석에 있던 반슈[주4] 아

주1) 生作り (이케즈쿠리), 잉어·도미 등을 산 채로 회를 떠서, 다시 원래의 모양대로 만들어 내놓는 생선회.

주2) 淺野內匠頭(아사노 다쿠미노카미), 아사노 나가요리(淺野長矩). 다쿠미노카미는 관직명이다. 1701년 3월 14일, 칙사를 접대하는 임무를 맡았을 때 에도성 안에서 기라 요시나카(吉良義仲)에게 칼을 휘둘러 상처를 입히고, 이로 인해 당일에 할복하고 영지를 몰수당했다. 그 이듬해 12월 14일, 아사노 나가요리를 모시다가 이 일로 낭인이 된 아코의 무사 47명이 기라의 저택을 습격하여 요시나카를 죽이고 그 목을 잘라 복수하였는데, 이것이 일본 3대 복수 이야기 중 하나이다.

주3) 柳の間(야나기노마), 버드나무방. 에도성 본성 안에 있는 거실의 이름이다. 백서원(白書院)의 정원을 서쪽에 두고 남쪽으로는 넓은 방과 접해 있어, 두 개의 방으로 이루어져 있다. 벽에 눈 내린 버드나무가 그려져 있어 이렇게 불렸다.

주4) 播州(반슈), 현재의 효고현 서부를 가리키는 옛 지명.

코^{주5)} 5만 3천 5백 석^{주6)}의 성주 아사노 다쿠미노카미는 몹시 면목이 선 기색이었다.

이때, 함께 자리하고 있던 고케 기라 고즈케노스케^{주7)}가, 오오쿠의 오히로시키 소주방에도 마나이타 긴베에라는 식칼의 명인이 봉공하고 있을 것이라는 말을 꺼낸 것이다. 긴베에는 고즈케노스케가 천거한 숙수였다.

"긴베에의 뛰어난 실력으로 말하자면 도저히 이 정도가 아닙니다. 모르신다면, 한 번 긴베에에게 이케즈쿠리를 요리하게 하여 미다이 님과 함께 꼭 드셔 보시기를 바라옵니다."

이 말에서 생각지 못하게 바깥과 안의 각 소주방의 식칼 솜씨를 겨루는 기획이 생겨났다는 것이었다.

느긋한 이야기라고 생각하는 것은 남의 일이기 때문이다. 당사자에게는 목숨을 건 시합이고, 당사자뿐만 아니라 아사노 다쿠미노카미와 기라 고즈케노스케의 명예와 관련되어 있다. 또한 바깥과 안의 소주방 전체의 면목과도 관련되는 형세가 되고 말았다. 물론 긴베에는 자신만만하게 이 이야기를 받아들였다. 그러나.

"그런데…… 그저께 밤의 일이었습니다. 아버지가 갑자기 젓가락

주5) 赤穗(아코), 효고현 남서부의 지명. 1615년에 이곳에 아코성을 쌓았는데, 이 아코성에서 유명한 주신구라(忠臣藏)가 일어났다.

주6) 석(石), 에도 시대에 무사나 영주가 받던 녹봉을 쌀의 단위로 잰 것. 1석은 쌀 약 150kg에 해당한다.

주7) 吉良上野介(기라 고즈케노스케), 기라 요시나카(吉良義央)의 통칭. 에도 중기의 막부 신하로서, 막부의 의례와 의식을 담당하던 고케 중 하나였다. 1701년에 칙사를 접대하는 역할을 맡고 있던 아사노 나가노리(淺野長矩)에게 에도성 안에서 칼부림을 당하여 부상을 입고 사직하였고, 그 이듬해에 아사노 나가노리의 유신(遺臣) 오이시 요시오 등에 의해 살해당했는데, 이것이 이 작품의 모티브가 되고 있는 아코 사건이다.

을 떨어뜨렸어요. 주워 들어도 또 굴러떨어졌지요. 오른팔이 살짝 마비된 것을 깨달은 것은 그 후였습니다. 알려 준 사람이 있어, 저는 황급히 휴가를 받아 집으로 돌아갔습니다. 아버지는 중풍을 일으킨 것 같다는 것이었어요."

오유의 안색은 창백했다. 긴베에는 갑자기 가벼운 뇌출혈을 일으킨 것이다. 그것은 물론 이런 때에 당황스러운 돌발 사고였지만, 더욱 좋지 못한 것은 그것이 가볍다는 것이었다. 다른 사람의 눈에는 그리 지장이 있는 것으로는 보이지 않는 것이다. 그러니 이제 와서 이 식칼 싸움에서 물러나겠다고 청한다면 겁을 먹은 것으로 보여, 시합도 하기 전부터 시합에 진 것이 될 거라며, 긴베에는 몹시 고뇌하고 있다는 것이었다.

"그러다 갑자기 당신을 떠올리고, 나 대신 상대 못지않은 이케즈쿠리를 만들 수 있는 것은 그 무묘 님밖에 없다, 고 말씀하셨어요."

쓰나타로는 말했다.

"제가 해도 괜찮은 것인지?"

"그건, 신분이 낮은 숙수가 쇼군이나 미다이 님 앞에 나갈 수는 없으니까요. 또 요리의 어전 시합은 공공연히 지켜보실 리도 없고요. 다만 쌍방이 만든 이케즈쿠리를 보실 뿐이고, 무엇보다 아버지는 요즘 좀처럼 직접 식칼을 든 적도 없으니 아버지의 지시로 만들었다는 것으로 하면 마찬가지일 거예요. ……쓰나타로 님, 무사님께 이런 아까운 부탁을 드리는 것은 황송한 일이지만, 도와주시겠어요?"

"무사라고 해도 부엌에서 공짜로 음식이나 얻어먹는 이가 사람입니다."

하고 쓰나타로는 웃으며 물었다.

"시합은 언제입니까?"

"사흘 후예요."

사흘 후, 쇼군 앞에 아사노 다쿠미노카미와 기라 고즈케노스케가 마주 보고 앉고, 그리고 그 앞에 바닷물을 담은 붉게 옻칠을 한 대야가 공손하게 내어졌다.

양쪽에는 소바요닌[주8]으로서 제일가는 권세를 가지고 있는 야나기사와 요시야스를 비롯해 다이로[주9], 로주[주10], 와카도시요리[주11] 등이 마른침을 삼키며 자리하고 있다. 실없는 구경거리라 모두 나도, 나도 하며 구경하고 싶다고 청하였으나, 이렇게 각로급이 총출동하고 보니 역시 보통 일이 아닌 듯한 거창한 분위기가 배어 나온다.

쇼군 앞의 상에는 아름다운 생선살을 늘어놓은 접시가 놓여 있었다. "외소주방의 숙수 가와스미 스케하치의 식칼에 닿은 것으로, 그 회는 아사노 다쿠미노카미 님 앞에 있는 대야를 헤엄치고 있는 도

주8) 側用人(소바요닌), 에도 막부의 직명 중 하나. 1681년에 도쿠가와 쓰나요시가 처음으로 설치하였다. 쇼군의 명령을 로주(老中)에게 알리고, 로주, 와카도시요리(若年寄)가 올리는 말씀을 쇼군에게 전하며, 오늘날의 대법원과 같은 평정소에도 관여하였다. 격식은 로주에 준하였으나 권세는 로주를 뛰어넘었다.

주9) 大老(다이로), 쇼군을 보좌하던 최고 행정관.

주10) 老中(로주), 에도 막부에서 쇼군에 직속되어 정무를 총괄하고 영주들을 감독하던 직책.

주11) 若年寄(와카도시요리), 에도 막부에서 로주 다음으로 높은 지위의 관직. 쇼군에 직속되어 로주 지배 이외의 여러 관인, 특히 하타모토, 고케닌을 통괄하였다.

미의 것입니다" 하고 시동이 설명했다.

쇼군은 몸을 내밀어 대야를 들여다보고는 낮게 신음했다. 대야 안에는 머리와 꼬리, 그 외에는 뼈밖에 없는 커다란 돌돔이 꿈틀거리며 헤엄치고 있었던 것이다.

"어떻소."

하고 아사노 다쿠미노카미는 기라를 보며 살짝 코를 벌름거렸다. 기라 고즈케노스케는 약간 당황했다. 쇼군 앞에 있는 또 하나의 대야에는 역시 커다란 접시가 있지만, 생선살 같은 것은 아무것도 없었기 때문이다.

"마나이타 긴베에라는 자의 이케즈쿠리는 어찌된 것이냐."

하고 쇼군은 의아한 듯이 말했다.

"그 대야 안에 있다고 하온데."

하고 시동은 대답했지만, 그도 아까부터 묘한 얼굴을 하고 있다. 고즈케노스케도 곤혹스러운 표정이다. 대야 안의 물 밑바닥에는 커다란 닭새우가 움직이고 있지만, 그것은 바닷속에 있는 것과 똑같아서 어디가 이케즈쿠리인지 판단이 서지 않는 것이다.

"아, 새우가……."

하고 시동이 갑자기 외쳤다.

그 새우가 대야 가장자리로 스스로 기어 올라온 것이다. 그리고 순식간에 그것은 방바닥에 미끄러져 떨어지고, 긴 촉각을 흔들며 나뭇가지 모양의 다리를 움직여 상 쪽으로 바삭거리며 기어왔다. 젖은 밤색 껍질에서 바다 냄새가 났다. 그리고 쇼군의 상 아래로 오더니 한 번 크게 튀어올라, 커다란 접시로 올라갔다.

동시에 그 껍질이 갑옷이라도 벗은 것처럼 밀어젖혀졌다. 모두 눈을 부릅뜬 채, 아무 소리도 내지 못했다. 스스로 껍질을 벗은 새우의 내부는 4, 5푼[주12] 두께로 잘린 투명한 회가 되어 있었기 때문이다.

2

무묘 쓰나타로가 오유를 아내로 맞이하는 것을 간신히 백부 덴자에몬에게 승낙받은 것은, 그해 겨울이 끝날 무렵이었다. 물론 덴자에몬은 맹렬하게 반대했다. 이가 사람은 미천하기는 하나, 뭐라 해도 덴쇼의 핫토리 이래 후다이[주13] 일문이라는 긍지가 있다. 그에 비해 오유의 아버지는, 명목상으로야 무사의 신분이지만 어차피 태생은 요리사다.

"시시한 말씀이십니다."

하며 쓴웃음을 짓는 쓰나타로에게 덴자에몬은 더욱 화를 냈지만, 쓰나타로가 "그렇다면 저는 이가 사람의 신분을 버려도 좋습니다"라는 말까지 하기에 이르자 깜짝 놀랐다. 이 이상한 조카에게서 그

주12) 1푼은 1/10치, 약 3mm이다.
주13) 譜代(후다이), 세키가하라 싸움 이전부터 도쿠가 가문의 가신이었던 자 또는 그 격식에 준하는 자.

런 일을 실제로 감행할 야인성과, 아니, 그보다 더 무서운 짓도 저지를지 모르는 야수성의 냄새를, 이 무렵 비로소 덴자에몬도 맡기 시작했던 것이다.

봄이 되면 오유가 성의 일을 그만두고 혼례를 올리자는 집안끼리의 상의가 끝났을 때, 쓰나타로는 어린아이처럼 엎어져 기뻐하였고, 덴자에몬은 "이 멍청이" 하며 기막혀 했다.

오유가, 비번이라 혼자 관사에서 아득한 봄하늘을 올려다보고 있던 쓰나타로를 찾아온 것은, 초봄의 눈이 내리는 날의 일이었다.

"오유. ……벌써 일을 그만두었소?"

쓰나타로의 눈은 빛났다. 오유의 안색은 그늘의 구름보다도 푸르스름하게 가라앉아 있었다.

"쓰나타로 님, 큰일났어요."

오유가 한 말은 쓰나타로를 대경실색하게 했다.

평소 거의 쇼군의 주위에 가까이 간 적이 없는 하급 시녀인 오유가 언제, 어디에서 쇼군의 눈에 들었는지, 이삼 일 전 갑자기 도시요리인 다키카와 님으로부터, 조만간 정원에서 쇼군을 뵙도록 하라는 분부가 있었다는 것이다. 정원에서 뵙는다는 것은 쇼군이 은근히 보고 있는 정원을 시마다마게[주14]에 후리소데[주15] 차림으로 걷는 것을 말하는데, 이것이 애첩 등용의 한 의식이라는 것은 쓰나타로도 알고 있다.

주14) 島田髷(시마다마게), 여자의 머리 모양 중 하나. 주로 미혼 여성이 하거나 혼례 때 했다.
주15) 振袖(후리소데), 소매가 긴 젊은 부녀자용 예복.

소리도 없이 함박눈이 쏟아지는 처마 끝에 벌써 저녁 어스름이 다가오고 있는데, 불도 켜지 않은 채 오유는 언제까지나 고개를 숙이고 있었다. 쓰나타로는 말없이 그것을 보고 있었다.

"오유. ……어딘가로 도망칠까."

하고 잠시 후 쓰나타로는 납 같은 안색으로 신음하듯 말했다.

"나는 이전부터 이가 사람이 지금 하는 시시한 일에 질려 있었소. 야심에 불타 이가로 달려갔고, 야심에 불타 에도로 돌아오기는 했지만, 너무나도 바보 같은 오오쿠 근무의 일상에 야심 따위는 봄눈처럼 녹아 버렸지. 사랑을 한 것도, 그 때문일지도 모르겠소……."

그는 뺨에 고통에 찬 쓴웃음을 띠었다. 오유는 낮은, 떨리는 목소리로 말했다.

"병든 아버지를 두고, 제가 도망칠 수는 없어요. 또 일본의 어디로도 도망칠 수는 없을 거예요."

쓰나타로는 오유를 지켜보았다. 오유의 말이 옳다. 그러나 그 말의 내용보다도 깊이 스며드는 듯한 목소리의 울림에, 그는 오싹하는 바가 있었다.

쓰나타로는 싸늘하게 덮이는 눈을 떨쳐 내듯이 머리를 흔들고, 갑자기 사납게 손을 뻗어 오유를 껴안았다. 처음으로 껴안는 싸락눈 같은 오유의 몸이었다. 그는 그 유방을 짓누르고, 그 뺨에 뺨을 비비고, 생명을 빨아들이듯이 그 입술을 빨았다. 으르렁대듯이 말했다.

"이 부드러운 가슴, 이 검은 눈, 이 사랑스러운 입술…… 이것을 다른 사람에게 건넬 수 있나. 아니, 건넬 수 없소, 나는 건네지 않겠소, 설령 상대가 쇼군이라 해도———."

오유는 남자가 억지로 하는 대로 맡기고 있었다. 그렇다기보다, 힘이 없었다. 부평초처럼 흔들리는 그 몸에, 쓰나타로는 초조해졌다.

"오유."

"용서해 주세요."

"뭐?"

"오오쿠에 봉공하는 사람으로서, 윗전의 명령을 거역할 수는 없어요. 그건 당신도 마찬가지잖아요."

쓰나타로는 온몸에 찬물을 뒤집어쓴 듯한 기분이 들었다. 양팔을 뻗어 여자의 얇은 어깨를 부러뜨릴 듯이 움켜쥐고 매섭게 노려보고 있다가, 이윽고 절절하게 말했다.

"오유, 들어 보시오. 그 말대로 나는 후다이 고케닌이오. 쇼군이 죽으라고 하시면 언제든지 죽어야 하지. 하지만 아무리 쇼군의 명령이라도 아내를 팔 수는 없소. ……아니, 쇼군께 일찍이 아내를 판 분도 있었소. 세상 누구에게도 알려져서는 안 되는 비밀이지만, 같은 오오쿠에 봉공하는 그대라면 알고 있겠지. 옛 소바요닌 님, 빈고 주16) 태수 마키노 님은 그 아내와 딸을 바치셨다고 들었소. 아니, 지금 사람들이 다이로 님보다도 어려워하는 데와주17) 태수 야나기사와 님도 그 아내를 쇼군께 바치셨다지. 하지만 그런 분들조차 하신 일

주16) 備後(빈고), 현재의 히로시마현 동부를 가리키는 옛 지명.

주17) 出羽(데와), 현재의 아키타현, 야마가타현을 가리키는 옛 지명.

이니 우리도 같은 봉공을 해야 한다고는, 그대도 말하지 않을 거요. 나도 말하지 않소. 내가 말하고 싶은 것은, 그런."

하고 차가운 숨을 삼키며 말했다.

"사람의 길을 짓밟으면서까지 여색을 탐하는 쇼군께, 의리를 지킬 필요는 없다는 것이오."

오유는 단정하게 앉은 채 천천히 고개를 저었다.

"쇼군의 말씀에는 따라야 해요."

어슴푸레한 어둠 속에 그 얼굴은 가면처럼 딱딱하게 빛나 보였다.

"충(忠)이라는 한 글자는 지켜야 해요. 쓰나타로 님, 저는 그렇게 결심하고 오늘 용서를 청하기 위해 온 거예요."

"충?"

쓰나타로는 그렇게 외치고는 입을 다물었다. 충, 아무리 야성화되었어도 그것은 백 년에 걸쳐 조정의 개로 사육되어 온 피가 그리는 글자였다.

그러나 오유를 들여다본 쓰나타로의 눈에는 점차 웃음 비슷한 것이 떠오르기 시작했다. 오유의 몸에 얼음 같은 냉기가 흘렀을 정도로, 그것은 기분 나쁜 눈이었다

"충이라. ——말 잘했소."

눈의 빛은 눈물이 되어 뺨으로 흘러 떨어지고, 텅 빈 동공에 불꽃이 처참하게 흔들렸다. 그리고 무묘 쓰나타로는 껄껄 웃었다.

"영리한 여자인 것은 알고 있었지만, 이렇게 영리할 줄이야, 이거

사람을 잘못 보았군. 과연, 이래서야 내 아내로는 아깝다. 하하하하
하하."

3

에도성 오오쿠의 곁간방에, 오유는 백로 같은 온통 흰옷 차림으로
앉아 있었다.

언제, 어디에서 들어온 것인지, 그 주위에 하얀 벚꽃 꽃잎이 두세
장 흩어져 있다. 미지근한 밤공기에 농염한 미주(美酒) 같은 냄새가
고여 있는 것은, 이 오오쿠에 잠들어 있는 삼천 명의 여자들의 숨결
때문일까, 아니면 깊어진 봄 때문일까.

정원에서 쇼군을 뵌 지 보름쯤 지난 후다.

"부귀영화의 문을 여는 것은 오늘 밤입니다. 쇼군의 마음에 들 수
있도록, 제대로 모시세요."

지금까지 머리 모양에서부터 옅은 화장까지 손을 봐주고 있던 오
쿠조추주18) 에지마는 그렇게 말하고, 생긋 웃으며 나갔다.

오늘 밤 처음으로 쇼군에게 처녀를 바친다. ──그 두려움, 부끄
러움보다도 오유의 가슴에는 황금색 영달(榮達)의 문이 흔들리고 있
었다. 정원에서 쇼군을 뵙도록 하라는 말을 들을 때까지는 전혀 생

주18) 奧女中(오쿠조추), 쇼군이나 영주, 영주의 아내를 시중 들던 시녀.

각도 하지 않았던 바람이고, 마음이었다. 그 한순간에, 오유라는 인간은 달라졌다. 누가 그녀의 연심을 나무랄 수 있을까. 삼천 명의 여자 모두가 애타게 바라는 영광의 자리다. 그 삼천 명의 여자 중에서, 나는 선택된 것이다. 오늘 밤에만 승은을 입은 오추로로 승진하는 것만이 아니다. 만일 하늘이 미소를 지어 준다면————내가 아직 세자가 없는 쇼군의 씨를 받는 첫 번째 여자가 될지도 모른다. 그 후의 운명을 생각하면, 영리한 오유도 마치 눈앞이 어질어질해지는 것 같았다.

쇼군은 이미 옆방 침소에 들어 있다. 금니(金泥)가 반짝이는 그 사이의 호사스러운 당지문을 응시하며, 오유는 스윽 일어서려고 했다.

그 눈앞에 소리도 없이, 거대한 얇은 날개의 잠자리처럼 날아 내려온 것이 있었다. 그것은 사람의 형체가 되었다. 오유는 입을 벌렸지만 숨소리도 나지 않았다.

언제 거기에 숨어 있었는지 천장에 엎드려 있던 남자는 이 또한 한 마디 말도 없이 두건 밑에서 오유를 싸늘하게 바라보며 씩 웃었다. 그리고 그는 옆구리에 끼고 있던 기름종이 같은 것을 오유의 발치에 펄럭 깔았다.

침소에서 쇼군 쓰나요시 곁에서 함께 자는 오추로는 다다미 위에 깐 남색 비단 이불에 파묻혀 있었다.

쓰나요시는 오늘 낮, 교토에서 찾아온 칙사 야나기하라 전(前) 다이나곤^{주19)}, 다카노 전(前) 주나곤^{주20)}, 원사(院使) 세이칸지 다이나곤 등 고관 귀족들의 사루가쿠^{주21)} 향응 의식을 마친 터라 약간 피로했고, 조금 초조해하고 있었다.

"오지 않는군."

하고 그는 말했다. 곁에서 함께 자는 오추로는 예법대로 등을 돌린 채,

"처녀니까요."

하고 대답하며 오랜만에 가슴을 두근거리고 있었다. 옆에 있는 곁간방에 조용히 고개를 숙이고 있는 새로운 오추로의 가련한 모습을 떠올린 것이다.

쇼군이 잠자리에 들 때, 승은을 입는 여자와 곁에서 함께 자는 여자, 두 명이 양쪽에서 모시는 것이 오오쿠의 관습이다. 그러나 오늘 밤 승은을 입을 여자가 처녀인 것은 곁에서 함께 자는 당번인 그녀에게도 첫 경험이라, 지금부터 몇 각 동안 있을 일을 생각하면 벌써 가슴이 두근거리고 피가 술렁거리는 기분이었다.

"오유, 들어오너라."

하고 쓰나요시는 약간 새된 목소리로 불렀다.

당지문이 소리도 없이 열리고, 백로 같은 그림자가 떠올랐다. 온

주19) 大納言(다이나곤), 율령제에서 태정관(太政官)의 차관. 우대신(右大臣) 다음 가는 고관으로, 국정을 심의하고 가부를 천황에게 올리며 천황의 뜻을 전달하는 일을 관장했다.

주20) 中納言(주나곤), 다이나곤과 마찬가지로 태정관의 차관. 다이나곤 다음의 관직으로 직무는 다이나곤과 같았다.

주21) 猿樂(사루가쿠), 헤이안 시대의 예능. 익살스러운 흉내나 말로 하는 예능이 중심이었으며, 가마쿠라 시대에 들어와서 연극화되어 노(能)와 교겐(狂言)이 되었다.

통 하얀 옷에 머리카락을 빗에 감아 틀어올린 처녀는 봄밤의 등불 그늘에 서서 가만히 멈추어 있다.

그런데 어찌 된 것인지——조용히 그 하얀 옷을 벗어 던지고—— 실오라기 하나 걸치지 않은 모습이 되었다. 쇼군과 오추로는 벌떡 몸을 일으켰다. 처음으로 승은을 입는 여자 중에 알몸이 된 자는 지금껏 없었다.

그러나 처녀의 어슴푸레한 얼굴은 농염하게 미소 짓고 있다. 그것이 대담한 전라의 자태와 혼합하여 자아낸 형용하기 어려운 요기(妖氣)에 두 사람이 숨을 삼키며 뭔가 외치려고 했을 때, 여자의 두 팔의 살이 무거운 소리를 내며 방바닥으로 떨어졌다. 떨어짐과 동시에 그것은 피보라를 뿜으며 몇 개의 고깃덩어리가 되었다. 이어서 두 다리의 근육이 풀솜을 벗듯이 미끄러져 떨어지고, 이 또한 피투성이의 비장근이며 벌림근, 모음근, 둔근의 축적이 되었다.

이 세상의 것이 아닌 악몽을 꾸는 기분으로 크게 부릅떠진 쇼군 쓰나요시와 오추로의 공포에 질린 눈에 안개가 끼었다.

안개 속에, 노출된 뼈만 남은 다리로 선 여자의 유방이며 배며 허리의 살덩어리가 마치 만화경의 꽃의 파편이 무너지듯이 해체되고——순식간에 그것은 어둑어둑한 피안개의 밑바닥으로, 여체의 회가 되어 겹쳐져 갔다.

여자와 충의를 싫어하는 남자

1

에도성 정문에서 게쇼바시 다리[주1]에 걸쳐 수천이나 되는 가미시모[주2] 차림의 무사들이 군집해 있었다. 소리 높여 우는 말과, 그것을 진정시키는 목소리 외에는 엄숙했으나, 어딘가 쾌활하기도 했다. 정오에 가까운 봄의 태양이 가마나 옷 상자, 자루가 긴 우산, 창을 아름답게 반짝이게 하고 있다. 등성한 영주들을 기다리는 수행 무사들이었다.

각자의 저택에서 엄숙하게 나온 등성 영주 행렬은 정문으로 들어가고, 게쇼바시 다리에 도착하면 영주는 가마에서 내려 모두 도보로 걸어간다. 수행 무사들은 모두 게쇼바시 다리에서 정문에 걸쳐 대기하며 주인이 성에서 나오기를 기다리는데, 오늘은 특히 교토에서 온 칙사, 원사에게 쇼군이 천황의 칙명에 답하는 날이라 영주들이 모두 등성하기도 한 터이다 보니, 수행 무사들은 정문을 넘어 더 바깥까지 넘쳐나고 있었다.

그 안을, 가미시모를 입지 않은 남자가 팔짱을 끼고 혼자 걷고 있었다. 주위를 경호하는 무사 중 한 명인 듯한데, 귀찮은 듯이 사카야키[주3]를 기른 것이 약간 수상쩍다. 게다가 어지간히 고민할 것이 있는 듯, 가끔 수행 무사들의 팔이며 다리에 부딪히곤 했다. 그것도 의

주1) 下乘橋(게쇼바시 다리), 에도성 안쪽 해자를 사이에 두고 본성과 성 외곽에 걸쳐져 있는 다리. 에도 막부 시대에는 무사들은 이 다리에서부터는 말에서 내려 걸어가도록 정해져 있었다.

주2) 裃(가미시모), 에도 시대 무사의 예복. 같은 염색의 상하의 위에 걸쳐 입었다.

주3) 月代(사카야키), 남자의 이마 머리카락을 중앙에 걸쳐 반달 모양으로 깎는 것. 헤이안 시대에 관의 밑이 닿는 부분을 깎던 것에서 비롯되었으며 에도 시대에는 서민들 사이에서도 널리 행해졌다.

식하지 않는 듯 천수각 저편을 올려다보는 눈은 마치 고열을 앓는 환자 같았다.

그때, 정문 쪽에서 온 이가 사람이 문득 그 남자를 보고 걸음을 멈추더니 안색을 바꾸며 게쇼바시 다리 쪽으로 달려갔으나, 그는 그것도 눈치채지 못했다. ——이윽고 그 이가 사람은 창, 총을 들고 안색을 바꾼 수십 명의 동료를 데리고 달려왔다.

"쓰나타로."

하고 그중 한 사람이 쉰 목소리로 부르며 다가왔다. 본래 이런 곳에 나타날 리가 없는 오오쿠 오히로시키 소에방 무묘 덴자에몬이었다.

"백부님이십니까."

하며 무묘 쓰나타로는 팔짱을 풀었다.

"이런 곳에는 어쩐 일로."

"어쩐 일이라니. 어젯밤부터 너를 찾아 요쓰야의 관사를 시작으로 얼마나 뛰어다녔는지 모른다——."

하며 덴자에몬은 백발을 곤두세웠다.

"쓰나타로, 너는 오추로 오유 님께 무슨 짓을 한 게냐. 그런 기괴하고 무참한 짓을 할 자는 너 말고는 없을 것이다. 짐작 가는 데가 있느냐."

"그럼 그 여자, 죽었습니까?"

쓰나타로는 어두운 눈을 멍하니 뜨고 중얼거렸다.

"해서, 쇼군께서는 뭐라고 말씀하셨습니까. 닥치는 대로 여자를 측실로 삼는 것은 무서운 일이라고 말씀하시기라도 했는지."

"닥쳐라! 그럼 역시 네 짓이로군. 이, 이 무슨 대역죄인이란 말이냐. 이리 오너라, 쓰나타로, 참수형에 처해도 시원찮은 놈이지만, 이가 사람 백 년의 봉공을 보아 이 숙부가 적어도 할복을 하게 해 달라고 청해 주마. 오너라."

"싫습니다."

하고 쓰나타로는 말했다.

"죽는 것은 싫지 않지만, 이번 일로 죽는 것은 싫습니다."

"뭐?"

"백부님은 지금 무참한 짓이라고 하셨지요. 저는 그 여자의 몸을 여덟 조각으로 찢어 주었지만, 그 여자는 제 마음을 여덟 조각으로 찢었습니다. 그 여자가, 설마 저를 배신할 줄이야! 배신하고, 쇼군의 첩이 되고 싶어서, 귀여운 그 입으로 충의라고 하더군요! 그 위선, 이 배신에는 그 정도의 응보는 당연합니다. 흐흥, 오유의 몸이 사분오열한 것은 쇼군의 승은을 입기 전이겠지요, 즉 저는 쇼군의 첩으로서가 아니라 제 아내로서 심판한 것입니다. 지금 여기까지 온 것은 어젯밤의 결과가 그 후 어찌 되었는지 살펴보러 온 것일 뿐, 그것을 알았으면 더 이상 저는 이 성에 용무는 없습니다——."

그는 등을 돌렸다. 도망치는 기색도 보이지 않는 느릿느릿한 분위기로, 생각에 잠겨 눈앞이나 주위에 있는 사람들도 마음에 두지 않는 듯한 뒷모습이었다. 그는 낮게 중얼거렸다.

"별로 살고 싶다고도 생각하지 않고 어디로 가야겠다는 목적지도 없지만, 다만 그런 여자 때문에 한 남자가 죽는 것은 싫습니다. 안녕히 계십시오."

"뻔뻔스러운 놈, 놓치지 마라."

하고 덴자에몬은 미친 듯이 소리를 질렀다.

"쏴라, 베어라, 오늘의 성에서는 피를 보아서는 안 되지만, 어쩔 수 없다. 어쨌거나 어차피 할복할 이 덴자에몬, 책망은 전부 이 몸이 받을 것이다. 아니, 이 나도 함께 쏘아 죽여라!"

덴자에몬은 뒤에서 소가노 고로를 붙잡은 고쇼노 고로조처럼[주4] 맹렬한 기세로 달려들었다. 수십 명의 이가 사람이 주위를 장창과 총으로 둘러쌌다.

그때, 주위 일대의 무사들이 술렁거렸다. 그것이 이 변사에 대해서가 아님을 깨달은 것은 그 소란이 게쇼바시 다리 쪽에서 해명(海鳴)처럼 전해져 왔기 때문이다. 마치 지진으로 흔들리는 듯한 혼란에, 이가 사람들은 일제히 그쪽으로 발돋움을 했다.

멀리서 찢어지는 듯한 목소리가 들리고 있었다.

"지금…… 지금 마쓰노 복도[주5]에서 칼부림이 났습니다――대상

주4) 소가노 고로(曾我五郎)는 가마쿠라 시대 초기의 무사로, 소가 형제의 원수 갚기 이야기로 유명한 소가 형제 중 동생이다. 세 살 때 친부인 가와즈 스케야스가 영지 상속을 둘러싸고 다투던 친족 구도 스케쓰네에게 암살당한 후, 어머니가 그의 형 스케나리와 그를 데리고 사가미의 영주 소가 스케노부와 재혼하여 소가 성(姓)을 갖게 되었다. 이후, 호조 도키마사를 모시며 소가 도키무네라는 이름을 쓰게 된다. 아버지를 그리워하며 자란 형제는 1193년 미나모토노 요리토모가 개최한 사냥회에서 구도 스케쓰네를 죽여 아버지의 원수를 갚는다. 이때 함께 있던 신사의 신직(神職) 오토나이까지 죽이고 형 스케나리는 이때 목숨을 잃지만, 도키무네는 요리토모의 침소까지 쳐들어갔다가 고쇼노 고로조에게 붙잡힌다. 일본의 3대 복수 이야기로 꼽히며 가부키 등 연극으로 만들어져 널리 알려졌다.

주5) 松ノ御廊下(마쓰노 복도), 에도 성내에 있던 대(大)복도 중 하나. 본성 대궐의 큰방에서 쇼군과의 대면소인 백서원(白書院)에 이르는 복도로 전체 길이 약 50m, 폭은 약 4m였다. 복도를 따라 있는 장지에 소나무(松)와 물떼새의 그림이 그려져 있어 이런 이름이 붙었다.

은 반슈 아코의 아사노 다쿠미노카미 님, 상대는 고케 기라 고즈케
노스케 님…… 허나 두 분 다 붙들려 일은 진정되었으니, 모두 소란
피우지 말고 대기하십시오. 지금 마쓰노 복도에서 칼부림이 났습니
다——."

때는 1701년 3월 14일.

소란 피우지 말라고 해도, 이것은 무리다. 정문을 둘러싼 광장은
때아닌 인마(人馬)의 고함 소리와 모래 먼지로 뒤덮였다. 각 문을 경
호하는 임무를 맡고 있는 이가 사람들은 깜짝 놀라, 무묘 쓰나타로
의 그림자 따위는 머리에서 날려 버리고 구르다시피 달려갔다.

무묘 덴자에몬만이 뒤에 남겨졌다. 몸의 관절이 전부 빠져 모래
먼지 밑바닥에 누운 채, 축 늘어진 턱을 장어처럼 완만하게 움직이
고 있었다. 쓰나타로의 모습은 사라지고 없었다.

2

——왔군.

하고 무묘 쓰나타로는 생각했다.

에도에서 30리, 우쓰노미야에 가까운 소나무 가로수 안이다. 서
쪽으로는 지는 햇빛에 젖어 병풍을 접어 놓은 듯한 아시오 산괴(山
塊)와 닛코 화산군이 바라보인다. 에도는 꽃이 지는 늦봄이었지만

이 부근의 저녁 바람은 아직 차가웠다.

저 멀리 앞을 네다섯 명의 행상인, 바로 앞을 보화종의 승려 두 명 일행이 걷고 있는 것 외에는 도카이도^{주6)}와 달리 사람의 그림자도 드문 오슈 가도^{주7)}였다.

그 오슈 가도의 스즈메노미야 부근에서부터 보였다 안 보였다 하며 뒤를 쫓아온 일고여덟 명의 무사들이다. 모두 깊이 눌러쓴 삿갓으로 얼굴을 가리고는 있지만, 조용히 다가드는 살기다. 그들이 노리는 것이 자신 말고 누가 있을까.

쓰나타로의 마음은 그 이름대로 무명(無明, 무묘)이었다. 어디에 가서 무엇을 할지, 쓰나타로는 스스로도 아무런 목적도 없었다. 다만 백부에게도 선언했다시피, 딱히 살아 있고 싶지도 않지만 죽고 싶지는 않은 것이다. 그런 다정하고 영리한 얼굴을 한 여자가 멋지게 배신했다. 그런 여자를 심판했다고 해서 그것 때문에 죽을 정도라면, 무엇 때문에 이가의 쓰바가쿠레 계곡에서 닌자술 수행에 뼈와 살을 깎았는가. 쇼군으로부터 첩이 되라는 말을 들었을 때 오유가 달리 어떻게 할 수도 없었을 것이라고는, 쓰나타로는 생각하지 않는다. 그때 오유가 같이 죽자고 했다면 그는 기꺼이 함께 죽었을 것이다. 그러나 또한, 그렇게 말해 주었다면 목숨이 남아 있는 한 그녀의 손을 잡고 도망쳤을 것이다. 도망칠, 살아남을 자신은 있다. 그

주6)　東海道(도카이도), 에도 시대의 5대 가도 중 하나. 에도에서 교토를 잇는 길로, 53개의 역참이 설치되어 있었다.

주7)　奧州街道(오슈 가도), 에도 시대의 5대 가도 중 하나. 에도의 센주(千住)에서 무쓰(아오모리현)의 민마야(三廐)를 잇는 길.

의 사나운 야성은 그렇게 생각한다. 아니, 피할 수단은 없다고 말한 것은 구실이고, 충이라는 말을 입에 담은 것도 구실이다. 그때 오유의 눈은 영달의 문을 들여다본 기쁨으로 꿈을 꾸는 듯했다. ──지금 쓰나타로를 걷게 하고 있는 것은 그런 여자 때문에 죽을까 보냐 하는, 피투성이 분노의 감정뿐이었다.

물론 조정에서 나를 그대로 두지는 않을 것이다. 역시나, 정처 없이 오슈 가도를 헤매기 시작한 나를 벌써 추적해 온 것은 대단하지만, 조정의 토벌대쯤 되는 자가 무엇을 저리 개처럼 살금거리고 있는 것일까. 나를 무서워하는 것이겠지만, 그렇다고 해도 겁쟁이 놈들이다.

쓰나타로는 돌아보았다. 그 동작에 튕겨진 듯이, 깊게 삿갓을 눌러쓴 무사 무리는 모래 먼지를 일으키며 쇄도해 왔다.

"──왔군."

그는 길 한가운데에 우뚝 섰다. 그 대담함에 압도된 것인지, 무사들은 그 앞 2, 3간 거리에서 헛발을 디디며 멈추어 선다. 쓰나타로의 품에서 검은 그물이 터져 나와 그 깊이 쓴 삿갓을 후려쳤다. 거기에서 삿갓이 잘려 떨어지며 피보라가 일고 서너 명이 길 위에 털썩 고꾸라졌다. 검은 그물은 머리카락을 엮은 것이었는데, 그것은 마치 강철로 된 철사 같은 엄청난 예리함을 보였다.

"앗, 이놈──."

나머지 무사들은 경악의 술렁거림을 지르며 일제히 칼을 뽑았다. 그 도신을 향해, 검은 머리카락의 그물은 또 구불구불 달려들었다.

그리고는 순식간에, 마치 뱀처럼 네다섯 자루의 도신에 얽혀 한 다 발로 만들더니 허공으로 감아올렸다.

그들은 칼이 없는 양손을 하늘로 뻗으며 허우적거리는 듯한 발걸 음으로 대여섯 발짝 걸었지만, 순식간에 형용하기 어려운 공포의 비명을 지르며 등을 돌리고 구르듯이 도망쳤다. 그곳에 쓰러져 벌 레처럼 버둥거리고 있는 동료도 그대로 둔 채.

검은 그물은 그것 자체가 생명이 있는 것처럼 허공에서 도신 다발 을 풀어 지상에 흩뿌리면서, 쓰나타로의 품으로 슬슬 돌아갔다.

"저러고도 토벌대란 말이냐."

그는 오히려 실망하여 중얼거리고, 뒤도 돌아보지 않은 채 걷기 시작했다. 그때 갑자기 누군가 말을 걸었다.

"이보시오, 낯선 분이시지만 도와주셔서 고맙습니다."

두 명의 보화종 승려가 거기에 서 있었다. 쓰나타로가 어안이 벙 벙한 것은 그 말의 내용보다도 그 목소리였다. 그것은 늙은 여인 같 은 목소리였다.

"내가 도왔다고요?"

"예, 저것은 저희를 쫓아온 우에스기가(家)의 무리입니다."

"할멈."

또 하나의 천개주8) 밑에서, 방울을 흔드는 듯한 젊은 여자의 목소 리가 났다. 노파를 제지하려고 한 것이다. 그러나 노파는 말했다.

"아니요, 아가씨, 영주님의 뜻을 거스르고 영지로 돌아가는 것인

주8) 천개(天蓋), 머리를 깎지 않은 승려가 쓰고 다니는 삿갓.

데 거기에 토벌대를 보내셨다면, 아무리 가로님의 따님이라 해도 무사하지는 못할 거예요. 영주님도 어지간히 각오를 하신 것 같습니다. 하물며 지금 같은 꼴이 된다면, 더더욱 화를 내실 것은 분명하고요. 여기서 요네자와까지 45리인데, 제2, 제3의 토벌대에 쫓기지 않고 무사히 여행을 할 수 있으리라고는 생각되지 않아요. 그보다 이 뛰어난 무사님께 사정을 털어놓고 도움을 받는 편이 현명하지요."

보화종 승려가 천개를 벗었다. 역시나, 기품 있는 노파였다.

"이보시오, 저는 우에스기가(家)의 에도 저택 안채에서 일하는 우즈키라는 자입니다. 이쪽은 구니가로[주9]이신 지사카 효부 님의 따님 오리에 님이시고요."

또 한 명의 보화종 승려도 천개를 벗었다. 저녁 해를 받은 아름다운 얼굴을 보고, 무묘 쓰나타로는 눈을 부릅떴다.

쓰나타로의 이상한 표정을 깨닫지 못하고, 노파 우즈키는 이야기를 시작했다. 지금까지 어지간히 두려워하며 여행을 계속해 왔는지, 매달리는 듯한 말투였다.

지금 에도에 머물고 계시는 번주 우에스기 쓰나노리 님은 나이 서른아홉이신데, 타고나기를 색을 밝히신다. 그래서 지난 1년쯤 전부터 에도에 나와 있던 이 오리에 님에게 눈독을 들이시고, 꼭 측실로 달라는 분부가 있었다. 영지에 있는 아비에게 여쭙고 나서, 라고 말

주9) 国家老(구니가로), 영주의 최고 가신. 에도 시대 때, 영주가 참근교대 근무를 위해 영지를 떠나 에도에 가 있을 때 영지를 대신 맡아 다스리던 가로를 말한다.

씀드려도 효부에게는 자신이 나중에 승낙을 명해 두겠다고 말씀하실 뿐이다. 그러나 오리에 님은 아무래도 마음이 내키지 않아 진퇴양난에 빠진 끝에 결국 이달 12일, 무단으로 에도 저택에서 도망쳐 나왔다. 아버지인 효부 님은 타고나기를 의지가 굳은 분이라, 설령 영주님의 말씀이더라도 맞는 것은 맞다, 아닌 것은 아니라고 말하기를 두려워하시지 않는 분이니, 딸인 오리에 님이 그런 사정으로 도망쳐 돌아가도 두 팔 벌려 맞아들여 주실지언정, 결코 나무라거나 제물로 바칠 분은 아니다. 다만 여기서 영지인 요네자와까지는 아직 44, 5리가 남았고, 토벌대가 올 위험은 충분히 있다. 아무래도 낭인[주10]이신 듯한데, 만일 가능하다면 그 길을 지켜 주실 수 없겠는가. 요네자와로 무사히 돌아가면 반드시 효부 님께 원하시는 만큼 사례를 해 드리라고 하겠다.

"여자인 줄 알았다면── 그런 얼굴의 여자인 줄 알았다면── 구하지 않았을 것이오."

하고 쓰나타로는 내뱉듯이 중얼거렸다. 두 사람은 그 의미를 잘 알 수 없었지만, 쓰나타로는 아직도 심장이 파도치는 것을 금할 수가 없었다.

그 오리에라는 처녀는 죽은 오유와 꼭 닮았다. 그러나,

"주인의 첩이 되는 것이 싫다고."

그래서 그 처녀는 보화종 승려로 둔갑까지 하여 도망쳐 나왔다고 하지 않는가.

───────────────
주10) 낭인(浪人), 막부 시대에 모시던 주군을 떠나 녹봉을 잃은 무사.

쓰나타로는 구멍이 뚫릴 정도로 오리에의 얼굴을 바라보고 있었다. 참으로 오유와 많이 닮았다. 그러나 과연 이래서는 아무리 주인이라고 해도 그런 요구를 거부하는 것도 당연하다고 생각되는, 천녀(天女)처럼 앳되고 청정한 오리에였다. 쓰나타로는 또 신음했다.

"그렇다면…… 역시 도와주길 잘한 것인지도 모르겠군."

3

요네자와에 도착한 날부터 무묘 쓰나타로가 그대로 구니가로인 지사카 효부의 저택의 식객이 된 것은, 오리에의 부탁이 있기도 했지만 그 자신도 딱히 갈 곳이 없었기 때문이었다.

아버지 효부는 딸에게 말했다.

"잘 돌아왔다. 아무리 영주님의 명령이라도, 싫은데 측실이 될 필요는 없지. 영주님께는 다시 거절 말씀을 올리마. 안심하고 이곳에 있거라."

그것으로 이 구니가로가 주군의 명령이라 해도 그것이 부당한 것인 한 의연하게 거부하고 손가락 하나 대지 못하게 하는 존재이고 인간이라는 사실을 알고, 쓰나타로는 호감을 가졌다. 그러나 지사카 효부는 야위고 몸집이 작은 가로였다. 다만 깊이 가라앉은 눈에 어딘가 번득이는 반골의 빛이, 이 인물이 보통내기가 아님을 나타내고 있었다. 효부는 쓰나타로에게도 감사 인사를 하고, 그러고 나서 말했다.

"그런데 지금은 딸의 일로 소란을 떨 때가 아닐세. 아마 영주님도 그런 색을 밝히는 마음도 날아가 버릴 정도로 근심에 빠져 계시겠지. 지난 3월 12일에 에도에서 도망쳐 나왔다는 내 딸과 그 아이를 쫓아온 에도의 무사들은 14일에 쇼군가에서 일어난 이변을 알 리 없겠지만, 그것이 이 가문과도 약간 관련이 있는 일이라네. 한동안은 제대로 대접도 못 하겠지만, 자네와는 상관없는 일이니 신경 쓰지 말고 이곳에서 느긋하게 지내고 있게나."

3월 14일의 사건은 쓰나타로도 알고 있었지만, 그 칼부림의 상대기라 고즈케노스케의 친아들이 이 녹봉 15만 석의 영주 우에스기 쓰나노리라는 것은 전혀 몰랐다. 이미 급사(急使)가 사건의 자세한 내용을 잇따라 알리러 온 모양이다.

동쪽에 오우(奧羽) 분수령, 서쪽에 이데(飯豊), 미쿠니 연산(連山), 남쪽에 아즈마 준령(峻嶺), 북쪽에 시라카타야마산을 사이에 두고 멀리 아사히산, 가쓰산을 조망할 수 있는 산의 나라의 성하마을, 그 아름답고 조용한 요네자와에는 그 후로도 종종 늦은 밤에도 때아닌 말발굽 소리가 메아리쳤다. 에도에서 사자(使者)가 오는 것만이 아니라 효부 또한 심복을 여러 곳으로 보내고 있는 듯했다.

그 칼부림이 있었던 14일 당일에 아사노 다쿠미노카미는 할복을 명령받았다고 한다.

이어서 26일, 기라 고즈케노스케는 관직을 그만두겠다고 청하고 은퇴했다고 한다.

4월 18일, 반슈 아코의 성은 몰수되고, 아사노의 가신들은 모두 뿔뿔이 흩어졌다고 한다.

9월 2일, 기라 고즈케노스케는 고후쿠바시몬[주11] 안에서 혼조 마쓰자카초[주12]로 그 저택을 옮겼다고 한다.

봄에서 여름, 그리고 북쪽 지방 요네자와에 이른 청량한 가을바람이 불기 시작할 무렵까지, 무묘 쓰나타로는 아무것도 하지 않고 지사카 효부의 저택에서 세월을 보내고 있었다. 그는 위와 같은 이야기를 넌지시 듣고는 있었지만, 자신과 상관없는 일이라 흥미도 없었다. 다만 작년에 자신이 뜻하지 않게 휘말린 이케즈쿠리 어전 시합의 실질적인 대립자, 기라 고즈케노스케와 아사노 다쿠미노카미가 끝내 그런 파국의 운명을 맞이한 것인가 하는 감개는 들었으나, 그것도 구역질이 날 듯한 불쾌감을 동반하고 있었다.

이상하게도, 주군조차도 거부했던 오리에는 부루퉁하고 무뚝뚝한 얼굴을 하고 있는 쓰나타로에게는 싫은 얼굴도 하지 않고 대대로 우에스기가(家)의 묘지가 있는 고뵤산(御廟山)이나 선광사여래(善光寺如來)를 모신 법은사(法恩寺), 나오에 야마시로[주13]의 무덤이 있는 임천사(林泉寺) 등으로 데리고 가, 그 무료함을 달래 주려고 했다. 거기에는 단순히 그에게 도움을 받았다는 감사의 마음 이상의 것

주11) 吳服橋門(고후쿠바시몬), 에도성 외호(外濠)에 있는 문 중 하나.

주12) 本所松坂町(혼조 마쓰자카초), 현재의 도쿄 스미다구 료고쿠의 옛 지명.

주13) 直江山城(나오에 야마시로), 나오에 가네쓰구(直江兼續)의 별명. 전국 시대에서 에도 시대 전기에 걸쳐 살았던 무장으로, 요네자와번(米澤藩)의 영주 우에스기 가게카쓰(上杉景勝)를 모시던 가로(家老)였다.

이 엿보여, 노파 우즈키의 얼굴에 그늘을 드리웠다. 그러나 그 이상으로 우즈키의 얼굴을 흐리게 만든 것은 쓰나타로의 무례한 태도였다. 분수에 맞지 않게도 구니가로의 영애의 상냥한 마음 씀씀이를 어디에서 굴러먹던 말 뼈다귀냐는 듯 모른 척하는 이 낭인은 불쾌한 얼굴로, 오히려 증오하는 듯한 눈으로 오리에를 대하는 것이다.

그러나 쓰나타로는 운명이 부르는 목소리를 듣고 있었다. 자신을 배신했고 자신이 죽인, 아름답고 무서운 오유를 닮은 오리에의 얼굴이 그의 영혼을 사분오열시키면서 이 땅에 붙들어 두고 있었던 것이다.

그 후로 그가 이 저택에서 떠날 수 없었던 것은 그 이외에 올해 여름 무렵부터 왠지 지사카 효부가 "조만간 내가 되었다고 할 때까지, 이 저택을 떠나서는 안 되네" 하고 오히려 고압적으로 말했기 때문이었다. 쓰나타로는 효부의 심중을 헤아릴 수가 없어, 그 흥미 때문에 이곳에서 지내고 있다고 해도 좋을 정도였다. 쓰나타로가 효부에게 불려간 것은 처마 끝에 고추잠자리 떼가 날아다니는 가을의 어느 날이었다.

"무묘."

하고 효부는 엷게 웃는 얼굴로 불렀다.

"내가, 자네가 이 저택에서 떠나는 것을 허락하지 않은 이유를 알고 있는가."

쓰나타로는 잠자코 효부를 바라보았다.

"조정에서 찾고 있는 자라는 것을 알면서도 말일세."

"딱히 그게 무서워서 이곳에 신세를 지고 있었던 것도 아닙니다만."

하고 쓰나타로는 태연하게 말했다. 효부는 화내지도 않고 고개를 끄덕였다.

"그것은 알고 있네. 자네 정도의 닌자라면 말이야…… 에도성 오오쿠에서 저지른 터무니없는 짓도 들었네."

효부는 모든 것을 조사한 모양이다. 알려진 것은 아무렇지도 않지만, 왜 효부가 나에 대해서 조사한 것일까, 하고 쓰나타로는 의아하게 생각했다.

"하지만 무묘, 내 이름에 걸고, 지금부터 자네를 조정으로부터 끝까지 숨겨 주겠네. 단 그 전에, 자네가 어떤 위험한 일을 해 준다면 말일세."

효부는 쓰나타로의 눈을 들여다보았다.

"무묘, 자네는 충의를 사랑하는가?"

쓰나타로는 효부를 마주보며 건조한 엷은 웃음을 띠었다.

"저는 충의와 여자는 아주 싫어합니다."

의사(義士)를
타락시키고자

1

"충의와 여자를 싫어하는 사내라……."

지사카 효부는 쓴웃음을 지었다. 그러나 곧 쓴웃음을 지우고, 처마 너머로 성의 천수각을 올려다보았다. 요네자와성, 또 다른 이름은 마이즈루성(舞鶴城)이라고 부른다. 그 학이 날개를 편 듯한 하얀 모습은 옅은 먹색의 저녁 하늘로 녹아들려 하고 있었다.

그러나 효부는 성을 바라보고 있는 것이 아니라, 그 기발한 말을 내뱉은 이가 사람의 이상한 성격과 내력을 생각해 보고 있었던 듯하다. 그는 다시 미소를 지었다.

"그거, 더더욱 잘되었네. 내 일을 해 주기 위해서는 충의를 좋아해서는 안 되거든. 또 여자를 좋아해서도 안 되네."

"제가 그 일을 하겠다고도 안 하겠다고도 말씀드리지 않았는데요."

하고 무묘 쓰나타로는 인정머리 없이 말했다.

"무엇보다, 저는 이 가문에서 저를 숨겨 주었으면 좋겠다고도 바라지 않습니다."

어지간한 지사카 효부도 약간 당황했다. 이 녹봉 15만 석의 우에스기에는 과분한 자라는 소문이 있는 가로는 갑자기 바닥에 손을 짚고 엎드렸다.

"아니, 내 말이 지나쳤네. 그게 아닐세, 무묘, 나는 자네를 특별히 눈여겨 보아 부탁할 것이 있는 것일세. 제발 나를 도와주게."

"어떤 부탁입니까?"

"나는 조정의 적이 될 걸세."

"우에스기번의 가로께서——어째서요?"

"그것은, 나는 영주님의 아버님, 기라 고즈케노스케 님을 아코 낭사(浪士)들로부터 끝까지 지켜 드리고 싶기 때문일세."

"아코 낭사? 아아, 그 아사노의 유신(遺臣)들. 그들이 고즈케노스케 님을 노리고 있습니까? 그렇다 해도 그들로부터 지키는 것이 어째서 조정의 적이 되는 것입니까?"

"쇼군께서 고즈케노스케 님이 아코 낭인들의 손에 죽기를 바라고 계시기 때문일세."

쓰나타로는 고개를 갸웃거렸다. 이해할 수 없는 말이다.

"아사노 다쿠미노카미 님이 돌아가신 것은 고즈케노스케 님 때문이 아닐 텐데요. 다쿠미노카미 님께 할복을 명령하신 것은 쇼군이 아닙니까. 듣자 하니 그 후, 부상을 입으신 고즈케노스케 님께 특별히 잘했다는 치하의 말씀까지 있었다고 하지 않습니까."

"쇼군께서는 마음이 변하신 것일세."

하고 효부는 침통한 목소리로 말했다.

"그 말대로 아사노가 칼부림을 일으켰을 때 가장 화를 내신 것은 분명히 쇼군 님이었네. 그 분노 때문에 다쿠미노카미 님은 할복하고 가문은 몰수되었지. ……만일 그때, 성내에서의 싸움은 양쪽 모두 잘못이라고 법에서 정한 대로 고즈케노스케 님께도 응분의 벌을 내리셨다면, 다쿠미노카미 님은 경솔하다며 꾸지람을 들었을 뿐이었겠지. 그런데 이 편파적인 판결 때문에, 백성들의 동정은 하나같이 아코번에만 모였네. 다쿠미노카미 님은 불쌍하다, 아코의 유신들은 기라 님을 쳐야 한다, 망군(亡君)의 원한을 갚는 날도 있어야 한다며, 지금은 에도의 생각 없는 아이들, 길가의 마부, 뱃사공까지 기다리고 있다고 하네. ……변덕스러운 쇼군의 분노는 이것으로 완전히 식었네. 칼부림 후의 판결에 대한 세간의 평판을 신경 쓰기 시작하셨어. 쇼군은 후회하시며, 아사노 낭인들을 가엾게 여기시고 백성들의 입을 두려워하기 시작하신 것일세……."

"참으로, 그 쇼군이라면 그럴 수도 있을 것 같군요――."

"그 증거로, 만일 쇼군이 끝까지 고즈케노스케 님을 감싸 주실 생각이라면 고즈케노스케 님이 세간의 소문을 두려워하시어 저택을 옮기겠다고 청하셨을 때, 그럴 것까지는 없다며 지금까지 하던 대로 성곽 내의 오후쿠바시몬 안에 두셨을 터. 그런데 청하는 대로 외진 혼조로 옮기게 하신 것은, 다쿠미노카미 가신들의 손에 죽으라고 말씀하실 수는 없어서 그러신 것이라 보네. 가엾게도 고즈케노스케 님은, 지금은 천하의 미움을 한몸에 받으며 혼조의 안채에서 두려워하고 계시는 것일세……."

효부의 눈에 눈물이 반짝였다.

"알겠는가, 고즈케노스케 님을, 나는 우에스기가(家)의 이름에 걸고 끝까지 지켜 드리고 싶네. 이것은 쇼군의 바람을 거역하는 것이 되네. 내가 쇼군의 적이 될 것이라고 말한 것은 이 때문일세."

쓰나타로는 고개를 끄덕였다. 효부의 말을 잘 알아들었다기보다,

이 우에스기 가로의 반골 기질이 몹시 마음에 든 것이다.

"그렇군요, 그런데 그것 때문에 제게 명하실 일이란 무엇입니까?"

"아사노의 유신(遺臣)들의 뜻을 방해해 주었으면 하네."

"그들이 정말로 고즈케노스케 님의 목을 노리고 있을까요?"

효부는 일어서서 도코노마주1)의 선반에서 서찰함을 들더니 한 권의 두루마리를 꺼냈다.

"아사노가(家)의 분한첩주2)에 있는 가신 삼백여 명, 그중 아코성이 지어졌을 때 성을 베개 삼아 죽겠다고 혈맹을 나눈 자들이 61명. 그 연판장의 사본이 이것일세."

쓰나타로는 그것을 든 채 내심, 제법이군, 하고 생각했다. 이 가로는 북쪽에 있는 이 요네자와에 앉아 있으면서 언제 이런 것을 손에 넣은 것일까.

"하지만 성은 온건하게 넘겨졌고, 가신 중 한 사람도 죽었다는 소문은 듣지 못했는데요."

"그것 보게, 그게 수상해. 한 번 죽을 각오로 혈서를 쓴 자들인데, 나중에 겁을 집어먹는 자는 나올지언정 두세 명은 혈서대로 할복하는 자가 있을 법도 하지. 그런데 아무 일도 없이, 한 사람도 남김없이 뿔뿔이 흩어진 것은, 그자들이 죽어야 할 목숨을 복수라는 한 가지 일에 바친 것으로 보네."

쓰나타로는 연판장을 펼쳤다. 그 제일 처음에, 우선 오이시 구라

주1) 床の間(도코노마), 방의 상좌(上座)에 바닥을 조금 높여 꾸민 곳. 벽에는 족자를 걸고, 꽃이나 장식품을 놓아둔다.

주2) 분한첩(分限牒), 에도 시대에 영주가 가신의 이름, 녹봉, 지위, 직명 등을 적은 것.

노스케라는 이름이 보였다.

"오이시 구라노스케⋯⋯."

"아사노의 조다이가로^{주3)}일세."

하고 효부는 말했다. 초저녁 어스름을 찬찬히 살피는 듯한 눈빛이었다.

"이자가 보통내기가 아닐세. 이 일이 있기 전까지는 낮등불^{주4)}이라고 불리던 인물이었다고 하는데, 성이 넘어갈 때 번찰^{주5)}의 처리, 번사^{주6)}들에 대한 수당, 쇼군께 양도할 장부와 목록의 정리 등, 실로 돋보이는 일처리를 보건대 도저히 낮등불이라고 불리는 사람의 행동이 아니야. 게다가 그 후, 교토와 가까운 야마시나(山科)에서 한적하게 지내면서 후시미^{주7)} 슈모쿠초^{주8)}에 나타나 유곽에서 돈을 펑펑 쓰며 노는 데 빠져 있는 모습을 보면, 도저히 보통의 방법으로는 상대할 수 없는 사내일세. 이 성을 베개 삼아 죽겠다는 혈맹의 연판장은 아마 복수에 가담할 자들을 걸러낸 것이 아닐까 하고 나는 생각하네."

"삼백여 명 중, 주군과 함께 죽으려고 한 자는 5분의 1인 겨우 예순한 명이라는 것이로군요."

주3) 城代家老(조다이가로), 에도 시대에 성을 가진 영주가 두었던 가신. 영주가 부재중일 때 성을 지키며 일체의 정무를 맡아 하였다.

주4) 낮에 켜져 있는 등불처럼 아무런 소용이 없는 사람, 멍청한 사람을 가리키는 말이다.

주5) 번찰(藩札), 각 번에서 발행하여 그 번 안에서만 통용되던 지폐.

주6) 번사(藩士), 번의 무사. 영주의 가신.

주7) 伏見(후시미), 교토시 남부의 구(区). 주조업이 성한 번화가였다.

주8) 撞木町(슈모쿠초), 에도 시대에 교토 후시미 유곽에 있었던 마을. 본래의 이름은 에비스초(夷町)였으나 거리의 모습이 당목(撞木) 모양을 하고 있어 이렇게 불렸다.

"적은 것이 아니야. 이 태평성대에 일개 번에 그만큼이나 무사의 정신을 가진 자들이 있었다니, 오히려 다쿠미노카미는 좋은 가신을 두셨구나, 하고 나는 감복하고 있을 정도일세. 같은 일이 이 15만 석의 우에스기에서 일어났다면, 과연 영주님을 좇아 할복할 자가 쉰 명 있을까 말까일세."

효부의 입술이 비꼬듯이 일그러졌다.

"예순한 명, 너무 많네. 아무리 쇼군이 내심 그들의 복수를 기다리고 계시다고는 해도 천하의 법은 법, 그자들이 고즈케노스케 님을 죽인다면 참수와 효시는 면할 수 없어. 그것을 생각하면 탈락자는 더 나올 테지. 아마 그중에서 일의 선두에 서서 다른 자들을 끌고 다닐 철석(鐵石)의 마음을 가진 것은, 또 그중 5분의 1인 십여 명일 것일세."

효부의 눈에는 기분 나쁜 엷은 웃음이 떠올라 있었다.

"그 십여 명을 알아내어 그 뜻만 꺾으면, 일은 순식간에 와해될 것이라고 나는 보네."

"그 십여 명을 죽이면, 이라는 말씀이십니까."

"아니, 그렇지 않네. 죽여서는 안 돼."

효부는 힘있게 고개를 저었다. 쓰나타로는 또 알 수 없게 되었다.

"뿐만 아니라, 죽이게 해서는 안 되네."

"누구에게? 무엇 때문에 말입니까?"

"지금 말한 대로, 조정에서는 낭인 무사의 복수를 바라고 계시네. 그런데 아사노의 유신이 차례차례 살해된다는 일이 일어나 보게,

그 범인이 누구의 사람인지, 세 살짜리 아이조차 기라가(家) 또는 우에스기가(家)를 가리킬 테지. 이렇게 되면 고즈케노스케 님 또는 우에스기가(家)는 더욱더 구제할 길 없는 조정과 천하의 미움을 받게 되네. 그렇게 될 것은 손바닥 보듯이 명백한데…… 어리석게도 에도의 번저^{주9)}에서는 이번에 노토구미의 닌자들을 아사노 낭인을 암살하러 보냈네."

"노토구미의 닌자?"

2

"노토구미의 닌자?"

무묘 쓰나타로는 지사카 효부의 얼굴을 바라보았다. 처음 듣는 기괴한 이름이다.

"후시키안 겐신^{주10)} 님 이래로 백오십 년에 걸쳐 대대로 우에스기가(家)에서 은밀히 길러 온 닌자들일세."

하고 효부는 말했다. 해가 진 방에 등불도 켜지 않아, 그 얼굴은

주9) 번저(藩邸), 에도에 두었던 각 번의 저택.

주10) 不識庵謙信(후시키안 겐신), 우에스기 겐신(上杉謙信). 1530~1578. 전국 시대의 무장으로, 가스가야마 산성을 근거지로 하여 에치고(越後)를 통일하고 가가(加賀), 노토(能登)까지 세력을 넓혔다. 본래의 이름은 가게토라(景虎)로, 후에 데루토라(輝虎)로 개명하고 머리를 깎은 후로는 후시키안 겐신(不識庵謙信)이라고 칭하였다. 병술 전략에 능하여 오다와라 호조(小田原北條) 씨나 다케다 신겐(武田信玄) 등과 여러 차례 싸웠다.

더욱더 어두웠다.

"영주님의 생각이라고 하네. 부자의 정 때문에 영주님이 고즈케노스케 님을 노리는 아코 낭인들을 죽여야 한다고 초조해지신 것은 어쩔 수 없지만, 그 일이 미칠 결과를 에도에 있는 노신(老臣)들 중 아무도 생각하지 못했다니, 실로 탄식이 나올 뿐이야. 내가 곁에 있었다면 결코 그런 일은 하시게 하지 않았을 걸세. ——암살을 위해 떠난 것은 열 명, 우리쓰라 효자부로, 나미우치 조노신, 가라스야 쇼베에, 요로즈 군키, 시라이토 조칸, 구와가타 한노조, 오리카베 벤노스케, 쓰키노와 모토메, 메노사카 한나이, 아나메 센주로——모두, 우리 번 비장의 노토 닌자, 쟁쟁한 자들이지. 모두 왼쪽 귓불에 검은 사마귀가 나 있네."

효부는 신음했다.

"그들이 아사노 낭인을 죽이게 해서는 안 되네. 참으로 기묘한 이야기지만, 그것이 기라가(家)와 우에스기가(家)를 안태(安泰)로 이끄는 길이야. 허나 이것은 영주님이 하신 일, 그렇게 되면 아무리 나라도 공공연하게 방해할 수는 없네. 그 일을 듣고, 나는 자네에게 부탁할 수밖에 없다는 생각을 한 것일세. 그들의 닌자술을 막을 자는 무묘, 자네 말고는 없네——."

"하지만 가로님."

하고 쓰나타로는 효부를 바라보며 말했다.

"아사노 낭인을 지키는 것이 고즈케노스케 님을 구하는 길이 된다는 말씀이십니까? 모르겠습니다. 낭인들을 살려 둔다면, 고즈케노스케 님이 죽게 되지 않습니까?"

"그래서 아코 낭인의 뜻을 꺾는다고 말한 것일세."

"뜻을 꺾는다?"

"그자들의 마음을 진흙탕에 떨어뜨려 주는 것이지. 원수를 갚는데 목숨을 걸고 있는 그들에게, 그 이외의 일에 미련과 애착을 갖는마음을 일으키는 것일세. 살아는 있지만 무사가 아닌 자로 바꾸어주는 거야. 예를 들면 돈, 부모에 대한 정, 자식에 대한 정——그런밧줄로 묶어, 쓰러뜨린다. 그 방법은 일단 나도 생각했네. 하지만 그것은 그들도 이미 끊어낸 것일 테고, 쉽게 거기에 넘어가지는 않을테지. 다만 아무리 끊어냈다고 생각해도, 남자라면 그들이 미련을갖지 않을 수 없는 지옥이 있네. 색도(色道), 육욕의 덫, 여색의 지옥."

"…………."

"그것으로 그들이 내부 붕괴를 일으킨다면, 고즈케노스케 님은안녕하실 테고 조정도 어찌하기 어렵겠지."

"그 지옥으로, 제가 떨어뜨리는 것입니까?"

"아니, 그들을 떨어뜨릴 사람은 따로 있네. 여섯 명의 여자가."

"여섯 명의 여자——어디에 말입니까?"

효부는 쓰나타로를 보며 미소를 지었다.

"흠, 미라 도굴꾼이 미라가 되어서는 도움이 되지 않겠지. 무묘,아까 자네는 여자를 싫어한다고 했지? 그 말은 거짓이 아닐 테지."

"그렇습니다——."

쓰나타로는 고개를 끄덕였지만 의아한 안색이었다. 이 가로는 하는 말마다 예상 밖이라, 무엇을 꾸미고 있는 것인지 예측할 수 없는 데가 있었다.

"한 번 시험해 보는 편이 좋을지도 모르겠군. 그럼, 따라오게."

효부는 다시 일어나 정원으로 내려섰다. 쓰나타로는 고개를 갸웃거리며 그를 따랐다.

벌써 어둠에 가라앉은 정원을 몇 바퀴인가 돌자, 곳간이 있었다. 그 문을 효부가 반쯤 열자, 생각지 못하게도 그 내부에 등불이 켜져 있는 것이 보였다.

"이 안에 여섯 명의 여자가 있네. 평소에는 내 밑에서 시녀로 부리고 있지만 실은 이들 또한 노토의 여자 닌자일세. 이름은 오코토, 오유미, 오키리, 오료, 오스기, 도모에라고 하네——."

효부는 쓰나타로를 곳간 안으로 밀어 넣었다.

"1각^{주11)} 동안 그 여자들과 함께 보내게. 여자가 자네에게 무슨 짓을 하든, 죽여서는 안 돼. 1각 후에 이 문을 열겠네. 그때——내게 자네의 남근을 쥐어 보게 해 주게. ——거기에 여전히 힘이 있다면, 자네의 큰소리는 진짜였다고 해 주지."

쓰나타로의 등 뒤에서 문이 닫혔다.

바로 정면에 세워져 있던 병풍이 쓰러졌다. 쓰나타로는 눈을 부릅떴다. 병풍 맞은편에는 작은 등롱이 세 개 놓여 있고, 붉은 침구가 깔려 있었다. 그 위에, 역시 붉은색의 나가주반^{주12)}을 입은 여섯 명

주11) 약 30분.

주12) 長襦袢(나가주반), 기모노와 같은 길이의 긴 속옷.

의 여자가 있었다. 어떤 이는 서 있고, 어떤 이는 다리를 옆으로 모으고 앉아 있고, 어떤 이는 드러누워 있다. 나가주반을 걸치고 있다고는 하지만 어깨나 가슴, 허벅지는 단정치 못하게 드러나 있고, 진홍색 천 안에 빛나는 듯한 하얀 살결이 도드라져 보였다.

그녀들은 쓰나타로를 보고 씩 웃었다. 교태 어린 웃음 같기도 하고, 조소 같기도 하다.

"……자, 이리로 오시지요."

하고 그중 한 사람이 말했다.

쓰나타로는 고개를 끄덕이고 성큼성큼 그리로 걸어가, 여섯 개의 붉은 꽃잎 속에 책상다리를 하고 앉았다. 여자들은 뱀처럼 쓰나타로에게 얽히기 시작했다. 등에 네 개, 여섯 개나 유방이 닿고, 목덜미에 꽃잎 같은 숨결의 향기가 나고, 부드럽게 젖은 입술과 혀는 거머리처럼 그의 허벅지를 기기 시작했다.

"모두 대단한…… 미인이로군."

감탄한 듯이 쓰나타로는 말했다. 그는 여자들의 왼쪽 귓불에 모두 검은 사마귀가 있는 것을 알아챘다. 농염하게 목 안쪽으로 웃으면서, 여자의 하얀 손가락이 그의 사내의 증거를 붙잡았다.

그것은 차갑게 시들어 있었다. ──언제까지나.

　1각 후, 무묘 쓰나타로는 곳간에서 나와 지사카 효부와 정원을 걷고 있었다. 효부는 고개를 갸웃거리고 있다.

　"무묘, 여자의 유혹에는 끝내 응하지 않은 듯한데…… 그것은 술법인가, 아니면——."

　그의 남근을 확인할 것까지도 없이, 효부는 여자들로부터 그가 끝까지 반응이 없었다는 것을 들은 것이다. 효부의 입장에서는, 쓰나타로가 남자의 정기를 모두 빨려 매미 허물처럼 되어 나오지 않은 것이 이상했다.

　"몸에 지장이 있는 겐가."

　정원 맞은편 멀리, 원래 있던 방이 보였다. 등불이 켜져 있다. 그 옆에 의아하다는 얼굴을 하고 효부의 딸 오리에가 앉아 있는 것이 보였다.

　"가로님. ……잠시."

　하고 쓰나타로는 속삭이며 가만히 그 모습을 바라보고 있었다. 이윽고 효부의 손을 잡고 조용히 자신의 사내의 증거로 가져갔다. 효부는 입을 벌렸다. 그것은 씩씩하게 일어서 있었기 때문이다.

　"자네는……."

　그렇게 외치더니 지사카 효부는 잠시 아무 말도 없었다. 대상이 자신의 딸이라는 것을 알고는 아무 말도 나오지 않는 것이 당연했다. 쓰나타로는 웃었다.

"안심하십시오. 몸에 지장이 있는 게 아니라는 증거 외에, 다른 뜻은 없습니다."

"역시 내가 내다본 대로였군."

하고 효부는 가까스로 말했다.

"더더욱, 저 여자들을 부릴 사람은 자네 말고는 없어. 자네는 몰라도, 어떤가, 아코 낭인들이 아무리 철석같은 마음을 가지고 있다 한들 저 여자들에게 걸리면 색도의 지옥에 떨어질 거라고 생각하지 않는가."

"아마 그럴 것입니다."

하며 쓰나타로는 고개를 끄덕였다. 효부는 샘물 옆에서 걸음을 멈추었다. 작은 폭포 소리가 들리고 있었다.

"그렇다면 자네한테 부탁하고 싶은 일은 네 가지. 우선 그 연판장에 따라 아사노 낭사들 중 진정으로 보복의 의지를 갖고 무리의 진두에 서 있는 놈을 찾아내는 것, 둘째로 그들을 에도 저택에서 보내어진 자객으로부터 지켜 주는 것, 셋째로 그 낭사와 저 여자들을 맺어 주어 그들을 여자 지옥에 떨어뜨리고 복수의 뜻을 소모시키는 것, 넷째로……."

효부는 잠시 말을 삼켰다.

"만에 하나 그런 일은 없을 거라고 생각하네만…… 저들도 여자, 만일——."

하고 중얼거린 낮은 목소리가 갑자기 가을 서리처럼 엄한 어조로 바뀌었다.

"만일 저 여자들 중, 조상 대대로 입은 은혜를 잊고 상대 낭사와 진짜 사랑에 빠져 우에스기가(家)를 배신할 위험이 있는 자가 나온다면…… 그 여자를 없애는 것."

"하나같이 재미있군요."

하고 쓰나타로는 말했다. 반년의 공백 후, 그는 겨우 이 세상에 살아갈 보람이 있는 일을 발견한 듯한 피의 용솟음을 느끼고 있었다.

"그럼 내 부탁을 들어줄 텐가."

효부는 어둠 속에서 쓰나타로를 응시한 것 같았다.

"알겠는가, 우리는 천하의 적이 되는 것일세. 만일 아코의 낭인들에게 충의의 정신이 있다면, 이쪽은 그들의 충심을 녹이고 뭉개는 역할이 되네. 우선 사악한 자가 할 일이지. 그것을 알면서도, 나는 자네에게 부탁하는 것일세. 무묘, 들어줄 텐가."

쓰나타로는 대답했다.

"그것이 가장 재미있습니다. ……충(忠)이라는 말을 들으면 저는 구역질이 나거든요."

두 사람은 걷기 시작했다. 몸채에 가까이 가니, 발소리를 듣고 오리에가 얼굴을 들었다. 청순한 눈이 밝게 빛났다.

"조금 전까지 분명히 여기에 계시는 것 같았는데, 어디로 가셨나 이상하게 여기고 있었어요. 밀담이신 듯하여 일부러 등불도 켜지 않았답니다."

"오리에."

하고 효부는 말했지만 아까 쓰나타로의 몸의 감촉을 떠올리니 딸의 앳된 얼굴도 제대로 볼 수가 없는지, 얼굴을 돌리며 아무렇지도 않은 척 말했다.

"실은 시녀 중 오코토, 오유미, 오키리, 오료, 오스기, 도모에를 교토에 보내게 되었다. 어느 고관대작을 모시게 하여, 꼭 배우게 하고 싶은 것이 있구나."

무묘 쓰나타로는 거침없이 껄껄 웃었다. 그 웃음소리를 뭉개듯이 효부는 말했다.

"하지만 이 우젠[13]에서 교토까지 여섯 명의 여자가 여행을 하는 것이니, 그 인솔자로 이 무묘가 따라가 줄 것이다."

오리에의 부릅뜬 커다란 눈에 그늘이 졌다.

주13) 羽前(우젠), 현재의 야마가타현 대부분을 가리키는 옛 지명.

거미의 실패

1

노랗게 물든 숲 위를, 때까치가 날카로운 목소리로 울며 날아갔다.

예전에 후시미성이 솟아 있었을 무렵에는 이 부근까지 성하마을이 크게 번성했지만, 역시 교 가도^{주1)} 옆에는 드문드문 민가가 보이기는 하지만 그 이외에는 지금은 온통 밭 아니면 그저 울창한 풀과 숲뿐이었다.

그 숲 안에서 두 명의 무사가 이야기를 나누고 있다. 아까 야마시나 쪽에서 가마를 타고 온 무사와 오사카 쪽에서 걸어온 낭인풍의 무사가 지장보살당 앞에서 만났다. 이것은 생각지 못한 해후였는지 잠시 그런 인사를 나누더니, 가마를 타고 온 무사가 길을 지나가는 여행자를 신경 쓰며 낭인을 숲속으로 이끌고 간 것이다. 가마는 지장당 옆에 놓이고, 가마꾼은 가마대에 기대어 하품을 하고 있었다.

"그럼, 어떻게 해도 저를 동료로 넣어 줄 수 없다는 말씀이십니까."

하고 낭인은 눈을 번득이며 말했다. 낭인풍, 이라고 했는데 실로 그것을 그림으로 그려 놓은 것처럼 볼품이라곤 없는 풍채의 남자였다. 육 척 가까이 되는 거구에 수염투성이인데, 등에 옻칠이 벗겨진 낡은 갑주 궤를 짊어지고, 마찬가지로 색이 여기저기 벗겨진 붉은

주1) 京街道(교 가도), 오사카의 교바시(京橋)에서 모리구치, 히라카타, 요도, 후시미의 네 역참을 거쳐 교토의 야마토 대로로 이어지는 도로. 오사카 가도라고도 한다.

창을 짚고 있었다.

"넣고 말고 할 것도 없네. 지금 말한 대로 자네가 생각하는 것 같은 동료는 없어."

하며 상대는 그루터기에 걸터앉은 채 딴청을 피웠다. 나이는 마흔네다섯 정도일까, 엄격한 얼굴에 신분이 높아 보이는 무사였다.

"무엇보다 야마시나에 가 봐야 다유[주2]는 계시지 않네. 지금 내가 찾아가 보니, 어제저녁부터 후시미의 슈모쿠초에 나갔다고 하더군. 그 양반이 슈모쿠초인가 하는 시마바라[주3]의 유흥가에 한 번 나가면 이삼일 안에는 돌아오는 일이 없네. 나도 지금부터 그 슈모쿠초로 가 보려는 참인데, 후와, 자네도 데려가 주고 싶네만."

하며 초라하기 짝이 없는 상대의 모습을 보고 쓴웃음을 지었다.

"그 풍채로는 도저히 데려갈 수가 없겠군. 옷은 그렇다 치더라도 갑주 궤와 창은 좀 곤란하네."

"슈모쿠초 같은 곳에 가고 싶지는 않습니다!"

하고 후와라는 낭인은 고함치고는 갑자기 목소리를 낮추었다.

"쇼겐 님, 이 가즈에몬을 그렇게 멍청이 취급하지 마십시오. 당신이 슈모쿠초에 가서 오입질을 하신다고요? 아니, 이건 이상합니다. 아코에 계셨을 때는 다유의 낮등불, 오쿠노 쇼겐 님의 쇠화로[주4]라고 나란히 칭해지던 당신이, 떠돌이 신분이 되시고 나서 갑자기 유

주2) 太夫(다유), 다이부라고도 읽는다. 품계 5품 벼슬을 통칭하는 말, 또는 영주가의 살림살이를 총괄하여 맡아 보는 사람을 가리키는 말. 여기에서는 오이시 구라노스케를 말한다.

주3) 島原(시마바라), 교토시 사쿄구(左京区)의 서쪽으로 유곽이 있었던 지역. 1640년에 로쿠조 미스지마치에서 이곳으로 유곽이 옮겨졌을 당시에 일어난 '시마바라의 난'에서 유래하였다고 한다.

주4) 마음이 쇠처럼 단단하고 빈틈이 없는 것을 비유한 말.

곽에서 노시다니, 이건 이상하지요. ──또한 만일 그것이 본심이
시라면."

후와 가즈에몬은 붉은 창의 손잡이 부분을 짚었다.

"저는 기라의 목을 베기 전에, 이 창끝에 당신의 목을 걸어야 할
것입니다. 물론 지금부터 후시미로 달려가, 다유의 목도 벨 것이고
요."

그 눈에 타오른 불꽃을 보고,

"아, 잠깐."

하고 저도 모르게 오쿠노 쇼겐은 손을 들었다.

아코번에서 천오백 석의 녹봉을 받던 오이시에 이어 차석 가로라
고도 할 수 있는 천 석 녹봉의 오쿠노 쇼겐이었지만, 지금 저 가도에
서 마주친 낭인 후와 가즈에몬이 불덩어리 같은 열혈남이고, 경우
에 따라서는 상사고 뭐고 개의치 않는 성질 급한 사람이라는 것을
알고 있었다. 본래 아사노가(家)에서 기마 무사로 녹봉 이백 석을 받
고 있던 가즈에몬이 몇 년 전에 녹봉을 잃은 것도 그의 급한 성미와
주군의 급한 성미가 충돌한 것이 원인이다.

그런 가즈에몬이 지금부터 오이시의 집으로, 원수를 갚는 일에 끼
워 달라고 담판을 지으러 가려는 것과 마주친 것이다. 그리고 쇼겐
이 아무리 그것을 부정해도, 그는 당장 달려 나가려 할 뿐 말을 듣지
않았다. 훨씬 높은 녹봉을 받으면서도 주군의 멸망과 함께 어디론
가 사라진 무사들이 많은 가운데, 다투고 헤어진 주군을 잊지 않고
달려오다니 어느 모로 보나 이 사내답다.

"그렇게까지 말한다면 어쩔 수 없지."

쇼겐은 탄식하며 고개를 끄덕였다.

"후와, 나는 지금부터 슈모쿠초로 갈 생각이었네. 하지만 그것은 다유의 마음을 묻기 위해서였어."

"다유의 마음?"

"그렇다네."

쇼겐은 목소리를 낮추었다. 목소리가 낮아지자 안심했는지, 그 어깨에 검은 가을 나비 한 마리가 문득 내려앉아 희미하게 날개를 떨고 있다. 쇼겐은 그것도 눈치채지 못한 듯,

"복수 말인데, 그것은 사실일세. 혈맹의 연판장도 분명 나누었네. 그런데 다유는 요즘 마치 제정신을 잃은 것처럼 유곽에 드나들고, 우리가 편치 않은 눈으로 보면 일소(一笑)하며 그것은 그것, 이것은 이것, 잊지는 않았다고 하시네. 하지만 기라의 움직임, 동지의 움직임 하나하나를 보고하려 해도 도무지 집에 계시지 않을 때가 많고, 찾아보면 대개 유녀의 품에서 고주망태가 되어 있지. 동지들 중에서는 슬슬 다유의 마음을 의심하는 자까지 나오기 시작해, 차라리 이 쇼겐을 두목으로 삼아 일을 치르자고 말하는 자마저 있네. 그래서 오늘이야말로 다유의 진정한 속내를 알아내려고, 지금부터 서둘러 후시미로 가려던 참이었다네."

그 어깨의 나비는 여전히 가을바람에 검은 날개를 가늘게 떨고 있다. ——그 나비의 다리에서 검은 머리카락 한 올이 쇼겐의 등으로 떨어지고, 그 머리카락이 수풀을 기어 10간 이상이나 떨어진 지장

보살당 안으로 사라진 것을, 누가 알고 있었을까.

지장보살당 바로 앞에서 쉬고 있는 가마꾼조차 알지 못했다. 그 돌로 된 지장보살 뒤에 조용히 한쪽 무릎을 꿇고 있는 한 육부[주5]가 있었다. 그는 한 개의 소라를 귀에 대고 있었다. 사당의 판자벽 틈으로 기어 들어온 검은 머리카락은 그 소라와 이어져 있었다.

"흠, 쇼겐 놈은 역시 그랬던 건가."

하며 육부는 고개를 끄덕였다. ──보통 같으면 절대로 들리지 않을 거리에서, 그는 숲속의 대화를 똑똑히 듣고 있는 것이다. 그것은 검은 나비의 날개가 전하는 음파를 검은 머리카락의 진동이 전하고, 조개껍질이 다시 목소리로 재현하는 것이었다.

2

"──좋아."

하고 육부는 고개를 끄덕이더니 품에서 회지 다발을 꺼냈다. 회지이기는 하지만, 그것은 왜인지 새까맣게 물들여져 있었다.

그것을 갈기갈기 찢어 공중으로 던져 올린다. 그러자, ──순식간에 그것은 검은 나비가 되었다. 그리고 보니 아까 오쿠노 쇼겐의 어깨에 앉아 있던 것도, 이 종이가 둔갑한 것이 틀림없다. 순식간에

───────────
주5) 육부(六部), 일본 전국의 66개의 유명한 절을 돌며 참배하는 사람.

수십 마리가 된 나비는 팔랑팔랑 날아 내려와 그의 삿갓이며 어깨에 앉는다.

그러고 나서 그는 허리의 계도(戒刀)를 뽑아 지장보살당의 판자를 둥글게 사람 모양으로 잘랐다. 판자도 썩어 있었던 것은 틀림없지만, 그렇다고 해도 무서운 예리함이다. 자신이 쓰고 있는 삿갓의 형태까지, 그것은 소리도 없이 완벽하게 구멍을 뚫었다. 그는 그리로 지장당의 뒤쪽을 향해 슬쩍 빠져나갔다.

육부는 가을풀 속을 따라 숲을 향해 걸어간다. 그 삿갓에 앉은 수많은 검은 나비는 마치 검은 아지랑이가 흔들리고 있는 것처럼 보였다.

"아니, 누군가가 오는군."

재빠르게 오쿠노 쇼겐이 멀리에서 이것을 보고 일어섰다.

"후와, 아는 자인가?"

"아니요."

의아한 듯이 지켜보는 두 사람의 뒤쪽 스무 발짝쯤 떨어진 위치에서, 육부는 멈추어 섰다.

"아사노 낭인."

쉰 목소리가 흘러왔다. 두 사람은 깜짝 놀랐다.

"이야기는 들었다. 조정의 판결에 반발하고, 고즈케노스케 님의 목을 노리다니 대단한 놈들이군. 연판을 한 놈들의 이름도 거의 알고 있지만, 쇼겐, 네놈은 그 우두머리 중 하나지. 또 거기 있는 후와 아무개는 낯짝을 보아도 한바탕 날뛸 것 같은 놈이야. 훗날의 우환을 끊기 위해 둘 다 여기에서 처치해 주마."

끝까지 듣지도 않고 후와 가즈에몬의 창끝에서 운모처럼 반짝이는 가을 구름으로 휙 하고 창집이 날아갔다.

"그렇다면 기라의 자객이로군."

고함치며 마찬가지로 칼을 뽑는 오쿠노 쇼겐 앞에서, 벌써 후와 가즈에몬은 육부를 향해 쇄도하고 있었다.

그 눈앞에 갑자기 검은 연기가 퍼진 것처럼 보였다. 그것은 육부의 삿갓이며 어깨에서 날아오른 수십 마리의 나비였다. 나비는 구름처럼 흘러왔다.

"앗?"

어지간한 가즈에몬도 이 기괴한 나비 구름에 깜짝 놀라 멈추어 섰다가, 다음으로 번개처럼 창을 휘둘러 때려눕히려고 했다. 그러나 창을 쥐여 주면 아코번에서 다카다 군베에[주6] 다음 가는 자라는 말을 듣던 가즈에몬도 나비가 상대여서는 어찌할 수도 없어 숨을 삼킨 순간, 검은 연기는 그 얼굴을 불어 지나갔다.

그는 1, 2분 동안 우두커니 서 있었으나, 갑자기 창을 대지에 퍽 꽂고 몸을 기대려고 했다. 그러나 그러지도 못하고 한 손으로 얼굴을 덮더니, 그 거구는 땅울림 소리를 내며 풀 속으로 굴렀다. 나비의 날개에서 떨어진 비늘가루가 코와 입으로 들어온 순간, 그는 어질어질하게 현기증이 나고 정신이 흐려진 것이다. 그것을 보고 쇼겐

주6) 高田郡兵衛(다카다 군베에), 에도 시대 전기의 무장으로 아코번 아사노 씨(氏)의 가신. 창의 달인이라고 전해진다.

은 달려갈 새도, 도망칠 새도 없었다. 이때 그 자신의 얼굴도 이 검은 나비로 덮여 있었기 때문이다.

오쿠노 쇼겐이 쓰러지는 것을 지켜보고는, 육부는 계도를 든 채 풀 속을 걸어 다가왔다. 그는 그들을 내려다보며 코웃음을 쳤다.

"이러고도 원수를 갚겠다니, 거참 가소롭군."

계도를 고쳐 쥔 것은 숨통을 끊으려고 한 것이다. 그때 어디에선가 여자의 목소리가 났다.

"우리쓰라 효자부로——."

육부는 퍼뜩 얼굴을 들었다. 부른 사람의 모습은 어디에도 없다.

"안 된다, 죽여서는 안 된다. 죽이면 기라가와 우에스기가가 오히려 위험해——."

육부는 위를 올려다보았다. 실로 수십 자 높이의 나뭇가지에, 한 무사와 아름다운 여자가 걸터앉아 다리를 흔들며 내려다보고 있었다.

"노토의 오코토——."

하고 우리쓰라 효자부로는 외쳤다.

"요네자와에서 나온 거냐."

"지사카 님의 분부로. ——지금 말한 것은 효부 님의 생각이다. 왜냐하면——."

효자부로는 어깨를 떨었다.

"듣지 않아도 된다. 아사노 낭인을 죽이면 기라와 우에스기의 짓이라고 세상 사람들에게 의심받는다는 것이겠지. 홍, 지사카 님다운 지나친 걱정이야. 세상 사람들은 모두 아사노를 주목하고 있고, 고즈케노스케 님은 목숨의 위협을 받고 계시다는 것을 알고 있다. 의심을 받을 것은 각오한 일이야. 의심받는 것이 두렵기보다 죽는 것이 두렵지. 목숨의 위협을 받고 있는 것을 알면서도 그냥 있는 것은, 아니, 죽이도록 내버려 두는 것은 우에스기의 수치, 세상 사람들의 눈앞에서 아사노 낭인을 모조리 없애 나가는 것이야말로 겐신 님으로부터 이어지는 우에스기의 긍지. ──안 그런가."

하고 그는 기세등등하게 말했다.

"너도 노토의 닌자인데, 이런 날을 위해 우리는 에치고[주7] 우에스기 때부터 키워져 온 것이라 생각하지 않나? 헌데, 그 남자는 노토 사람은 아닌 듯한데 대체 누구냐."

"……거기까지 각오하고 하는 일이라면, 이미 말려도 멈추지 않겠군."

하고 나무 위의 남자는 오코토에게 말했다.

"오코토, 같은 노토의 닌자를 이가의 솜씨로 해치워도 되겠나?"

우리쓰라 효자부로는 한 발짝 뛰어 2간쯤 물러나 있었다. 그는 오쿠노 쇼겐의 숨통을 끊는 것을 잊었다. 같은 노토의 닌자 오코토 옆에 낯선 남자가 친근하게 앉아 사람을 우습게 보는 듯한 말을 내뱉는 것을 듣고, 닌자답지 않게 발끈한 것이다.

그 손을 품에 넣더니, 그는 검은 회지를 꺼냈다. 찢었다. 하늘로 던졌다. 수면약을 바른 종이는 독가루를 날리는 나비로 변해 날아

주7) 越後(에치고), 현재의 니가타현 대부분을 차지하고 있던 옛 지명.

올랐다. 나비의 수는 실로 백 마리를 넘는 듯 보였다.

그 검은 나비의 대군이 나무 위에 다다르기 전에, 그것은 허공에 멈추었다. 움직이지 않게 된 것도 아니다. 떨어진 것도 아니다. 그것은 허공에 우산처럼 펼쳐진 하얀 그물에 가로막히고 그것에 달라붙어, 파닥거리며 버둥거리고 있는 것이었다.

하얀 그물은 오징어가 먹물을 방출하는 구조물처럼 나무 위의 무묘 쓰나타로의 입으로 빨려들어가고 있었다. 아니, 그것은 그의 입에서 처음에 타액의 실로 토해져 나와, 마치 거대한 꽃이 피듯이 그물이 되어 공중으로 확 펼쳐져 떠 있던 것이다. 그리고 그 타액의 그물은 나비를 모조리 붙잡은 채 떨어져 내려, 경악하는 우리쓰라 효자부로 위로 덮였다.

그는 위를 향해 계도를 휘둘렀지만, 그것은 벨 수 없었다. 그물은 비단실보다도 가늘고, 반짝반짝 가을 햇빛에 빛나면서 엄청난 점착력을 가지고 있었다. 닌자 우리쓰라 효자부로는 온몸이 그물에 얽혀 나비처럼 버둥거렸다. 몸을 젖힌 그 목을, 공중에서 똑바로 날아온 수리검이 꿰뚫었다.

수십 자의 나무 위에서 두 사람의 몸을 도롱이벌레처럼 매단 채 두 줄의 하얀 실이 스윽 내려왔다.

"무묘 님."

오코토의 갸름하고 요염한 눈은 크게 뜨여 있었다.

"무섭군요. 이것은 어떤 닌자술입니까?"

"거미의 실패."

쓰나타로는 그렇게 내뱉으며 숨이 끊어진 우리쓰라 효자부로를 내려다보았다.

"헌데 그렇게 뛰어난 분이라고들 하는 지사카 님의 깊은 계략은 알 것 같기도 하지만, 결국 아군의 닌자를 쓰러뜨리고 적을 지켜야 하다니 묘한 이야기로군."

무뚝뚝하게 턱을 쓰다듬던 쓰나타로는 곧 오코토에게 시선을 옮기며 말했다.

"육부의 시체는 내가 처리해 두겠다. 이자들의 처리는 네 몫이다."

"알고 있습니다."

"솔직히 나한테는 적도 아군도 없어. 오직 효부 님의 말씀을 따를 뿐이다. 만일 그 말씀을 어기는 일이 있다면 오코토, 너도 이 우리쓰라의 뒤를 쫓아야 한다는 것을 각오해 두어라."

오코토는 몸을 떨었다. 그 말대로, 지금 본 닌자술 '거미의 실패'보다 이 에도에서 온 이가 사람의 눈——여자에 대한 얼음 같은 눈에 몸이 떨렸던 것이다. 동시에 어떤 여자의 유혹에도 반응이 없는 이 남자에게 이상하게도 애절한 마음이 치밀어올라, 자신이 움직이고 있는 것은 지사카 효부의 명령 때문이 아니라 이 무정한 남자를 위해서라는 기분이 드는 것이었다.

무묘 쓰나타로는 이미 등을 돌려 우리쓰라 효자부로에게서 오쿠노 쇼겐 옆으로 걸어갔다. 쪼그려 앉는가 싶더니, 쇼겐의 품에서 무언가 뽑아 들어 펼치고 있었다.

"중요한 연판장이니, 늘 가지고 다닐 것이라고 생각했지. 흠, 여기 저기에 줄이 그어져 있군. 이것은 이탈한 자인가."

하고 중얼거렸다.

"나머지, 58명."

3

"저어, 여보셔요……."

갑자기 뒤에서 들려온 가느다란 목소리에, 하품을 하고 있던 두 명의 가마꾼은 펄쩍 뛰어올랐다.

"도와주세요……."

그 목소리가 지장보살당 안에서 들려오는 것을 깨닫고, 가마꾼은 서로 얼굴을 마주 보고는 지장보살당 안으로 뛰어들어갔다.

"앗, 이것은!"

하며 두 사람은 눈을 부릅뜨고 멈추어 섰다. 거기에 아름다운 여자 한 명이 묶인 채 쓰러져 있었던 것이다.

"어, 어찌 된 것이오. 이런 곳에."

"아까부터 우리가 이 앞에서 쉬고 있었는데, 전혀 눈치채지 못했구려. 언제부터 여기에 있었소?"

여자는 두려운 듯이 판자벽 쪽을 바라보았다.

"그보다…… 그보다, 그 육부는 이 근처에 있지 않나요? 빨리, 빨리 이 밧줄을 끊고 저를 놓아주세요."

"그 육부?"

물론 여자를 이런 꼴로 만든 남자가 있을 것이다. 그 사실을 깨달음과 동시에, 두 가마꾼은 그곳 판자벽에 뻥 뚫려 있는 기분 나쁜 사람 모양의 구멍에 깜짝 놀랐다. ──그래도 도망치지 않은 것은 자신들이 가마에 태우고 온 무사와 그 지인인 듯한 낭인이 바로 가까이에 있을 것이다, 라는 뒷배에 대한 생각이 떠올랐기 때문이었다.

"그러고 보니 그 무사님들은 어떻게 되셨을까."

"이야기를 한다고 해도 좀 긴데."

두 사람은 머뭇머뭇 그 사람 모양의 구멍을 통해 뒤쪽의 초원을 내다보고는,

"앗, 저런 곳에 창이 한 자루 꽂혀 있네!"

"달리 사람 그림자도 없는데, 어찌 된 것일까?"

하고 소리치며 사람 모양의 구멍을 통해 뛰쳐나가 정신없이 달려갔다.

땅에 꽂힌 창 아래에, 수염을 기른 낭인은 갑주 궤를 짊어진 채 쓰러져 있었다. 가마꾼은 그것보다도 자신들이 태우고 온 오쿠노 쇼겐 쪽으로 달려갔다.

시끄럽게 불러 대는 가마꾼들의 목소리에, 쇼겐은 의식을 차렸다. 넋이 나간 듯 주위를 둘러본다. 구역질이 나고, 머리가 깨질 듯이 아팠다.

"무사님, 어찌 된 것입니까?"

"……나도 모르겠네."

"저기에 그 낭인 분도 쓰러져 계시는데, 결투라도 하신 겁니까?"

"……아니."

뭐가 뭔지 모른 채 대답하며 일어선 쇼겐은 주위에 흩어져 있는 수많은 검은 종잇조각을 둘러보았다.

"아니?"

하고 눈을 크게 뜨고 두세 발짝 걸어가 그중 하나를 주워 들려고 몸을 굽혔을 때, 쇼겐은 깜짝 놀랐다. 품에 넣어 둔 연판장이 없는 것을 깨달은 것이다.

그때, 가마꾼이 말했다.

"그 지장보살당 안에도 젊은 여자가 한 명 쓰러져 있습니다."

"육부인가 뭔가에게 묶여 끌려왔다나요——."

쇼겐은 또 뻣뻣하게 멈추어 서서, 찬물을 뒤집어쓴 듯한 안색으로 주위를 둘러보았다.

"육부."

멀리 옛 후시미성의 외호(外濠) 돌담, 그리고 대흑사(大黑寺)라는 절의 무너진 흙담이 반짝이고 있다.

그곳도, 노랗게 잎이 물든 숲도 초원도, 그저 가을바람이 움직이고 있을 뿐이고 육부는 물론 사람 그림자 하나 보이지 않는 야마시나의 마을이었다.

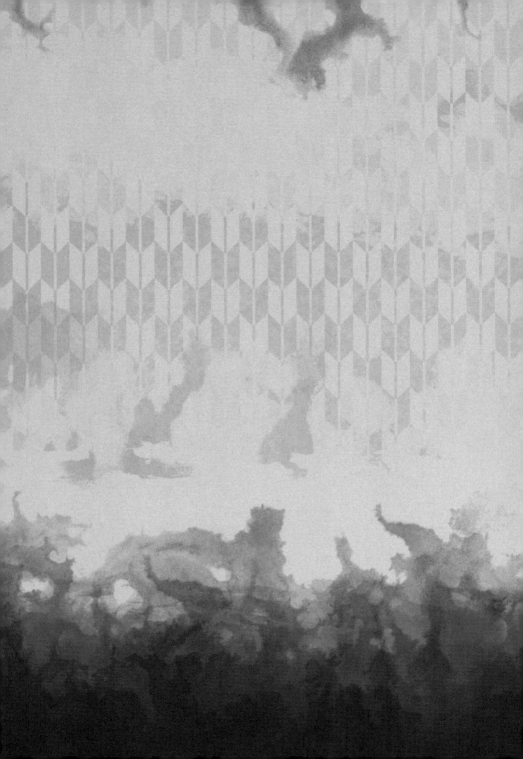

쇼겐 함락

1

"육부?"

그때, 뒤에서 신음하는 목소리가 났다. 돌아보니 후와 가즈에몬
이 풀 속에서 창을 지팡이 삼아 비틀비틀 일어서려고 하고 있다.

"육부는 어디로 갔지? 으음, 수상한 나비를 부리다니, 기괴한 놈이
로다——."

그는 충혈된 눈으로 주위를 둘러보다가 쇼겐 일행을 바라보며 물
었다.

"쇼겐 님, 아까 그 육부는 어디로 사라진 것입니까?"

"모르겠네."

하고 오쿠노 쇼겐은 창백해진 얼굴로 고개를 저었다.

"다만 저기 있는 지장보살당에, 방금 그 육부에게 납치되었다는
여자가 한 명 있다고 하는군."

"예? 여자가?"

가즈에몬은 비틀거리면서 달려왔다. 그들은 지장보살당으로 가
까이 다가갔다. 그 뒤쪽의 판자벽에 뚫린 육부의 모습과 꼭 닮은 구
멍에 고개를 갸웃거리면서 안을 들여다보았다.

정말로 젊은 여자가 묶인 채 쓰러져 있다. 그 구멍에서 떨어지는
황금색의 비스듬한 가을 햇빛이 드러난 상아 같은 허벅지에 춤추고
있었다. 여자가 버둥거리고 있었지만 단순히 자신이 버둥거린 탓만
은 아닌 것으로 보이는, 부자연스럽게 벌어진 옷자락이었다.

"가마꾼들, 자네들은 길에서 기다리고 있게."

하고 쇼겐은 말했다. 여자에게 물어야 하는 것을 가마꾼에게 들려주고 싶지 않았던 것이다. 가능하다면 후와도 멀리 떨어뜨려 두고 싶을 정도였지만, 그의 표정을 보고 쇼겐은 체념하며 구멍을 통해 지장보살당 안으로 들어갔다. 가즈에몬도 뒤따라 구멍을 지나온다.

그리고 그 여자에게 제대로 물어보니 의외로 여자는 육부와는 전혀 인연이 없는 사람이었다. 오쓰에 사는 상인의 딸인데, 오사카로 가던 도중에 이 근처의 나라 가도[주8]에서 갑자기 한 육부의 습격을 받았고, 정신이 들어 보니 이 지장보살당 안에 눕혀져 있었다고 한다. 그리고 이곳에 다른 육부가 한 명 더 나타나 "지금 쇼겐이 가마를 타고 오고 있다――"라고 말하자 두 사람이 씩 웃더니 그다음에.

거기까지 말하더니, 처녀는 자신의 옷자락을 내려다보고 얼굴을 새빨갛게 붉혔다.

"뭐, 두 명의 육부?"

하고 가즈에몬은 고함쳤다.

"쇼겐 님, 우리 앞에 나타난 것은 한 명이었지요."

쇼겐은 팔짱을 낀 채 돌처럼 경직한 표정으로 여자를 내려다보고 있었지만, 이윽고 중얼거렸다.

"그보다 그자들, 무엇 때문에 그런 짓을 한 것일까?"

"뻔한 일이지요. 그자는 기라의 자객이 아니겠습니까."

"그렇다면 왜 우리를 죽이지 않고 떠난 것일까."

주8) 奈良街道(나라 가도), 나라로 향하는 가도의 총칭. 여러 개의 루트가 존재한다.

쇼겐에게는 한 가지 알고 있는 것이 있다. 동지의 연판장을 빼앗는 것, 그것이 그 육부의 목적이었음이 틀림없다. 그러나 그자는 분명히 "훗날의 우환을 끊기 위해 둘 다 여기에서 처치해 주마"라고 말했다. 그런데 정신을 잃은 자신과 후와를 그대로 두고, 어째서 사라져 버린 것일까. ……자신들이 정신을 잃고 있는 중에 무슨 일인가가 일어난 것이다.

알 수 없는 것은 그 외에 몇 가지나 더 있었다. 육부가 날린 기괴한 나비가 가장 알 수 없는 것이지만, 그 이외에도 왜 이 여자를 납치해 온 것일까. 하기야 몹시 아름다운 처녀이기 때문이겠지만, 가깝다고는 해도 일부러 나라 가도에서 숲을 넘어 여기까지 데려온 것은 무엇 때문일까.

"낭자. ……몸을 더럽혔군."

처녀는 입술을 깨물고 몸을 떨었다.

"쇼겐의 가마가 오고 있다. ──고, 한 육부가 알린 후에 범해진 것인가?"

처녀는 눈물을 지으며 고개를 끄덕였다.

"흠, 그걸 모르겠군. 거기에 무언가 의미가 있는 것일까."

쇼겐은 흐느껴 우는 여자의 감정을 무시하고 캐물었다.

알게 된 것은 더더욱 기괴했다. 나중에 온 육부가, "이것이 닌자의 정(精)을 가진 여자인가?"라고 묻자 여자를 납치해 온 육부가 "보게, 왼쪽 귓불에 사마귀가 있지. 도카이도를 따라 올라오는 동안 수백 명의 여자를 보았지만, 왼쪽 귓불에 사마귀가 있는 여자는 한 명도 없었는데, 간신히 지금 이 여자를 발견한 것은 하늘의 안배일세——

——"하며 고개를 끄덕이고, 그 후에 둘이서 능욕했다는 것이었다.

쇼겐과 가즈에몬의 눈길은 여자의 왼쪽 귓불에 쏟아졌다.

"과연, 사마귀가 있군."

"그런데 무엇이 하늘의 안배인지."

"후와."

하며 쇼겐은 팔짱을 풀었다.

"육부는 닌자였지."

"닌자?"

"그 기괴한 검은 나비가 닌자술이 아니면 무엇이겠나. ……그 닌자는, 내 생각에 왼쪽 귓불에 사마귀가 있는 여자를 범하지 않으면 그 술법을 쓸 수 없는 것일세. 어떠한 이유인지, 그것은 모르겠네."

후와 가즈에몬은 멍한 표정이었다.

"참으로 믿을 수 없는 이야기지만, 믿을 수 없는 것으로 치자면 그 나비도, 만일 우리가 눈앞에서 똑똑히 보지 않았다면 믿을 수 없었을 테지. 나의 이 판단에는 틀림이 없을 것으로 생각되네."

"——쇼겐 님, 그래서 지금부터 어찌하실 겁니까?"

"후시미에는 가지 않겠네."

하고 오쿠노 쇼겐은 속삭이는 듯한 목소리로 말했다.

"이곳을 지나는 나까지 기다리고 있던 놈들이니 슈모쿠초에 있는 다유를 모를 리는 없겠지만, 그렇다고 해서 이대로 적을 안내해서 후시미로 갈 수도 없지. 나는 교토로 돌아가겠네. ——이 여자를 데리고."

"이 여자를 데리고요?"

"후와, 육부들은 도카이도에서 수백 명의 여자를 만났지만 귀에
사마귀가 있는 여자는 이 여자 하나였다고 했다지. 이 여자는 그자
들에게 쉽게 대체할 수 없는 여자인 것일세. 이 여자를 붙잡고 있으
면 그자들은 반드시 다시 내가 있는 곳으로 올 걸세. 적어도 이대로
포기할 것이라고는 생각되지 않아. 동지들에게 실로 무서운 닌자인
것을 알았으니, 어떻게 해서라도 우리가 있는 곳으로 끌어내어 없
애야 하네."

"하지만 다유에게 이 사실을 알리지 않으면 다유도 위험한 것은
아닙니까?"

"……적이 목숨을 원할 정도로, 건실한 다유라면 좋겠네만."

하고 오쿠노 쇼겐은 내뱉듯이 말했다. 그러고 나서 날카로운 눈
으로 가즈에몬을 바라보았다.

"후와, 자네를 동지로 끼워 줄지 말지는, 자네가 아까 그 자객의
목을 동지에게 선물로 가져올 수 있을지 어떨지에 따라서 결정하기
로 하지."

참으로 쇼겐의 말대로였다. 그 무서운 적은 한시라도 빨리 이쪽
의 손으로 처리하지 않으면 쉽지 않은 큰일이 될 것이다. 그렇지 않
더라도 태어나서 지금까지 그렇게 비참한 패배를 맛본 적이 없어
이성을 잃고 있던 열혈 후와 가즈에몬은, 자루가 붉은 장창을 바닥
을 뚫을 듯이 내리치며 신음했다.

"그자를 죽이면 동지로 받아 주시겠습니까. 고맙고 다행스러운 일입니다. ……으음, 이번에야말로 꼭."

그러나 쇼겐에게는 그 이상으로 그럴 수밖에 없는 이유가 있었다. 빼앗긴 연판장을 되찾는 것, 그것이다. 지금은 오히려 동지들 사이에서 구라노스케보다도 중요하게 여겨지고 있는 자신이 하필이면 기라 측의 자객에게 어이없이 연판장을 빼앗겼다고 한다면, 모두에게 얼굴을 들 수 없는 일이었다. 아니, 이 일이 알려져서도 안되었다.

쇼겐은 처음으로 말했다.

"가즈에몬, 이 여자의 밧줄을 끊어 주고, 가마꾼을 부르게."

2
―――

오쿠노 쇼겐의 집은 교토 히가시야마의 산기슭 묘법원[주9] 근처에 있었다. 낭인의 집이라고는 하지만 한때는 천 석의 녹봉을 받던 신분이다. 집도 정원도 널찍하고 종자도 네다섯 명 두고 있었지만, 여자는 없었다. 거사의 계획이 생기자마자 곧 아내와 헤어지고 결의를 굳혔기 때문이다. 그러나 도코노마에는 갑옷을 장식하고 마구

―――――――――
주9) 묘법원(妙法院), 교토시 히가시야마구(東山区)에 있는 천태종의 본산 사원. 본래는 히에이잔(比叡山) 산의 한 사원이었다가 1184년에 교토로 옮겨졌다.

간에는 말도 두고, 마치 아직 모시는 주군이 있는 무사인 것처럼 으스대며 집 전체에 부드러움이라고는 조금도 없는 분위기는, 여자의 손길이 없어서만은 아니고 엄격한 주인의 성격이 반영된 것이었다. 야마시나에 있는 오이시의 집은 어디를 둘러보아도 무구다운 무구도 없고, 정원에는 꽃이 피고, 벽에는 유녀의 옷이 줄줄이 걸려 있고, 연지와 분의 냄새를 풍기고 있으니 말이다.

오코토라는 처녀는 그 안쪽 방 중 하나에 갇히게 되었다. 일부러 창살까지 친 데다, 밤낮으로 저택의 안팎을 종자들이 돌아다니고, 창살 바깥에는 가즈에몬이 창을 번득이며 서고, 앉고, 잠도 자며 경계했다. 물론 적의 닌자가 올 것을 두려워하는 것이 아니라, 그것을 기다리고 있는 것이었다.

사흘이 지나고, 나흘이 지나고, 닷새가 지났다. 어느 날 밤, 가즈에몬은 심상치 않은 소리에 얕은 잠에서 퍼뜩 깨어 종자들이 창살을 친 방의 자물쇠를 열려고 하고 있는 것을 발견했다.

"무슨 짓이냐."

그는 기가 막혀 눈을 비볐다. 그러자 한 사람이 무릎을 꿇고 손을 모았다.

"나리, 제일 처음을 양보하겠습니다."

"무엇을."

"이 여자를, 뜻대로 해 주십시오."

종자들은 눈을 번득이고 혀를 내밀며, 모두 짐승 같은 얼굴을 하고 있었다.

"멍청한 놈."

하고 가즈에몬이 질타하자 놀랍게도 그들은 "해치워라" 하고 고함치며 일제히 옆구리에 찬 칼 중 작은 칼을 뽑아 들고 쇄도해 왔다. 마치 광견이라고밖에 생각되지 않는 짓이었다. 가즈에몬은 손을 옆으로 돌리다가 깜짝 놀랐다. 거기에 세워져 있던 창이 없었던 것이다. 보니, 종자 중 한 명이 그것을 들고 슬슬 다가온다. 이런 경우에 대비해 미리 훔쳐 두었던 것이 틀림없다.

"방심했군."

창살을 등지고 가즈에몬이 이를 갈았을 때 뒤에서,

"후와 님, 이것을."

하며 오코토가 달려와 창살 너머로 비녀를 건넸다. 그것을 받아 드는 것과 동시에 가즈에몬은 베어 들어온 한 사람의 도신(刀身)을 피했다. 가즈에몬의 손에서 비녀가 날아가, 창을 든 종자의 눈에 꽂혔다. 비명을 지르며 몸을 젖히는 그의 옆으로 달려가 붉은 창을 낚아챈다.

"네놈들, 미치기라도 한 게냐."

창만 손에 있으면, 종자들 따위는 벌레나 마찬가지인 후와 가즈에몬이다. 바로 앞의 두 명을 옆으로 후려치자 뼈가 부러지는 울림과 함께 두 사람 다 땅바닥에 쓰러지고, 도망치려고 한 나머지 한 명의 등에서 가슴으로 창끝이 하얗게 꿰뚫었다.

소리를 듣고 오쿠노 쇼겐이 달려왔다. 그는 생각지 못한 수라장에 눈을 부릅떴다.

"가즈에몬, 이것은 어찌 된 일인가."

"어찌 된 일인지, 저도 모르겠습니다."

하고 가즈에몬은 설명하며, "이자들, 갑자기 마물에 홀려 미친 것이라고밖에 생각되지 않습니다" 하고 크게 한숨을 쉬고 나서 창살 안의 오코토를 보며,

"쇼겐 님. ……이 여자를 놓아주면 어떻겠습니까."

하고 말했다.

"왜지?"

가즈에몬은 입을 다물었다. 오쿠노 쇼겐은 신음하듯이 말했다.

"후와, 역시 적이 온 것일세. 이 사람들은 교토에 와서 새로 들인 자들이 아니야. 아사노가에 있을 때부터 부려 온 자들일세. 그런데 이런 짓을 했다니, 적에게 매수된 것이 틀림없네. 적은 어지간히 이 여자를 원하고 있는 듯하군. 끝까지 여기에서 내보내서는 안 되네."

그렇게 생각할 수도 있지만, 가즈에몬은 다른 생각을 하고 있었다. 그로서는 입 밖에 낼 수 없는 생각이었다. 이 종자들은 적의 닌자와는 상관없이, 이 여자에게 발정한 말처럼 색정(色情)이 부추겨졌을 뿐인 것이 아닐까? 그것은 지난 며칠 동안 가즈에몬 자신도 몸으로 느끼고 있던 것이었다.

처음에는 가엾은 여자라고 생각하고 있었다. 귀에 사마귀가 있다는 이유만으로 천마(天魔)에 씌었다고밖에 생각되지 않는다. 그 때문에 적에게 범해지고, 이번에는 그 적을 끌어들일 미끼로 이곳에 감금당하다니, 이 얼마나 불운한 처녀인가——그렇게 생각하고 있

었던 것이다.

　그래서 가즈에몬은 옥지기 노릇을 하면서도 종종 "오코토라고 했나, 가엾게 되었지만 잠시만 사정을 좀 봐주게"라고 사과하거나 그녀가 필요로 하는 것을 이것저것 살펴 준 적도 있다. 매일 울며 지내던 여자도 가즈에몬의 투박한 친절은 이해할 수 있었던 듯하고, 지금 같은 위급한 때에 비녀를 건넨 것도 분명 그를 신뢰할 마음이 들었기 때문일 것이다. 그러나 가즈에몬은 동정과는 별개로 이 처녀에게 빨려 들어갈 듯한 육욕을 느끼고 있었다. 그 지장보살당에서의 자태가 섬광처럼 어른거린다. "이것이 닌자의 정(精)을 가진 여자인가?"라고 말했다는 적의 닌자의 기괴한 말이 귀에 울린다. '닌자의 정'이란 무엇일까? 그것이 귀에 있는 사마귀와 무언가 연관이 있는 것일까? 그렇게 생각하고 있는 동안에 머리는 흐려지고, 농염한 담홍색 안개에 감싸여 가는 것이다.

　여색이라니, 바보 같은! 옛 주군의 원한을 푸는 날까지는 모든 잡념을 끊었을 내가, 이 무슨 멍청한 망상을──그렇게 잘라 내면서도, 호쾌한 이 사내가 문득 모든 것을 내던지고 이 여자를 데리고 마음껏 농락한 후 도망치고 싶다는 당치도 않은 유혹에 사로잡히는 것이다.

　이 여자를 놓아달라. ──가즈에몬이 쇼겐에게 그렇게 권한 것은 동정이 아니라 본능적으로 마음의 위험을 느꼈기 때문이었다. 그러나 쇼겐이 반대한다면, 낭인의 몸으로 혈맹에 끼워 달라고 쇼겐의 허락을 조르고 있는 가즈에몬으로서는 그 이상 어떻게도 하기 어려운 일이었다.

3

생각은 오쿠노 쇼겐도 같았다.

연판장을 되찾기 위해, 또 연판장을 빼앗아 간 괴한을 어떻게 해서라도 없애기 위해——라는 목적으로 포로로 삼은 여자였지만, 그 여자에게 아코에서 오이시의 '낮등불', 오쿠노의 '쇠화로'라는 말을 들었던 고지식한 사람이 하루에 몇 번 감옥방 앞에 가서 "가즈에몬, 수상한 기척은 없나" 하고 묻는 것도 건성이고, 여자의 얼굴과 모습을 보는 것이 뭐라 말할 수 없는 재미가 되었다.

그 또한 그 지장보살당에서의 자태뿐이랴, 지금은 그 육부에게 범해졌다는 모습의 상상도까지 독을 품은 꽃처럼 눈꺼풀 속에 떠오른다. 어쩌면 그 지장보살당에서 이미 이 여자의 고혹의 그물에 걸려 있었던 것인지도 모르지만, 물론 그는 그 사실을 의식하지 않는다.

"닌자의 정이란 무엇일까?"

점차 연판장보다, 괴한보다, 그 사실만 멍하니 생각하게 된다.

"그 닌자는 이 여자를 범함으로써 비로소 술법을 쓸 힘을 얻는 것이라고 나는 보았는데, 그것은 사실일까?"

그렇다면 저 여자를 범한다, 여자를 범한다, 범한다, 라는 말만이

뇌에 달라붙어 떨어지지 않게 되었다. 그리고 쇼겐은 자기 자신을 이상하게 생각하고, 자기 자신을 두려워했다.

칠 일째 오후, 쇼겐은 가즈에몬을 불렀다.

"후와, 어디에 서장을 좀 전해 주었으면 하네."

"어디에 말입니까?"

"가라스마 이마데가와에 사는 신도 겐시로에게."

"오오, 신도 님."

신도 겐시로는 본래 사백 석의 녹봉을 받았으며, 역시 동지 중 한 명이다. 오이시의 인척에 해당하지만, 근래에 구라노스케가 유곽에 푹 빠져 있는 것을 가장 지탄해 마지않는 인물이었다. 쇼겐에게는 심복이라고도 할 수 있는 무사로, 쇼겐은 고민이 된 나머지 그에게 만 모든 것을 털어놓고 자신의 실수와 앞으로의 조치를 그에게 상의하기로 결심한 것이었다.

지난밤의 생각지 못한 싸움으로 종자의 대부분이 목숨을 잃고, 또 대망(大望)을 가지고 있다 보니 정체를 알 수 없는 자를 쉽사리 새로 고용할 수는 없는 쇼겐의 집이었다. 가즈에몬은 쇼겐의 서장을 받아 들고 가라스마 이마데가와로 떠났다.

번민 끝에, 쇼겐이 감옥방으로 홀린 듯 다가간 것은 밤이 되고 나서였다.

"오코토, 사람이 없어서 내가 등불을 가져왔다."

그는 방 안에 들어가 등롱을 두었으나, 그러고는 밖으로 나가려고 하지 않고 황홀한 듯 오코토를 넋을 잃고 바라보았다.

구석에 바싹 붙어 겁먹은 눈으로 이쪽을 바라보고 있는 처녀가 얼마나 귀여운지. 검은 머리카락은 흐트러져도 거울이 없고, 옷은 찢어져도 바늘이 없어, 그 지장보살당 때 그대로의 모습이다. 보고 있는 사이에 한층 더 이 처녀를 심하게 학대해 주고 싶은 듯한 요사스러운 아름다움이, 흐트러진 머리카락이며 띠와 함께 온몸에 나긋나긋하게 얽혀 있다.

"육부는 오지 않는군."

하고 쇼겐은 쉰 목소리로 말했다.

"너를 범하러 올 거라고 생각하고 있었는데."

스스로 무슨 말을 하고 있는 것인지도 거의 알 수 없었다. 쇼겐의 눈은 번들번들 빛나고, 마른 입술을 혀로 핥으며 지난밤에 덮쳐 온 종자들과 꼭 닮은 표정이 되어 있었다.

"너를 범하면 신비로운 힘이 생긴다는 것인가?"

쇼겐은 취한 듯이 기어와, 도망칠 곳이 없는 처녀의 떨리는 가느다란 어깨를 붙잡았다.

"내, 내게도 힘을 다오. 충(忠)을 관철할 힘을 다오, 응? 오코토……."

그리고 한때 아코에서 차석 가로라는 말을 들었던 오쿠노 쇼겐은 아내에게조차 보인 적이 없는 천박한 모습을 드러내며, 난폭하게 처녀를 깔아뭉개고 범하기 시작했다.

쇼겐은 자신의 몸에서 무언가가 방출됨과 동시에, 오히려 무언가가 꿀처럼 흘러 들어오는 것을 느꼈다. ……이윽고 쇼겐은 몸을 떼었다. 그의 남근은 5분이 지나도, 10분이 지나도 여전히 서 있었다. 흘러 들어온 꿀 같은 것은 그대로 뜨거운 밀랍처럼 굳어져 그 형태를 무너뜨리지 않았다. 게다가 거기에서 형용할 수 없는 감미롭고 농후하기 짝이 없는 저릿저릿함이 온몸으로 맥박치는 것이다.

사방등 불빛에 부옇게, 이 또한 천박한 반라의 모습으로 누워 유방을 들썩이고 있는 처녀를 보자, 쇼겐은 다시 달려들었다.

몇 번이나 실꾸리처럼 되풀이해도 끝이 없었다. 욕망은 무한하게 불타오르고, 쇼겐은 애욕의 기계가 되어 있었다.

에도에 있는 다쿠미노카미의 미망인 요제이인(瑤泉院)이 "오이시가 어떠하든, 쇼겐만 붙어 있으면 문제없다"고 할 정도로까지 신뢰를 받고 있던 오쿠노 쇼겐은, 이때부터 동지 간자키 요고로에게 "쇼겐은 처음에는 의(義)가 굳고, 조상의 무공을 우러러 받든다. 그러나 그 철심(鐵心)은 순식간에 녹고, 그리하여 허무하게 불의(不義)의 진흙탕에 들어가는 자이다"라고 글로 견책을 당한 불의사(不義士), 아니 색귀로 변한 것이다.

물에 떠 있는 배 가마

1

가라스마 이마데가와에 사는 신도 겐시로를 찾아갔으나, 겐시로는 오사카에 갔다고 하여 집에 없었다. 오늘 밤쯤 돌아올 거라고 하인이 말하기에, 후와 가즈에몬은 오쿠노 쇼겐의 서장을 갖고 기다리고 있었다. 벌써 동지가 된 기분이었던 가즈에몬은 쇼겐의 서장의 내용은 모르지만 아무한테나 그것을 맡길 수는 없다고 판단한 것이다. 하지만 밤이 되어도 겐시로가 돌아오지 않아, 가즈에몬은 어쩔 수 없이 서장을 품에 안고 밤이 깊은 시각에 묘법원에 있는 쇼겐의 집으로 돌아왔다.

그리고 창살을 친 방 안에서 아직도 오코토를 범하고 있는 쇼겐의 모습을 발견한 것이다. ——가즈에몬은 눈을 부릅뜨고 망연자실하여 우두커니 서 있었다.

처녀는 반라라기보다 몸에 거의 띠와 찢어진 천 조각만 걸친 듯한 모습이 되어 하얀 진흙처럼 누워 있다. 쇼겐은 거기에 올라타고는 범하고, 잠시 축 늘어져 위에 엎어져 있기는 하지만 또다시 허리에 태엽이라도 감긴 듯이 움직이기 시작하는 것이다. 그러면 처녀도, 실신한 듯이 눈을 감고 있는데도 정신없이 거기에 응한다. 두 사람 다, 마치 무언가에 쒼 것 같았다. 쇼겐의 피부는 흙빛을 띠고 있었다.

이럴 수가 있단 말인가, 그 쇠화로라는 말을 듣던 오쿠노 쇼겐 님이——나는 나쁜 꿈이라도 꾸고 있는 것이 아닐까, 하고 가즈에몬은 자신의 관자놀이를 주먹으로 때려 보았으나, 꿈이 아님을 깨달음과 동시에 구르다시피 방 안으로 달려들었다.

"쇼겐 님, 미치시기라도 한 겁니까."

하며 거칠게 쇼겐의 몸을 움켜쥐고 두 사람을 떼어놓았다. 가즈에몬의 머리에는 분노의 불길이 소용돌이치고 있었다. 그것은 존경하고 있던 쇼겐이 이런 추태를 드러내고 있는 것에 대한 분노가 아니라, 그가 이 처녀를 범한 것에 대한 격분이었다.

떼어놓자, 쇼겐은 넋이 나간 듯이 공허한 눈으로 올려다보았다.

"후와인가."

하고 중얼거린 입술에서 침이 떨어졌다. 팔다리는 시든 듯이 축 늘어져 아무렇게나 널브러져 있다.

"그 육부 놈이 이 여자를 필요로 한 이유를 알았네. 이상한 힘이 솟아올라. ……보게."

하며 쇼겐은 자신의 사타구니로 시선을 떨어뜨렸다. 가즈에몬은 쇼겐의 온몸이 마른 잎처럼 시들어 보이는데, 그 정기가 한곳에 압축되어 여전히 분출될 듯한 형상을 나타내고 있는 것을 보았다. ——그리고 그는 다시 추악한 게처럼 처녀 쪽으로 다가가려고 한다.

"아, 안 됩니다."

가즈에몬은 그 어깨를 누르며 처녀를 돌아보았다. 오코토는 온몸이 하얀 젖에 젖은 것처럼 반짝이는 채로 눈을 감고 희미한 흐느낌 같은 헐떡임을 흘리면서 완만하게 계속해서 움직이고 있다. 보고 있는 동안에 가즈에몬의 머릿속의 불은 분노보다도 정체를 알 수 없는 광기 같은 것이 되었다.

"이상한 힘——닌자의 정(精)인가."

하고 신음한 것이 마지막 이성이었다.

"내, 내게도 그 힘을 주게. 변화시켜 주게."

가즈에몬은 아까의 쇼겐과 똑같이, 짐승 같은 표정으로 변해 있었다. 그는 가까이 기어가려고 하는 쇼겐을 밀쳐 내고 어깨를 들썩이며 오코토에게 덮쳐들었다.

이미 상대가 누구인지도 알 수 없는 것인지, 처녀는 마치 자의식이 없는, 반사만 남은 살덩어리처럼 가즈에몬에게 달라붙었다. ……살이 하나의 몸으로 녹는 것이 아닌가 싶은 시간이 지나갔다. 가즈에몬은 자신의 골수까지 흐물흐물해져 방출함과 동시에, 무언가가 꿀처럼 역류해 오는 것을 느꼈다.

……이윽고 가즈에몬은 몸을 뗴었다. 흘러들어온 꿀 같은 것은 뜨거운 밀랍처럼 굳어져, 사타구니에서 여전히 불꽃을 피워 올리는 듯했다. 거기에서 형용할 수 없는 쾌락의 저릿저릿함이 온몸으로 맥박치고, 그는 무언가에 떠밀쳐진 것처럼 또 처녀의 몸에 달려들려고 했다.

그러나 죽을힘을 다해, 그는 멈추었다. 이상하다——이것은 평범한 일이 아니다——그 의식이 처음으로 머리 한구석을 스쳤다. 몇 번이나 몇 번이나, 물레방앗간의 절굿공이처럼 이 처녀를 범하고 싶다, 이 불타오르는 듯한 욕망은 기괴하다, 그것을 깨달으면서도 몸속에 도는 육체의 물레방아는 그의 뇌리를 선회시키고, 그것을 막으려는 노력 때문에 그의 이는 딱딱 부딪히고 사지의 손가락과 발가락은 곱아들었다.

"어, 어떤가, 가즈에몬, 이 세상에 보기 드문 여자지. ……이런 여자가 있는 줄은, 나는 몰랐네. 잠깐, 이번에는 나한테 양보하게……."

부스럭거리며 또 쇼겐이 기어왔다. 그 팔다리는 실처럼 가늘어진 듯 보였다. ——가즈에몬의 사타구니에서 또 욕망의 열탕이 뿜어져 올라왔다. 그는 쇼겐에게 살의마저 느꼈다.

"아니, 양보하지 않겠다."

그렇게 고함치며 쇼겐을 떠밀어 쓰러뜨린다. 튕겨 오른 쇼겐의 발이 거기에 내던져져 있던 도(刀)를 걷어차 가즈에몬의 발치로 굴러왔다. ——그 도를 움켜쥔 것은 쇼겐에 대한 살의라고 할 수 있었지만, 뽑은 찰나——등불에 반짝인 도신의 차가운 빛을 본 순간, 그의 머리에 무사의 혼이 되살아났다.

나는 이 여자 때문에 무사가 아닌 것이 되려고 하고 있다! 아니, 이미 색욕의 축생도에 떨어졌다!

가즈에몬은 자신을 움직이는 마(魔)와 같은 힘이 자신의 기괴한 남근에서 나오는 것을 깨달았다. 으음, 네 이놈, 그렇게 이를 갈며 신음하고는, 그는 그 도신을 옆으로 하여 그 증오스러운 짐승 같은 욕구의 원천을 뿌리에서부터 싹둑 베어 내고 말았다.

"앗……."

신음한 것은 가즈에몬이 아니라 오코토였다. 그녀는 상반신을 일으키고, 눈을 한껏 부릅뜨며 가즈에몬을 바라보았다.

후와 가즈에몬은 피 묻은 칼을 든 채 뒤로 비틀비틀 물러나, 창살에 등을 기댔다. 베여 떨어진 것은 피가 아니라 기괴하게도 하얀 등심(燈心) 같은 것을 절단면에서 토하고 있었다. 무시무시한 하복부의 고통보다도 그의 머리를 잡아 찢는 것이 있었다.

마치 안개가 갠 것처럼 사태가 판명되었다. 그것은 오늘 밤만이 아니라, 그 야마시나의 지장보살당 이후로 자신은 요사스러운 안개에 감싸여 있었다는 것이었다.

"……네놈은 기라의 닌자와 한패로군."

하고 말했다.

오코토는 물끄러미 방바닥에 떨어진 것과 처절한 가즈에몬의 모습을 번갈아 보고 있었지만, 이윽고 그 눈에 공포에 가까운 감동의 잔물결이 퍼졌다.

"깨졌구나…… 노토 닌자술 여인 등심(燈心)……."

하고 중얼거린 것은, 남자와 교합한 순간, 반대로 색욕의 정(精)을 등심처럼 꽂아 넣어 남자의 몸속에 불꽃을 타오르게 하는 비법이라는 뜻일까.

"역시 그랬나, 어찌 이런."

하며 가즈에몬은 걸어 나가려다가 털썩 한쪽 무릎을 꿇었다. 오코토가 달려와 가즈에몬을 껴안았다.

"우선 피를 멈추어야 해요."

그렇게 말하더니, 그녀는 가즈에몬의 잘린 부분에 입을 대고 혀로 뚜껑을 덮었다. 끈적한 침은 묽은 밀랍처럼 절단면에 붙어 출혈을 막았다.

"무, 무슨——."

가즈에몬은 신음하면서 칼을 다시 잡으려고 했지만, 이 적의 닌자술은 깼을 텐데도 또 손이 시드는 듯한 감각을 느꼈다. 그것은 빈혈 때문이었을까. 다음 순간, 그는 여자가 그 칼을 빼앗을 것이라고 예상했다.

"죽여라."

"아니요, 진 건 저예요. ……게다가 가즈에몬 님, 저는 당신을 좋아하게 되었어요. 도저히 당신을 죽일 수는 없어요."

하고, 오코토는 고개를 가로저으며 속삭였다. 그러고 나서 가만히 생각에 잠겨 있다가 주위를 둘러보더니 그의 귀에 입을 대고 말했다.

"조심하세요. 저 외에, 다섯 명의——."

그때, 가즈에몬의 몸을 덮다시피 하고 있던 오코토의 몸이 반라인 채 그대로 스윽 허공으로 떠올랐다. 가즈에몬은 고개를 들어, 여자가 몸을 젖히면서 천장으로 끌어올려져 가는 것을 보았다.

"——오오!"

하고 절규했지만 그 판단을 초월하는 요사스러움에 잠시 숨을 삼킬 뿐이었다. 여자의 몸에 하얀 실 같은 것이 수없이 달라붙고 그 실이 천장의 옹이구멍에서 뿜어져 나오고 있는 것을 깨닫고, 가즈에몬이 고통도 잊고 벌떡 튕겨 일어났을 때.

"오코토, 규정대로 하겠다."

그 옹이구멍에서 은침이 뿜어져 나와, 젖혀진 오코토의 하얀 목에 깊이 꽂혔다.

두세 번 몸부림친 오코토는 힘없이 고개를 떨어뜨렸다. 그 목에서 유방 사이를 타고 흐른 핏줄기가 뚝뚝 떨어진 순간, 가즈에몬은 마지막 힘을 쥐어짜 도를 던져 올렸지만, 그것이 천장에 꽂힌 것을 보자마자 다시 털썩 무릎을 꿇었다. 사라져 가는 의식에, 마지막 웃음을 띠며 축 늘어진 여자의 얼굴만이 하얀 꽃처럼 피어 있었다.

얼마나 시간이 지났을까, 제정신으로 돌아온 후와 가즈에몬이 본 것은 다시 방바닥에 내려진 오코토의 시체를 아직도 영구 운동처럼 범하고 있는 오쿠노 쇼겐의 모습이었다. 가즈에몬이 이것을 베려다가 그만둔 것은 쇼겐이 미친 것을 알았기 때문이다.

가즈에몬은 낡은 갑주 궤를 짊어지고 붉은 창을 든 채 밤의 교토를 지나 야마시나로 달려갔다. 그러나 하얀 꽃은 언제까지나 그 뇌리에 명멸하여, 그도 점차 미칠 것만 같은 기분이 들었다.

2

쏟아질 듯한 가을 은하 아래를, 한 대의 가마가 달려왔다. 왼쪽은 가쓰라가와강, 오른쪽은 요코오지이케 연못. 히데요시가 오구라노이케 연못을 메워 만든 오사카 가도다.

"헛, 둘, 헛, 둘."

그 가마꾼의 목소리를 들으면서, 신도 겐시로는 꾸벅꾸벅 졸며 흔들리고 있었다. 오사카의 동지 오야마 겐고자에몬과 함께 분노하며 함께 들이켠 술은 아직도 그의 몸속에서 불타고 있었다.

그는 본래 아코번에서 사백 석의 녹봉을 받았으며, 사키테[주1]의 총포조 조장이었다. 뿐만 아니라 오이시 구라노스케의 사촌에 해당했다.

지난 며칠 동안 찾아가 신세를 진 오야마 겐고자에몬도 구라노스케의 백부다. 그래서 올해 가을 초까지 겐고자에몬은 후시미에 살고, 겐시로는 같은 야마시나에 살며 의거(義擧)의 본진에 가담하고 있었다. 그러다가 구라노스케의 미치광이 같은 유곽놀음에 기가 막히고, 친척인 만큼 동지에게 얼굴도 들 수 없는 부끄러움에 시달리다, 타락한 구라노스케의 모습을 보는 것도 화가 나서 마침내 겐고자에몬은 오사카로 이사하고 겐시로는 교토의 가라스마 이마데가와로 사는 곳을 옮긴 것이었다.

"저어, 여보셔요!"

숨을 헐떡이는 여자의 목소리에, 겐시로는 눈을 떴다.

"부탁이 있습니다, 도와주셔요."

"뭐지?"

주1) 先手(사키테), 성의 출입문을 경비하는 일을 하던 관직. 활조와 총포조가 있었다.

하며 가마의 발을 튕겨 올리고 밖을 내다보다, 겐시로는 살짝 숨을 삼켰다. 가마 앞에 무가(武家)의 처녀인 듯한 여행복 차림의 여자가 무릎을 꿇고 헐떡이고 있는데, 그자가 달빛에 보기에도 유리 등롱처럼 영롱한 미녀였기 때문이다.

"아가씨, 무슨 일이시오."

"저어…… 참으로 무례한 부탁이지만, 그 가마에 저를 태워 주십시오."

"이 가마에? 갑자기 어디가 아프기라도 한 것이오?"

"아니요, 무서운 사람에게 쫓기고 있습니다."

"무서운 사람, 이라니 누구요. 도적인가?"

"닌자입니다. ……아니요, 이렇게 말씀드리고 있는 동안에도 그자는 쫓아오고 있어요."

그리고 처녀는 갑자기 가마 안으로 몸을 던져 왔다. 혼자 타고 있어도 비좁은 가마다. 겐시로는 당황하여 자신은 내리려고 했다. 이 사이에, 물론 가마는 허공에 떠 있는 채였다.

가마꾼이 얼빠진 목소리로 소리쳤다.

"어라? 조금도 무거워지지 않는군."

"——유령이 아닐까?"

처녀는 몸부림치며 외쳤다.

"아니요, 코가의 닌자술입니다. 이대로 가 주세요."

처녀의 무게도 이상하지만, 신도 겐시로는 깜짝 놀라고 있었다. 지금도 말했다시피 혼자서도 좁은 공간에 처녀는 구불구불 몸을 꿈틀거리며 쏙 들어왔던 것이다.

"닌자, 코가의 닌자술, 요즘은 드문 말을 듣는군."

"저는 코가의 만지다니라는 계곡에 있는 닌자술 종가의 딸이에요. ……물에 떠 있는 배라는 술법을 조금 배웠습니다."

겐시로는 처녀가 내쉬는 숨결의 향긋함에 다시 취기가 올라오는 것을 느꼈다.

"물에 떠 있는 배──가마꾼, 무겁지는 않은가?"

"이상하네요. 나리 혼자 타고 계실 때와 똑같습니다."

"그렇다면 되었네. 아가씨, 이대로 교토로 돌아가면 되겠지요."

"예, 그리해 주십시오."

가마는 계속해서 달린다. 겐시로는 물었다.

"이름은 무엇이오?"

"오유미라고 합니다."

"당신을 쫓고 있는 것은 누구요?"

"적입니다. 지금 말씀드린 대로 저희 집은 코가 닌자의 종가인데, 2년쯤 전에 고제(高弟) 중 한 사람인 나미우치 조노신이라는 자에게 아버지가 살해되고 대대로 전해 내려오던 비밀 문서를 빼앗겼어요. 도망친 적을 쫓아 저와, 역시 제자 중 하나인 구와가타 한노조가 찾아다닌 결과──저는 결국 교토에 있던 조노신을 찾아냈는데, 비밀 문서만 되찾았을 뿐 조노신에게 들켜 쫓기고 있었던 것입니다."

겐시로의 귀에, 오유미의 목소리는 아득하게 들렸다. 그것보다도 가슴, 허리, 다리에 닿는 처녀의 가슴, 허리, 다리의 감각만이 타는 듯 뜨거웠다. 게다가 이것이 닌자술 물에 떠 있는 배라는 것인지, 얼마나 가볍고 부드러운지 몰랐다. 마치 향기가 나는 구름에 감싸여 날고 있는 듯하다.

"원통하지만 저 혼자서는 도저히 조노신을 당해 낼 수가 없어요. 일행인 구와가타 한노조는 오사카로 간 후였고요. ……그래서 오사카 방향으로 도망치고 있었지만, 이대로는 반드시 도중에 따라잡힐 것이라고 생각하고 도움을 청한 것입니다. ……만일 당신이 가마에서 내리신다면, 조노신은 분명히 가마 안이 수상하다고 여기고 안을 보려고 할 것이 틀림없어요. 그만큼 의심이 많은 자이지요. 그러니 그 비슷한 남자를 만나면 목소리만 내어 방심하게 하고 그대로 지나가 주세요."

과연, 그런 의도로 이 처녀는 가마에 함께 탄 것인가. ……겐시로는 그윽한 향기 속에서 꿈꾸는 기분으로 고개를 끄덕였다.

"잠깐, 그 가마."

과연 1, 2정[주2]을 달리니 쉰 목소리가 말을 걸었다.

"이봐, 그 가마에 타고 있는 놈은 누구냐. 좀 보고 싶은 게 있다. 발을 걷어라."

신도 겐시로는 꿈에서 깨어 호통쳤다.

"무례한 놈, 나는 옛 아사노번의 신도 겐시로, 지금은 낭인 노릇을 하고 있지만 낯선 놈에게 얼굴을 확인당할 짓은 하지 않았다. 가마꾼, 굄대로 때려눕히고 지나가게."

주2) 정(町), 거리의 단위. 1정은 약 109미터이다.

"아코 낭인, 신도 겐시로."

남자의 목소리는 의외롭게도 당연하다는 듯이 고개를 끄덕인 기색이었다.

"네놈을 지금까지 기다리고 있었다. 가마에서 나오너라."

3

신도 겐시로는 깜짝 놀라, 잠시 가마 안에서 몸을 굳히고 있었다. 상대는 누구일까? 하고 혼란에 빠진 것이다.

──그 귀에 오유미가 속삭였다.

"당신은 아사노의 낭인이시군요. ……맞아요, 조노신은 지금 기라가에 고용되어 있다고 했습니다. 게다가 조노신은 두 팔이 없는 사내입니다."

"기라."

겐시로는 완전히 제정신으로 돌아왔다. 기라, 그 말은 그의 온몸을 검기(劍氣)로 부풀어오르게 했다.

그는 구라노스케와 함께 사누키^{주3)}의 다카마쓰에서 겐로쿠^{주4)} 시

주3) 讚岐(사누키), 현재의 가가와현을 가리키는 옛 지명.
주4) 元祿(겐로쿠), 히가시야마(東山) 천황 시기의 연호. 1688~1704년. 이 소설의 배경이기도 하다.

대의 명검사라는 말을 들었던 도군류^{주5)}의 오쿠무라 무가(奧村無我)로부터 면허 개전을 받은 남자였다. 겐시로는 대도(大刀)를 거머쥐고 가마에서 나갔다. 남자의 목소리와는 반대 방향으로 나간 것은, 물론 상대의 습격을 막는 목적도 있지만 오유미를 감싸기 위해서이기도 했다.

"기라의 자객."

하고 겐시로는 말했다. 달빛 속에 서 있는 가늘고 긴 그림자는 낭인풍의 기나가시^{주6)}를 입고, 도(刀)에 손도 대지 않고 품에 손을 집어넣고 있다. 어지간히 자신이 있나 보다고 생각되는 모습이었다. 그러나 이어서,

"나미우치 조노신이라는 자냐."

하고 겐시로가 말하자 그는 하얀 눈을 부릅떴다.

"과연, 일당 중의 강경파 신도 겐시로, 표적이 되고 있는 것은 알고 있었나 보군. 하지만……내 이름을 누구한테 들었느냐."

겐시로는 웃으며, 그 물음에는 대답하지 않았다.

"저승에 가면 삼도천에서 기다리고 있어라, 곧 고즈케노스케의 머리도 떠내려갈 테니."

달빛을 물처럼 튕기며, 도신(刀身)이 칼집에서 저절로 빠져나왔다. 그대로 가마 앞으로 재빠르게 돌아간다.

상대인 나미우치 조노신은 1간쯤 스윽 물러났다. 하지만 갑자기

주5) 東軍流(도군류), 검술의 일파 중 하나. 시조는 가와사키 가기노스케(川崎鑰之助)이다.

주6) 着流し(기나가시), 하카마나 하오리를 입지 않은 남성의 평상복 복장.

품에 넣은 손은 그대로 둔 채 물끄러미 겐시로를 바라보았다. 길은 외길, 양쪽은 망망한 강과 늪이고, 어딘가 바람에서 진흙 냄새가 난다. 그 안에서 구우우, 구우우 하고 물의 끝까지 이어지며 희미하게 울고 있던 물새 소리가 이상한 검기를 느꼈는지 이때 뚝 끊겼다.

　그렇다, 이자는 양팔이 없는 사내였다. 그때, 겐시로의 귀에 오유미의 목소리가 되살아나, 그는 하얀 이를 보이며 씩 웃었다. 양팔이 없는 남자를 무엇 때문에 그 처녀는 그렇게 무서워한 것일까?

　검 끝에 매서운 살기를 응집하며 한 발짝 두 발짝 겐시로가 나아가려고 한 찰나, 그는 이상한 것을 보았다. 달을 정면에서 받은 상대 낭인의 입에서 한 줄, 두 줄, 하얀 끈 같은 것이 흘러나와 턱에서 가슴으로 흔들흔들 흔들리기 시작한 것을.

겐시로 함락

1

　무언가를 입에 문 것이 아니다. 그 하얀 끈 같은 것은 분명히 나미우치 조노신의 입에서 바깥으로 토해졌다. 너무나도 기괴한 현상에,

　"……뭐지?"

　하고 신도 겐시로가 달빛 속에서 찬찬히 응시했을 때, 상대의 입에 흔들리고 있던 그 끈 같은 것이 휙 날아와 겐시로의 도신에 빙글빙글 감겼다.

　끈이 아니었다. 그것은 생물——긴 벌레였다. 도신에 감긴 그 벌레는 잘리지도 않고 고개를 쳐들며 꿈틀꿈틀 날밑 쪽으로 기어왔다.

　"네 이놈."

　겐시로는 등이 오싹해지는 기분을 느끼며 그대로 적에게 달려들었다. 도는 으르렁거리며 상대의 정수리에서부터 베어 내린 것처럼 보였으나, 실로 머리카락 한 올 차이로 조노신은 스윽 등 뒤로——그것도 2간이나 펄쩍 뛰었다. 얼굴과 얼굴이 3자의 거리로 가까워진 순간, 겐시로는 상대의 입에서 하얀 벌레가 메밀국수처럼 넘쳐나는 것을 똑똑히 보았다.

　땅에 그 벌레를 토해 내고 뒤로 뛰어 물러난 나미우치 조노신의 입에서는 여전히 벌레가 줄줄 흘러나오고 있다. 여전히 양팔이 없는 소맷자락을 펄럭이며 겐시로를 응시하는 조노신의 눈은 웃고 있었다.

　"닌자술 혈충진(血蟲陣)……."

하고 그는 말했다.

겐시로는 자신과 상대 사이의 길에 수많은 벌레가 잔물결처럼 흩어져 꿈틀거리고 있는 것을 보았다. 너무나도 기분이 나빠서 재빨리 물러나려고 하면 뒤에도 아까 낭인이 토해 떨어뜨린 벌레가 스멀스멀 기어다니고 있다. 게다가 상대가 '진(陣)'이라고 말한 것도 과장이 아니다. 벌레 떼는 이제 이중, 삼중의 원을 만들면서 겐시로의 발밑으로 기어오고 있다.

사람의 몸속에는 벌레가 기생할 때가 있다. 담관에 사는 간흡충(肝吸蟲), 폐에 깃드는 폐흡충, 문맥(門脈)에 숨어드는 일본주혈흡충(日本住血吸蟲), 거기에 횡천 흡충, 비대 흡충, 창형 흡충, 고양이 간흡충, 또 광절 조충, 무구 조충, 유구 조충, 개조충, 거기에 회충이나 십이지장충, 요충은 누구나 알고 있겠지만 그 외에도 선충, 편충, 사상충, 분선충, 섬모충 등 끝도 없다. 그중 회충 같은 것은 긴 것도 40센티 정도에 불과하지만 무구 조충에 이르러서는 보통 8미터, 때로는 40미터에 이르는 것조차 있다.

노토의 닌자 우치나미 조노신은 바로 몸속에 벌레를 키우고 있었다. 기생충 같은 것이 아니라, 뱀 술사가 뱀을 부리고 새 술사가 새를 부리듯이 그의 의지에 따르는 특수한 벌레를 몸속에 키우고 있었던 것이다.

"앗, 아야."

하고 신도 겐시로는 도를 쥔 오른손을 왼손으로 누르며 비틀거렸다. 벌레는 날밑을 넘어와 그의 주먹을 빨고 있었다. 동시에 그 하얀 벌레는 스윽 검게 변했다. 달빛이라 검게 변한 것처럼 보였지만 태양 아래였다면 그것이 새빨갛게 변색된 것을 알아볼 수 있었을 것이다. 벌레는 거머리처럼 그의 피부에서 피를 빨아올린 것이다.

겐시로는 아픔 때문에 한 발로 서서 빙글빙글 돌았다. 지상의 벌레가 다리로 기어올라와 하카마 자락을 통해 그의 장딴지를 빨았기 때문이었다. 그것도 잠시, 쿵 쓰러진 겐시로의 팔, 목덜미, 얼굴에 벌레는 찰싹 달라붙었다. 적이 혈충이라고 이름을 붙인 것도 과연 지당한 것이, 순식간에 온몸이 벌레에 덮이고 털구멍이란 털구멍에서 모조리 선혈이 터져 나오는 듯한 격통이 덮쳐 와, 겐시로는 몸부림치며 뒹굴다가 혼절했다.

품 속에 손을 넣은 채 엷게 웃으며 이를 보고 있던 나미우치 조노신이 천천히 겐시로 곁으로 다가가려고 했을 때였다. ──양쪽의 강과 늪에서 갑자기 무시무시한 바람이 일어나는 듯한 소리가 났다. 조노신은 깜짝 놀라 좌우를 보았다. 강과 늪에서 날아오른 것은 몇백 마리인지도 알 수 없는 물새였다. 그것이 대체 무엇에 놀란 것인지 달 밝은 밤하늘로 일제히 날아오르는가 싶더니 나선을 그리며──조노신과 겐시로 사이의 길로 날아 내려왔다.

"이것은."

닌자 나미우치 조노신도 눈을 부릅뜨며 걸음을 멈추었다. 그를 둘러싸고 미친 듯이 날아다니는 새 떼는 눈보라와 같아서 잠시 동안은 눈도 뜰 수 없었다. ──눈보라와 같은──실로 거기에는 몇천 몇만인지도 알 수 없는 깃털이 소용돌이치고 있었다. 물새의 날개와 몸에서는 저절로 깃털이 빠져 떨어지고, 그것이 회오리바람처럼 쏟아져 내려오고 미친 듯이 춤추며 조노신의 코와 입을 막아 숨도 쉴 수 없게 하는 것이었다.

나미우치 조노신은 한쪽 다리를 들고 있었다. 잠시 후, 신도 겐시로의 목을 밟으려 한 것이었다. 그 자세의 조노신의 목에는 이때 거꾸로 누군가의 팔이 감겨 있었다.

그 팔을 뜯어내려고 해도 조노신 자신에게는 팔이 없었다. 거의 신음 소리 한 번 내지 못하고, 조노신은 목이 졸려 죽었다.

파란 달빛에, 여전히 깃털의 눈조각은 춤추고 있다. ──하지만 새 떼가 늪 끝으로 날아감에 따라 그 깃털의 눈은 점차 옅어졌다. 그리고 지상에 쓰러진 조노신 위에 조용히 서 있는 검은 그림자가 흐릿하게 떠올랐다.

그는 눈을 밟듯이 깃털 위를 걸어 신도 겐시로 옆으로 다가가, 몸을 구부리고 피를 빠는 벌레를 손가락으로 집어 깃털 속에 버렸다. 몇십 마리인지도 알 수 없는 혈충은 깃털투성이가 되고 깃털에 가라앉아, 몸을 둥글게 말고는 움직이지 않게 되었다.

"우선 이거면 되겠지."

하고 중얼거리며 일어선 그가 가마 쪽을 보았다.

"뒷일은 부탁한다."

"무묘 님, 방금 그 닌자술은?"

하고 가마에서 나와 기대다시피 서 있던 처녀는 망연히 눈을 크게 뜨며 물었다.

"이가 닌자술, 거위 깃털 뽑기——."

남자는 심드렁하게 대답하고 길에서 늪 속으로 내려갔다. 거기에 떠 있는 시든 연꽃 위에 태연하게 발을 올려놓는다. 그대로 연꽃에서 연꽃을 밟고 마치 중량이 없는 사람처럼 걸어가면서, 그는 한 번 돌아보고는 웃었다.

"노토의 닌자술에서는 이것을 물에 떠 있는 배라고 하나? 이가에서는 물에 떠서 자는 새라고 한다——."

달빛에 부옇게 보이는 늪 끝으로 유유히 사라져 가는 그 모습을, 처녀는 물끄러미 지켜보고 있었다.

"괴, 괴물이다. 저것은——."

하고, 한 번은 4, 5간이나 도망쳤던 가마꾼이 쉰 듯한 목소리로 외쳤다. 처녀는 돌아보며 말했다.

"여보셔요, 거기 있는 아코의 낭인을 태우고 빨리 교토로 가 주셔요."

2

마치 향긋한 구름을 타고 허공을 날고 있는 듯하다. 구름은 젖어 있고, 피부 구석구석까지 촉촉하게 기어다니며 빨아들이는 듯한 쾌감을 준다. 그때, 그 쾌감이 온몸의 털구멍에서 피를 빨아 내는 듯한 격렬한 아픔으로 변하여, 몸부림치며 뒹굴다가 기절한다. 그러면 다시 향긋한 구름에 감싸여 둥실둥실 공중을 떠도는 것이다. 몇 번인가 이런 감각의 파도를 되풀이한 후, 신도 겐시로는 의식을 되찾았다.

"우……."

온몸의 아픔에 신음하자,

"쉿…… 이대로 계세요."

그의 얼굴에 젖은 듯한 숨결이 닿으며 이렇게 말했다. 겐시로는 자신이 향긋한 구름에 감싸여 아직도 허공을 날고 있는 것을 깨닫고, 꿈인지 현실인지 알 수 없게 되었다. ──숨결은 속삭인다.

"덕분에 나미우치 조노신은 죽었습니다. ──하지만 구와가타 한노조가 우리를 노리고 있는 게 아닌가 싶어요."

그제야 겐시로는 또렷하게 의식을 회복했다. 그는 자신이 오사카 가도에서 도움을 청해 온 처녀와 '그때'까지와 마찬가지로 한 가마를 타고 달리고 있는 것을 알았다.

그것은 악몽이었을까. 아니, 꿈이 아니다. 지금 처녀는 나미우치 조노신이라고 말했다.

"그, 그 두 팔이 없는 낭인은 어찌 되었소?"

"죽은 것 같아요."

"죽었다?"

"예, 가마 안에 숨어 있었기 때문에 확실하게는 확인하지 못했지만, 아마 구와가타 한노조에게 당한 것 같습니다."

겐시로는 조노신의 입에서 토해져 나온 기괴한 벌레와, 그 이후의
자신의 추태를 떠올리고 가마 안에서 수치심으로 새빨개졌다.

"그자가 누군가에게 당했다고? 누가, 어떻게 죽인 것이오?"

"나미우치 조노신이 혈충을 부려 당신을 괴롭히고 있을 때, 갑자
기 늪의 물새가 몇백 마리나 날아와 그 깃털을 흩뿌려서 벌레를 깃
털로 뭉쳐 움직일 수 없게 하고, 조노신을 죽였어요. 그건 분명히 한
노조의 코가 닌자술 거위 깃털 뽑기――."

처녀의 숨결은 두려운 듯이 떨렸다. 겐시로도 분한 마음에 몸이
떨렸다.

"그것이 코가 닌자술, 그것을 깬 것도 코가 닌자술. ……도군류의
오의(奧義)도 닌자술 앞에서는 어린애 눈속임인가?"

"아니요, 그렇지는 않습니다. 당신이 그때까지 상대해 주시지 않
았다면 저는 발각되었을 것이 틀림없어요. 게다가 당신을 상대로
조노신이 혈충을 전부 토해 낸 후였기 때문에, 한노조가 그를 막을
수 있었던 것이고요."

좁은 공간에 남자와 여자가 서로 얽히다시피 한 채 흔들리고 있
다. 처녀의 입술은 겐시로의 입술에 닿을 듯했다. 그 향기에 뇌수까
지 저릿저릿하여, 겐시로는 처녀의 말을 단순히 이해하는 데만도 1,
2정은 달릴 정도의 시간이 걸렸다. 그런데 대체 이 코가의 처녀는
무엇 때문에 아직 가마에 함께 타고 있는 것일까. 무서운 적인 나미
우치 조노신은 죽임을 당했다고 하지 않는가.

"아가씨, 그 구와가타 한노조가 와서 조노신을 죽였다고 했지요.

한노조인가 하는 자는 그대와 힘을 합해 적 조노신을 찾고 있던 제자라고 하셨던 듯한데…… 그 한노조는 어디로 갔소?"

"오사카 쪽에서 달려와 교토로 달려갔어요. 아마 저를 걱정해서겠지요. 물론 이 가마에 제가 타고 있을 줄은 꿈에도 몰랐을 거예요. 나미우치 조노신이 기라가(家)의 개가 되었다는 것은 한노조도 알고 있었기 때문에, 당신을 아사노 님의 낭인으로 보고 습격했을 뿐이라고 판단한 것 같아요."

"잘 모르겠군, 그대는 한노조에게 왜 말을 걸지 않았소?"

"……저는 구와가타 한노조가 무섭습니다."

"뭐라?"

"한노조가 싫습니다. 사실을 말하자면 코가 만지다니에 있을 때부터 조노신보다 한노조를 더 싫어할 정도였지요. 다만 조노신이 아버지를 죽이고 대대로 전해 내려오던 비밀 문서를 훔쳐 달아났기 때문에, 조노신과 쌍벽을 이루는 고제(高弟) 한노조와 함께 적을 치기 위한 여행을 떠나야만 했던 것입니다. 게다가 일족 노인들의 명령으로, 만일 구와가타 한노조가 조노신을 없앤다면 저는 한노조와 혼례를 올리도록 되어 있어요. 아까 조노신이 죽었을 때, 제 머리에 번득인 것은 그 사실이었습니다. 저는 결국 한노조에게 말을 걸지 않았어요. ……낭인 님, 제발 저를 구해 주세요. 저를 짐승 같은 한노조로부터 잠시 숨겨 주세요."

그렇지 않아도 밀착한 몸인데, 처녀는 더욱더 필사적으로 매달린다. 겐시로의 가슴에 유방이 밀어붙여지고, 무릎과 허벅지가 닿았다. 뜨거운 떡 같은 것이 흐물흐물 흘러내리는 감각에, 겐시로는 문득 다시 망아(忘我)에 빠졌다.

"그야 자기 품으로 도망쳐 온 새는 사냥꾼이라도 죽이지 않는다고 할 정도이니, 부탁은 들어 드리겠소만."

겐시로의 가슴에는 그 무서운 나미우치 조노신조차 쉽게 쓰러뜨렸다는 또 한 명의 닌자의 기분 나쁜 그림자가 스쳤다.

"그 구와가타 한노조라는 자는 어떤 자요?"

"얼굴의 오른쪽 절반에 커다란 붉은 멍이 있고, 왼쪽 귀가 없고, 장대처럼 홀쭉하게 야위었고, 아주 기분 나쁘고 추한 사내예요. 한노조는 조노신의 품을 뒤지는 것 같았어요. 비밀 문서를 찾고 있던 거예요. 그건 제가 이미 꺼내 두었으니 품에 있을 리는 없어요. 교토로 돌아가 제가 없는 것을 알면, 한노조는 미친 듯이 저를 찾아다니겠지요. ……지금 제가 이 가마에 있었던 것을 눈치채지 못한 것도 이상할 정도로, 죽임을 당한 조노신 못지않게 의심이 많은 사내거든요. 게다가 제가 두 사람의 승부를 지켜볼 여유도 없이 그 자리를 벗어나, 부끄럽게도 가마에 이렇게 함께 타고 있는 것도 오로지 한노조가 무섭다는 일념에서이니 부디 용서해 주셔요. 그것도 한노조는 금세 눈치채고 당장이라도 되돌아오지 않을까 하고, 저는 그것이 마음에 걸려 견딜 수가 없습니다……."

"두려워하지 마시오, 내가 옆에 있겠소, 내가 지켜 주겠소."

신도 겐시로는 정신없이 신음하며 처녀를 껴안았다.

"죽임을 당한 나미우치 조노신은 기라에 고용되어 있던 놈이라고 했소? 그것도 그대와 내게는 보통이 아닌 인연이 있었다는 증거요. 나도 마찬가지로 복수의……."

하고 말하려다가 겐시로는 가까스로 입을 다물었다. 그리고 갑자기 크게 소리쳤다.

"가마꾼, 여기는 어딘가?"

아까 실신한 것을 메어다 옮겨 실은 참인데 그 겐시로가 갑자기 크게 소리를 질렀으니, 가마꾼은 깜짝 놀랐는지 당장은 대답도 나오지 않는 기색이었다.

"안 들리는가, 벌써 교토에 들어섰느냐고 묻는 걸세. 가마꾼."

"예, 아까 동사주1) 옆을 지나, 여기는 이미 로쿠조주2)의 마쓰바라입니다."

"그런가, 그렇다면 가라스마 이마데가와는 이제 얼마 안 남았군. 서두르게, 서둘러! 나중에 행하를 듬뿍 얹어 주겠네."

무슨 말을 들어도 가마꾼들은 기쁘지가 않았다. 이 얼마나 으스스한 오사카 가도였던가. 벌레를 토하는 무사, 밤하늘에서 떨어지는 깃털의 눈보라, 물 위를 걸어가던 그림자. ——게다가 무게가 없는 처녀가 지금 이 가마에 타고 있다. 가마꾼이 교토의 가라스마 거리를 지나 북쪽으로 달려가는 것은 오로지 구름을 밟는 듯한 공포때문이었다. 그러나 신도 겐시로는 언제까지나 끝없이 이 가마에 흔들리며 가고 싶었다.

주1) 동사(東寺), 교왕호국사(教王護国寺)의 통칭. 교토시 미나미구(南区) 구조초(九條町)에 있는 진언종의 총본산이다. 794년에 창건되었으며 다수의 문화재를 소장하고 있다.

주2) 六條(로쿠조), 교토시의 동서쪽으로 통하는 대로 중 하나.

3
___

　가라스마 이마데가와의 집으로 돌아오자, 하인 기치베에가 그가 집을 비운 동안에 두 명의 심부름꾼이 편지를 전하러 왔었다고 보고했다. 한 사람은 어제 찾아온 동지 야토 에모시치로, 그가 전해 온 것은 오는 10월 15일, 야마시나에 있는 다유의 집에서 모이고 싶다는 하라 소에몬으로부터의 연락이었다. 또 한 사람은 후와 가즈에 몬으로, 묘법원에 사는 오쿠노 쇼겐의 심부름으로 서찰을 가져왔다고 하였으나, 겐시로가 집에 없다는 것을 알자 늦은 밤까지 기다리다가 서장도 두지 않고 돌아갔다고 한다.

　"후와?"

　하며 신도 겐시로는 묘한 표정을 했다. 후와 가즈에몬은 분명히 옛 아사노 번사지만, 몇 년 전에 떠돌이 신세가 되었을 것이다. 그 남자가 어째서 쇼겐의 심부름으로 온 것인지 알 수가 없었다.

　약간 마음에 걸렸지만, 겐시로는 쇼겐에게 달려가 볼 의지를 갖고 있지 않았다. 그것보다도 나는 이 처녀를 지켜 주어야 한다. 이 처녀에게서 눈을 떼어서는 안 된다. 겐시로는 약 사흘 동안은, 아직도 그 가마 안의 관능적인 감각에 흔들리며 마치 맛있는 술에 흠뻑 취해 있는 듯한 기분이었다. 그 오유미라는 코가의 처녀가 지금 자신의 집에 있는데도 새삼 욕정을 느끼지 않을 정도로 그 도취의 추억은 농염하게 그의 피부에 달라붙어 있었다. 그 오유미가 안색을 바꾸며 겐시로의 방으로 들어온 것은 14일 저녁때의 일이었다.

"겐시로 님, 한노조는 결국 이곳을 알아낸 것 같아요."

"뭐라?"

"기치베에 씨한테 물어봐 주셔요. 오늘 저녁에 문밖에서 안을 뚫어져라 들여다보고 있는 삿갓을 쓴 무사가 있었대요. 누구냐고 물어도 대답을 하지 않는 무례함에 기치베에 씨가 화를 내며 그 삿갓을 들어 올렸더니, 얼굴 절반이 새빨간 멍이어서 깜짝 놀라 손을 움츠렸고, 그 틈에 그 남자는 어슬렁어슬렁 가 버렸다고 합니다."

겐시로는 숨을 죽이며 오유미를 바라보았다.

"드디어 온 것인가?"

하고 신음하더니 갑자기 어떤 일을 떠올리고, 그는 입술을 깨물며 팔짱을 꼈다.

"곤란하게 되었군. 나는 내일 잠시 이 집을 비워야 하오."

"앗, 나가시는군요."

오유미는 덜덜 떨기 시작하며 겐시로의 무릎 가까이에 앉은걸음으로 다가왔다.

"겐시로 님, 어떻게 해도 그것은 취소해 주실 수 없을까요."

"음, 15일은 좀……."

"그렇다면 저를 그 한노조의 먹이로 주실 생각이십니까."

그의 무릎에 그 매혹적인 육감이 또렷하게 되살아났다. 가까이에서 올려다보는 눈물 어린 눈을 보자, 겐시로는 자신을 잊고 처녀를 껴안았다.

"오유미, 이 겐시로는 이렇게 곤혹스러웠던 적이 없소. 다른 사람에게는 꿈에도 알려서는 안 되는 일이지만, 그대가 그 조노신을 기라의 개라고 말하던 말투로 보아 내가 어떤 뜻을 가지고 있는지 어렴풋이 눈치채고 있을 테지. 또한 이것을 말하지 않으면, 내가 구와가타 한노조를 두려워하여 이 집에서 도망치는 것이라고 여겨질 수도 있을 것이오. 그러니 그대에게만 말하겠소. 내일 15일, 야마시나에서 우리 동지들이 모이는 중대한 회의가 있소. 게다가, 그렇지, 기라 쪽에서 닌자를 부리고 있다는 것도 꼭 보고해야만 하오……."

"아니요, 아니요, 저를 버리시면 싫어요."

오유미는 갑자기 대담한 말을 하며 대담한 몸짓으로——필사적이기 때문이겠지만, 하얀 팔을 겐시로의 목에 감으며 흐느껴 울었다.

"겐시로 님, 제발 내일은 이곳에 계셔요——한노조에게서 저를 숨겨 주셔요!"

——이 처녀가 이렇게까지 매달리는데, 그것을 못 본 척하고 이 집을 나가는 것은 아코번에 이처럼 대단한 자가 있다는 말을 들었던 신도 겐시로의 불명예가 아닐까. 마주한 적은 없지만, 적이 무서운 놈이라는 것을 알고 있다면 더욱 그렇다.

"좋소, 오유미, 나는 내일 나가지 않겠소."

겐시로는 마침내 무너졌다.

환희천(歡喜天)

1

야마시나에 모이는 용건은 에도에서 온 호리베 야스베에의 서장을 둘러싼 중대한 회의를 열기 위해서이지만, 당장 그날 거사를 일으키는 것은 아니다. 나중에 동지들에게 성의를 보이고, 또 회의 내용을 알려 달라고 하면 그것으로 충분하다. 누가 내 성의를 의심할까?

아마 야스베에의 서장은 결행을 재촉하는 것이고, 그에 응해 동지들이 다유의 태만함을 나무라는 모임이 될 것이다. 만일 자신이 가면 자신이 그 급선봉이 되겠지만, 그러나 그 외에도 다케바야시 다다시치도 있고 오쿠노 쇼겐도 있다. 오노데라 주나이도 올 테고, 오야마 겐고자부로도 올 것이다. 경파(硬派) 중의 경파에 사람은 부족하지 않다. 나를 대신하여 충분히 다유를 질타해 줄 것이다.

무엇보다 만일 지금 자신이 갑자기 병에 걸린다면 아무리 참석할 의지가 있다 해도 참석할 수 없는 것이다, 하고 신도 겐시로의 머리에 그런 생각이 명멸했다. 사람은 자신의 의무를 버리는 핑계는 얼마든지 만들어 낼 수 있는 법이다.

"오유미, 나는 당분간 이 집에서 나가지 않겠소."

무릎 위에 오유미를 껴안은 채, 겐시로는 헛소리처럼 말했다.

"구와가타 한노조가 언제 쳐들어와도, 이 겐시로가 확실하게 지켜 드리겠소."

흐느껴 울 때마다 몸을 흔들며 겐시로에게 어질어질한 기쁨을 주고 있던 오유미의 움직임이 갑자기 멈추었다.

"왜 그러시오?"

"한노조는 무서운 닌자입니다."

"알고 있소. 지난밤에는 나미우치 조노신의 닌자술을 만만하게 보고 있었기 때문에 실수를 했지만, 다음에는 반드시 도군류의 진수를 보여 주겠소."

"물론 겐시로 님을 믿기 때문에 이렇게 매달린 것이지만."

오유미는 물끄러미 허공을 응시하며 생각에 잠겨 있다가 갑자기,

"맞다."

하며 숨을 내쉬었다.

"무언가 생각난 것이라도 있소?"

"겐시로 님, 몇 번이나 말씀드렸다시피 구와가타 한노조는 무서운 사내입니다. 하지만 그 남자에게서 도망칠 한 가지 방법이 생각났어요."

"그것은?"

"겐시로 님과 제가 바뀌는 것."

"나와 그대가 바뀐다?"

"제가 당신이 되고, 당신이 제가 되고. ……그리하면, 저는 만지다니로 돌아갈 수 있어요."

"그대, 코가 만지다니로 돌아갈 생각이오?"

"아니요, 저는 만지다니로 돌아가는 게 싫어졌어요. 이제 계속 교토에 있고 싶어요. ……하지만 그렇게 되려면 한번 코가로 돌아가야 해요. 나미우치 조노신에게서 되찾은 비밀 문서를 아버지의 무

덤에 바쳐야 하고, 제가 만지다니를 떠난 후의 처리에 대해서도 어
르신들과 상의해야 하지요. 저는 지난 사흘 동안 그것만 궁리하고
있었어요. 하지만 제가 이곳에 있는 것을 한노조가 냄새 맡은 이상,
제가 이 집을 나가면 그자는 반드시 쫓아올 것입니다. 그것을 막기
위해서는 어떻게 하면 좋은가, 그것은 제가 당신의 모습이 되는 거
예요."

"…………."

"그리고 당신이 제 모습이 되어, 반드시 다시 찾아올 것이 틀림없
는 구와가타 한노조와 만나시는 거지요. 한노조가 안심하고 있는
틈을 노려 도군류를 휘두르시면, 아무리 한노조라도."

"오유미, 나는 잘 모르겠소. 두 사람이 바뀌다니, 변장을 한다는
의미요? 설령 아무리 변장을 한다 해도, 내가 그대로 둔갑할 수 있
으리라고는 생각되지 않는데."

신도 겐시로는 혼미한 목소리로 말했다.

"닌자술 환희천——."

"뭐라?"

"그것을 쓰면, 당신은 제가, 저는 당신이 돼요."

오유미의 얼굴은 벚꽃색으로 물들고, 눈도 입술도 젖은 듯했다.
부끄러워서 견디기 어려운 듯 몸을 꿈틀거리며 속삭인다.

"다른 사람에게 이 닌자술을 쓸 마음은 들지 않지만——."

"오유미, 닌자술 환희천이라니."

"당신과 제가 교합하는 것입니다."

"교, 교합한다?"

"좋아하지도 않는 남자와 교합한들 아무런 변화도 없지만, 정말로 두 사람의 피와 살이 서로 녹아도 후회가 없을 정도로 사랑하는 사이라면."

"두 사람이 바뀐다는 것이오?"

하고 겐시로는 말했다. 욕정과 호기심이 그의 온몸에 파도치기 시작했다.

신도 겐시로가 오유미의 닌자술 '환희천'을 안 것은 그로부터 몇 분 후였다. 실로 피와 살이 서로 녹아드는 듯한 황홀의 극치에서, 겐시로는 정신없이 오유미의 입술을 빨면서 눈을 감고 있었다. 그러나 문득 턱에 상대의 수염을 깎은 흔적 같은 감촉을 느끼고 눈을 떠보니, 자신이 입술을 빨고 있던 상대가 남자인 것을 알았다. ——그것은 바로 그 자신이었다!

"아……."

그는 공포에 사로잡혀 일어나려고 했다. 그 몸을, 또 한 명의 신도 겐시로는 꽉 누르며 반대로 그를 깔아뭉갰다. 그때 그는 자신의 가슴에 새하얀 유방이 솟아올라 있고, 허리가 잘록하고, 피부가 매끈매끈하게 부드러워져, 정말로 여체로 변한 것을 깨달았다.

자신에게 몸을 겹쳐 온 겐시로는 방금 전까지의 자신과 같은 행위를 거칠게 계속하고 있었다. 이 괴이한 일에 깜짝 놀라기보다 그는——아니, 여자로 변했으니 그녀는, 이윽고 몸속의 샘이 터져 나오는 듯한 쾌감에 몸부림치며 다리를 상대의 허리에 감고, 손가락을 상대의 등에 세우고, 그리고 저도 모르게 도취의 흐느낌 소리를 냈다. 그것은 정말로 여자의 목소리였다.

하얗게 타오르는 망아(忘我)의 순간은 지나갔다. 여자 겐시로는 반라인 채 방바닥에 힘없이 팔다리를 늘어뜨리고 있었다. 그러나 상대가 옆으로 돌아와 들여다보는 기척에 가늘게 눈을 떴다.

전라의 남자 오유미가 웃으며 손거울을 내밀었다.

"보셔요, 환희천의 술법을."

거울 속에는 눈을 봄날의 별처럼 적신 채, 반쯤 벌린 입술 사이로 혀를 엿보이며 헐떡이고 있는 오유미의 얼굴이 있었다.

"머리를 바꾸고 옷을 갈아입어야 해요."

하고 남자 오유미는 말했다. 남자의 굵은——바로 겐시로의 목소리다. 손을 잡고 일으켜 세워질 때, 여자 겐시로는 비틀거리며 나긋나긋하게 다시 상대에게 얽혀들었다. 남자 오유미는 그것을 힘차게 껴안았다.

"이제 저는 코가로 돌아갈 수 있어요."

"오유미."

그렇게 외친 겐시로의 목소리는 조금 전까지의 오유미와 같은 목소리였다. 새삼 그는 공포로 마음이 어지러워질 것 같았다.

"이 모습 그대로는 곤란하오. 나는 아코 낭인 신도 겐시로로서 적을 칠 수가 없소."

"여기에서 코가까지, 왕복 이틀이면 돌아올 거예요. 그러면 다시 한번 환희천의 닌자술을 써서 서로 원래의 모습으로 돌아가지요."

하고, 겐시로의 모습이 된 오유미는 오유미의 모습이 된 겐시로의 옷을 벗기며 웃었다. 겐시로는 자신의 농염한 나체를 보자, 저도 모르게 양손으로 유방과 하복부를 누르고 몸을 꿈틀거리며 웅크리고 말았다.

_____

2

10월 15일, 야마시나 니시노야마무라에 있는 오이시 구라노스케의 집에 모인 것은 교토, 오사카, 그 외 인근에 사는 동지 20여 명이었다.

가도에서 조금 떨어져 동쪽으로는 야마시나 분지가 펼쳐져 있고, 뒤로 이나리야마 산을 등지고 있는 양지바른 언덕 위다. 부근에는 덤불이 많아, 밝은 늦가을의 햇빛 속에 그 풀이 반짝반짝 빛나고 있다. 정원은 풀이 시들어 있었지만 정성을 가득 들인 모란과 그 외 꽃들이 피어 있는 꽃밭으로, 그 맞은편에 새로 짓고 있는 중인 별채도 보였다.

과연 오늘은 목수와 직공들의 출입을 막았는지 망치 소리는 들리지 않지만, 목재에 온갖 사치를 부린 공사를 보고 모두 하나같이 의아한 얼굴이 되었다. 큰일을 앞두고 이렇게 정성이 들어간 공사를 시작하다니 대체 다유는 무슨 생각일까, 하고 그 속내를 의심하지 않을 수 없는 것이다.

오이시 구라노스케는 도코노마 기둥 앞에 느긋하게 앉아 있었다. 웃는 얼굴로 하라 소에몬과 이야기하고 있는 것은 겨울 화원 손질에 대한 것인 듯하다. 늦가을인데도 옷깃을 느슨하게 풀어헤쳐 살찌고 혈색 좋은 피부가 들여다보이는 것은, 도량이 넓다기보다 방종하다고 생각하게 한다. 실제로 후시미의 유곽 마을에서 오늘 아침에 돌아왔다고 하고, 그 가까이에 있던 사람은 희미한 술냄새조차 맡을 수 있었다.

일동에게 차와 과자를 가져다주는 소녀들도 몸놀림에 분명히 유곽에서 데려온 듯한 나른한 느낌이 있다. ……아무리 시간이 지나도 긴장감이 생기지 않아서 성질 급한 다케바야시 다다시치가,

"그럼."

하고 헛기침을 하며 목소리를 높였을 때, 구라노스케가 얼굴을 이쪽으로 향하며,

"오, 아직 가즈에몬에 대해서 자네들에게 이야기하지 않았군."

하고 말했다.

후와 가즈에몬은 말석에 초연하게 앉아 있었다. 모두 그를 알아채긴 했지만, 몇 년 전에 번을 떠난 그가 어째서 이 자리에? 라는 의아함과 그의 순수하고 완고한 성격으로 보아 혹시, 하는 기대가 뒤섞여, 모두 가까이 가지도 멀어지지도 못하고 짧은 인사와 눈인사를 나눌 뿐이었던 것이다. 본래 호쾌한 성격인 후와 가즈에몬이 몹시 존재감이 흐릿해 보이는 것은 그의 입장이 다른 이들과 조금 다

르다는 저어함도 있었겠지만, 어쨌거나 몹시 빈한한 풍채이고 게다가 병이라도 않고 있는 것이 아닌가 하고 생각될 정도로 야윈 모습이었다.

"무엇부터 이야기할까, 가즈에몬은 남근을 선물로 가져왔는데……."

구라노스케의 말에 일동은 당황했다. 구라노스케는 가즈에몬에게서 들은 것을 이야기했다. 야마시나 가도의 지장보살당에서부터 오쿠노 쇼겐을 색에 굶주린 아귀로 만든 여자에 대한 것. ──모두 여우에 홀린 듯한 얼굴로 듣고 있었지만 이윽고 구라노스케가,

"이리되어서 쇼겐은 오지 않을 걸세."

하고 말하고,

"그래서 급히 하인을 교토에 있는 쇼겐의 집으로 보내 보니, 쇼겐은 죽은 여자 위에서 고목처럼 말라 죽어 있었네."

하고 말을 맺었을 때, 처음으로 등줄기가 오싹해지는 기분으로 구라노스케 옆에 비어 있는 자리를 바라보았다.

부동량(副棟梁)이라고 해야 할 오쿠노 쇼겐의 모습이 보이지 않는 것을 수상하게 생각하는 자도 있었지만, 곧 나타날 것이라고 생각하고 그 이상 의심하는 사람은 아무도 없었던 것이다.

"큰일이군."

하고 누군가 중얼거렸다. 일동은 그것이 오쿠노 쇼겐과 가장 친밀했던 신도 겐시로라는 것을 알아차렸다.

"오사카에서 돌아온 날 밤에 후와가 쇼겐의 심부름으로 왔다고

들었네만, 피곤하기도 하고 어차피 오늘은 이곳에서 오쿠노와 만날 수 있을 것이라 생각하여 가 보지 않은 것이 유감일세. ──헌데."

하고 겐시로는 가즈에몬을 바라보며 말했다.

"나는 믿을 수가 없군."

"하지만 쇼겐이 지금 말했던 것과 같은 모습으로 죽어 있었던 것은 사실일세."

하고 구라노스케는 말했다. 붉어져 있던 얼굴이 약간 창백했다.

"어쨌거나 그리되어서, 가즈에몬은 우리의 연판장에 대해서도 알고 있고, 숨겨 봐야 소용없다고 생각해 본인이 바라는 대로 우리 무리에 끼워 주기로 했네."

구라노스케의 말은 어느 모로 보나 성의가 없고 시원시원하지 못했다.

"다만, 그 연판장의 목적을 관철할지 말지는 다른 이야기네만."

"다유, 무슨 말씀이십니까."

하고 다케바야시 다다시치가 외쳤다. 구라노스케는 오히려 의기양양하게 일동을 둘러보았다.

"옛 주군의 동생이신 다이가쿠 님을 통해 아사노가(家)를 재흥하게 해 달라고 조정의 여러 적당한 선에 힘쓰고 있는데, 그것이 아무래도 이루어질 듯한 가망성이 약간 보이기 시작했네."

"바, 바보 같은!"

맑은 목소리로 거칠게 외친 것은 야토 에모시치였다. 구라노스케의 어린 시동으로, 당년 겨우 16세인 미소년은 얼굴에 온통 홍조를 띤 채 두려움도 없이 구라노스케를 노려보고 있었다.

"우리의 혈맹은 다이가쿠 님을 영주로 세우기 위해서가 아닙니다. 어디까지나 기라의 목을 받아 내기 위해서입니다."

"그럴 생각이기는 했지만 에모시치, 모처럼 아사노가를 재흥할 가능성이 있다고 하는데 그 전에 우리가 기라 님께 몰려간다면 말할 것도 없이 재흥에 대한 이야기는 깨지게 된다. 이것은 신하로서 어떠할까."

구라노스케의 웃는 얼굴에는 노회함마저 고여 있었다.

"다유 님, 하지만 영주님이 에도 다무라 저택의 정원에서 할복하실 때, 그 흉중에 있었던 것은 아사노가의 미래보다도 그저 기라가 밉다, 고즈케노스케의 목을 받아 내고 싶다는 일념뿐이지 않았습니까. 그 한을 풀어 드리는 것이야말로 우리 가신들의 가장 큰 소원이 아닙니까."

"그야, 그 영주님의 성격으로는 그럴 테지. ……그 경솔함 때문에 가신(家臣)들이 생각지도 못한 고생을 하게 된 것일세. 생각해 보면 영주님의 원한은 그러하다지만, 영주님의 목숨을 빼앗은 것은 조정이지 기라 님이 아닐세. 뭐라고 해도 영주님은 천하의 법을 어기신 게야. 따라서 가신이라면 행동을 삼가고 쇼군의 자비를 청하여 다시 가문을 일으키는 것이, 영주님뿐만 아니라 아사노가의 조상님들께 보답하는 길이라고도 할 수 있네."

구라노스케의 그럴듯한 논리에 에모시치는 입술을 떨면서 잠시 반론할 말을 잃었으나, 얼굴은 또렷하게 불만과 분노로 타오르고 있었다.

"에도에서 온 호리베의 편지를 나중에 읽어 주겠네만, 실은 그것 때문에 약간 곤혹스러워하고 있네. 에도의 호리베, 다카다, 모리 등 혈기 왕성한 놈들은 교토와 오사카가 언제까지나 빈둥거리고 있을 거라면 저들끼리만이라도 기라 저택으로 쳐들어가겠다고 말하고 있네. 그 문장의 분위기로는, 아무래도 내가 직접 한 번 에도로 내려가 그들을 잘 타이르고 달래고 와야 할 듯해. ……쓸데없이 손이 가게 하는 놈들이야."

구라노스케는 나른한 듯이 탄식했다.

"다유가 에도로 내려가신다고요――."

너무나도 갑작스러운 이야기에 에모시치는 약간 독기가 빠져 중얼거렸으나 곧 물었다.

"다유 님, 하지만 만일 그 다이가쿠 님을 영주로 세우는 일이 잘되지 않는다면, 그 후에는 어찌하실 요량이십니까?"

"그것은 그때의 일이지. 하지만 어쨌든 나는 그것만을 생각하고 있는데, 기라가(家) 쪽에서는 닌자인지 뭔지를 부려 우리를 죽이고 미치광이로 만들려 하고 있다니, 잘못 짚어도 한참 잘못 짚었어. 무섭군, 무서워. 가즈에몬의 이야기를 듣고 생각난 것인데, 나는 에도로 내려가면 기라가나 우에스기가를 찾아가 내 뜻을 말하고, 그런 무서운 자객은 필요 없다고 부탁할 걸세. 또 아사노가 재흥을 위해 그쪽에서도 힘을 다해 주었으면 좋겠다고 부탁하고 올 생각일세."

모두 깜짝 놀라 아무 말도 없었다. 에모시치가 몸을 떨며 옆에 있던 신도 겐시로에게 속삭였다.

"신도 님, 저는 당장 에도로 내려가겠습니다."

"……무슨 용무가 있어서."

"에도의 호리베 님을 만나 다유의 어리석은 생각을 이야기하고, 그 덫에 빠지지 않도록 경계하시라고…… 그보다 이쪽에서 다이가쿠 님을 영주로 세우는 일을 망쳐 버리거나, 차라리 기라 저택으로 쳐들어갈까 합니다. 당신도 함께 가시지 않겠습니까?"

"가지 않겠네."

의외로 겐시로는 고개를 젓고는 우뚝 서서 외쳤다.

"이 겐시로는 생각하는 바가 있어 오늘로 탈맹하겠소."

3

동지들 사이에서 경파 중의 경파인 신도 겐시로다. 당연히 논리만 있고 의(義)가 없는 구라노스케의 말에 분노하여 일어선 것이리라고 생각하고, 같은 분노로 눈을 충혈시키고 있던 사람들도 돌아보며 고개를 끄덕였다.

"겐시로, 무슨 생각이 난 겐가?"

하고 구라노스케는 온화하게 그를 바라보았다. 겐시로는 구라노스케의 사촌동생이다.

"다유, 실례지만 나는 다유를 아는 것으로는 동지들 중 제일가는 사람이라고 생각하고 있습니다."

"그런가, 그럼 내 말에 동감이겠지."

"아니요, 다유도 정말로 다이가쿠 님을 믿고 있지는 않을 것입니다. 이것 또한 무리의 마음을 시험하려는 다유 특유의 꿍꿍이라고 생각합니다. 이 이야기에 희색을 드러내는 자가 있다면, 그자는 반드시 배신자가 되겠지요. ——다유가 있는 힘을 다하지 않아도, 이미 이 안에는 처음부터 같은 것을 기대하고 들어와 있는 놈이 있을지도 모릅니다. 저기 있는 후와가 오랫동안 떠돌이 신분이었다가 이제야 충의(忠義)의 얼굴을 하고 달려온 것도, 아마 그 풍문을 들었기 때문이겠지요——."

"뭐, 뭐, 뭐요?"

후와 가즈에몬은 펄쩍 뛰어올랐지만, 사타구니에 격통을 느꼈는지 얼굴을 충혈시키며 웅크렸다.

"무엇보다 후와의 이야기라는 것이 애매합니다. 나는 아직도 믿을 수가 없소, 물론 지금부터 교토로 돌아가 다시 쇼겐 님의 사인(死因)을 조사할 생각이기는 하지만, 아까 들은 바에 따르면 쇼겐 님을 미치광이로 바꾼 여자는 기라의 닌자인 듯하다고 하는데, 그 닌자는 또 다른 닌자에게 죽임을 당했다고 했지요. 여자를 죽인 닌자는 누가 무엇 때문에 움직이고 있는 것인지, 무슨 일인지 전혀 모르겠소."

"그, 그것은 나도 모르는 일이오. 하지만 내가 다시 영주를 모시고 녹봉을 받고 싶어서 왔다니——."

가즈에몬은 육체와 마음의 고통에 헐떡이며 더 이상 말을 잇지 못했다.

"수상쩍은 남근을 가져왔다지만, 아마 백랍병이나 몹쓸 병으로 떨어진 남근일 테지."

하고 후와를 냉소하며 겐시로는 실로 의외의 연설을 시작했다.

"여러분, 다유의 수법에 넘어가서는 안 됩니다. 다유는 여전히 복수를 버리시지는 않았소. ……하지만 그것을 알면서도, 이 겐시로는 혈맹에서 떠나고 싶은 것이오. 그 이유를, 지금부터 말하겠소."

겐고자 함락

1

"여러분도 아시다시피, 나는 이번 거사의 수행에 가장 격렬한 열정을 쏟고 있던 사람이었소. ……하지만 지금은 그 열정이 몹시 싫어졌소."

하고 신도 겐시로는 말을 시작했다.

"내 열정에 찬물을 끼얹으신 것은 다유요."

하고 구라노스케를 힐끗 보며 말을 잇는다.

"아코의 낮등불——이것은 남 험담하기를 좋아하는 자들의 악담이지만, 다유를 평하는 이 말에는 호의가 있소. 따뜻한 맛, 인간미가 있다. ——허나 다유는 실로 차가운 분이오. 오싹할 정도로 차갑지. 다유의 사촌이자 한때 가장 다유를 존경하고 있던 나이지만, 그 사실을 지금에 이르러서야 알게 되었소."

"내 어디가 차갑나?"

하고 구라노스케가 말했다. 따뜻하다기보다 졸린 듯한 목소리다. 겐시로는 거기에 속지 않겠다는 듯이 눈을 빛내며 노려보곤 말했다.

"지금도 말했다시피 다유는 결코 복수를 망각하지 않았소. 그러면서도 동지를 전혀 믿지 않는 것이오. 고즈케노스케를 칠 기회는 몇 번이나 있었소. 또 이렇게 빈둥빈둥 시간을 보내고 있으면, 어쨌거나 고즈케노스케는 예순의 노구이니 언제 어느 때 만일의 일이 있을지 알 수 없지. 그래서 우리가 이를 갈며 다유에게 일을 서두르

시라고 진언해도 아무런 반응도 없고, 다유의 태도는 여러분이 아시는 바와 같았소. 그 이유에 대해서 다유는 여러 가지 핑계를 늘어놓고 있소. 지금까지는 그 구실에 엄벙덤벙 귀를 기울이고 있었지만, 그 진짜 이유에 대해서 나는 처음으로 생각이 미쳤소. 그것은, 다유는 시간의 체에 낙오자가 전부 다 걸러지기를 기다리고 계시다는 것이오."

"시간이 지난다고 해서 무리에서 떨어져 나갈 놈들이라면, 어차피 우리의 동지가 아니지 않소."

하고 후와 가즈에몬은 외쳤다.

"그럴까?"

겐시로의 입술은 비아냥대듯이 구부러졌다.

"인간이란 그런 것일까? 사람은 때에 따라 선량해지기도 하는가 하면 악인이 되기도 하지. 때에 따라 강경해지기도 하고 마음이 약해지기도 하오. 그것은 여러분도 각자의 마음을 되돌아보면 아실 것이오. 아코성을 내주었을 때, 돌아가신 주군을 따라 죽으려고 했던 자가 예순한 명, 거기에 에도에 있던 동지를 합하면 우선 충의의 무사라고 해도 좋을 자는 125명이나 되었소. 그런데 지금은 겨우 예순 명 남짓이오. 탈락한 자들을 비웃는 거야 쉽지. 나 또한 가장 그들을 경멸하던 사람 중 하나였소. 하지만 지금 생각해 보면, 오히려 그들이 가엾다는 생각이 드오. 다유의 체에 걸러져 떨어져 나간 자들을 불쌍하게 생각하오. 가장 극단적인 예는, 이를 갈면서 이 동안에 병사한 사람들이오. 그들은 만일 더 일찍 일을 치렀다면 훌륭하게 충절의 무사로서 이름을 남길 수 있었을 텐데."

일동은 어느새 쥐 죽은 듯 조용히 입을 다물고 말았다. 침통하게 고개를 끄덕이는 얼굴도 있었다.

"적당한 인품이면 되는 것이오. 적당한 때이면 되는 것이오. 그런데 다유는 너무 무자비하오. 심보가 너무 고약하오. 다유는 우리를 믿지 않소. 사람을 의심하는 데도 정도가 있지——."

겐시로의 목소리는 더욱더 격렬한 기운을 띠었다.

"물론, 어떤 풍설(風雪)에도 마모되지 않을 철석같은 자들을 마지막에 골라내겠다는 다유의 방침은 이해가 가지 않는 것이 아니오. 나 또한 끝까지 견딜 생각이었소. 허나 견딜 수 없는 것은, 다유의 우리에 대한 불신의 마음이오. 이렇게 의심 많은 체에 걸러지면서까지, 우리는 참고 있어야 하는가. ——그렇게 생각했을 때, 나는 절실하게 싫어진 것이오."

겐시로의 목소리는 가라앉았다. 그리고 그 자리에 있는 사람들의 마음을 싸늘하게 만드는 끝없는 허무의 눈으로 둘러보며 조용히 말했다.

"이렇게 우리를 믿지 못하시는 분을 우두머리로 삼아, 죽을 때까지 행동을 함께한다. ——그렇게 어리석은, 비참한, 슬픈 일은 이제 질색이오. 그리하여 이 겐시로, 오늘을 끝으로 탈맹하겠소. 물론 탈맹의 이유는 지금 말씀드린 대로이니, 맹약에 대해서는 결코 다른 사람에게는 밝히지 않을 것이오. 안심하시오."

"안심할 수 없는데."

하며 구라노스케가 웃었다. 놀리는 듯한 해학미를 띤 눈이었다.

"그렇게 의심이 많은 내게, 그것만은 믿으라고 해도 무리일세."

신도 겐시로는 구라노스케를 노려보고, 더 이상 어떤 말도 소용없다고 말하고 싶은 듯이 빙글 등을 돌려 방을 나갔다.

뒤에는 잠시 침묵이 흘렀다. 가만히 생각에 잠기는 자, 폭발할 듯한 감정을 누르고 있는 자——침묵은 이윽고 깨지고, 그 자리는 소란스러운 혼란에 빠졌다. 지금 신도 겐시로가 한 연설에 관해 벌집을 쑤신 듯한 험악한 논의가 소용돌이치기 시작한 가운데, 가장 중요한 구라노스케만은 도코노마 기둥에 기대어 남의 일 같은 멍한 얼굴로 정원의 시든 모란을 보고 있었다. 입이 움직이는가 싶었는데 선하품이다.

방에서 야토 에모시치와 고야마 겐고자에몬의 모습이 사라진 것을 그 자리에 있던 사람들이 깨달은 것은, 이윽고 하라 소에몬이 에도의 호리베에게서 온 편지를 읽어 주겠다며 사람들을 제지하여 이 혼란이 약간 가라앉고 나서의 일이었다.

2

"신도, 잠깐."

오이시의 집에서 야마시나 가도로 내려가는 길——덤불과 삼나무숲 사이에 끼어 있는 길의 언덕 중간에서, 신도 겐시로는 돌아보았다.

언덕 위에서 나는 새처럼 달려 내려온 앞머리를 내린 미소년을 보고, 겐시로는 고개를 갸웃거리며 멈추어 섰다.

"에모시치인가."

"음, 아까 자네가 한 말에 대해서 할 이야기가 있네."

야토 에모시치는 숨을 헐떡이고 있었다. 두 눈이 밝게 빛나고 있다. 겐시로의 의아한 듯한 표정이 미소로 바뀌었다.

"동감일 테지. 자네는 다유의 에두른 방식에 가장 화를 내고 있었던 쪽이 아닌가."

"아니, 화를 낸 것은 자네의 말에 대해서일세. 자네의 말에는 독이 있어."

겐시로는 무서운 눈으로 에모시치를 노려보았다.

"에모시치, 말이 지나치네. 게다가 나를 자네라고 부르다니 무례하지 않은가."

겐시로가 그렇게 말하고, 또 처음부터 의아한 표정을 하고 있었던 것은, 그가 오이시의 친척이고 사백 석의 녹봉을 받고 있었던 것에 비해 에모시치는 겨우 녹봉이 스무 석 5인 부지[주1]라는 낮은 신분의 하급 무사로, 영주의 어린 시동이라는 신분에 지나지 않았기 때문일 것이다. 부친인 야토 나가스케도 충성밖에 모르는 사내였지만,

---

주1) 扶持(부지), 무사의 녹봉을 세던 단위 중 하나. 1인 부지라고 하면 하루에 성인 한 명의 쌀 소비량인 5합(合)(약 750g)의 쌀을 지급받는 무사를 가리킨다. 이를 1년으로 환산하여 연봉으로 계산하면 쌀 약 266kg에 해당한다.

오늘의 모임에 모습을 보이지 않은 것은 지금 오사카의 누택(陋宅)에 앓아누워 있기 때문이라고 들었다.

에모시치는 분연히 외쳤다.

"배신자——배신을 권하는, 배신자보다 더한 놈에게 예를 다할 필요는 없지."

"뭐라?"

"자네의 말은 동지들의 마음에 돌을 던져 쓸데없는 파문을 일으켰네. 아니, 파문을 일으키기 위한 간사한 말로 들렸네."

"동지에게 쓸데없는 망설임, 고통을 주고 있는 것은 다유일세. 나는 그것을 도려낸 것이야."

"아니, 다유 님께는 생각은 있으나 사념은 없네. 우리는 오로지 다유 님을 믿고, 다유 님이 결단을 내리실 날을 기다리면 돼. 허나 자네의 말에는 탁함이 있네. 나는 아까부터 자네의 눈, 안색을 보고 있었네. 지금까지의 신도 겐시로 님과는 다르다, 그렇게 느꼈어. 겐시로, 오늘 그런 말을 늘어놓은 것은 자네의 탈맹을 호도할 그럴듯한 강변인가, 아니면 누군가에게 매수되어 동지의 마음에 독을 푼 것인가? 어느 쪽이든 겐시로, 변심했군, 아니, 사람이 바뀌었어."

겐시로는 기가 막힌다는 듯이 에모시치의 얼굴을 바라보고 있었다. 이것이 열여섯 살 애송이의 말인가, 하고 잠시 귀를 의심하는 표정이었다.

그러나 이것은 실로 열여섯 살의 소년이 아니면 할 수 없는 말이다. 그 투명하고 순결한 혼을 불태운 분노가 불꽃이 되어 터져 나오고——실로 에모시치는 그 자신도 깨닫지 못한 채 무서운 사실을 지적한 것이다.

신도 겐시로는 물끄러미 야토 에모시치를 바라보고 있었다. 해가 움직여, 술렁거리는 덤불이 그의 얼굴을 어둡게 했다. 흔들리는 그늘 속에서 눈만 하얗게 빛나다가, 그 눈이 씩 웃었다.

"만일 내가 배신자고, 또한 다른 이들에게 은근히 배신을 권한 것이라면 어찌할 텐가?"

"뭐?"

"그렇게 화내는 얼굴은 아름답군. 에모시치, 새삼 찬찬히 이렇게 보니 미소년이야. 좋은 젊은이가 되었어. 마치 찬란한 모란을 보는 것 같군."

야토 에모시치의 흥분한 듯한 칼날은 허공을 쓸었다. 겐시로가 가볍게 그 도신 위를 뛰어넘은 것이다. 솔잎처럼 튕겨 돌아오는 은색 뱀을, 겐시로는 마치 환영(幻影)처럼 피했다. 그동안, 기분 나쁘게 빛나는 눈은 깜박이지도 않고 빤히 소년의 모습을 응시하며,

"흠, 살려 두면 가장 무서운 올곧은 자——하지만 죽이기에는 아까운 미소년——."

하고 중얼거렸다. 동시에 힐끗 언덕 위를 바라보며,

"누군가 오는군. ——좋아."

고개를 끄덕이더니 오히려 사납게 에모시치의 손 가까이 달려들어 주먹을 벼락처럼 옆구리에 대었다. 신음 소리조차 내지 못하고 기절하는 소년을 옆에 끼고, 겐시로는 대지를 박찼다. 그러자 놀랍

게도 그의 모습은 소년을 안은 채 지상 수십 자의 삼나무 가지로 날아올랐다. 도약이라기보다 중력을 잃은 듯한 부상(浮翔)의 모습이었다.

순식간에 인기척이 사라진 길 위를, 곧 오이시의 백부 고야마 겐고자에몬이 도망치듯이 등을 웅크리고 서둘러 내려갔다.

의사(義士) 간자키 요고로의 『분론(憤論)』에 '충의를 품고 있으니 마치 금석(金石)과도 같다'고 칭송을 받았던 고야마 겐고자에몬이 '절개를 버리고 이를 잊었노라. 마치 눈과 서리가 아침 햇빛을 향하듯이, 아지랑이가 일몰을 두려워하듯이'라고 견책을 당했다시피, 그것이 그가 동지를 버리던 마지막 날의 모습이었다는 것은 훗날 알려졌다.

3

"정신이 들었는가."

가마에서 끌어내어졌을 때 눈을 뜬 야토 에모시치는 들여다보고 있는 신도 겐시로의 얼굴을 바라보고는 벌떡 일어났다가, 그곳이 그도 몇 번인가 연락하러 온 적이 있는 가라스마 이마데가와의 신도의 집 문 안이라는 것을 알았다. 그러나 그 이상 저항하려고는 하지 않았다. 아름다운 눈동자를 멍하니 크게 떴을 뿐이다.

"날뛰어 보아야 소용없다는 것은 아까의 내 솜씨로 알았겠지. 음, 착한 아이로군. 얌전히 나를 따라오게."

겐시로는 에모시치의 팔을 잡고 있었다. 에모시치의 뇌리에 야마시나에서의 자신의 비참한 패배가 되살아난 것은 잠깐이었다. 그것보다 이 겐시로의 변모가 새삼스레 기괴하게 여겨져, 그 연유를 알아내고 싶다는 욕망이 그를 표면적으로는 순종하게 만들었다.

그러나 괴이한 일은 에모시치의 상상을 초월하는 것이었다. 현관을 들어서자마자 뛰어나온, 눈만 내놓은 두건을 쓴 아름다운 여자가 내뱉은 말이 우선 그를 깜짝 놀라게 만들었던 것이다.

"아니, 이것은 야토 에모시치가 아닌가. 어디에서 데려온 거요?"

"코가 만지다니로 가던 도중에 야마시나 가도에서 만났어요. 저를 겐시로 님이라고 생각하고 부르신 것이 처음이었지요. 그렇지요, 에모시치 님?"

하고 겐시로는 에모시치를 돌아보며 웃었다.

겐시로의 말투가 일변한 것에도 숨을 삼켰지만 그 아름다운 여자가 자신을 알고 있는 것을 똑똑히 나타내는 목소리, 눈빛에 에모시치는 놀랐다. 그는 이런 여자를 지금까지 한 번도 본 적이 없었던 것이다.

"그래서, 만지다니에는 왜 가지 않았소?"

"에모시치 님이 환희천의 닌자술을 꼭 보고 싶다고 하셔서요. ——남자와 남자로는, 환희천은 만들 수 없으니까요."

이때 에모시치는, 그제야 이 신도 겐시로가 겐시로가 아닌 것은

아닐까 하는 놀라운 의심에 마음이 사로잡히게 되었다. 그런 것을
믿을 수 있을까. 이성으로는 믿을 수 없지만, 그의 직감은 그의 피부
에 소름이 돋게 했다. 에모시치가 저도 모르게 비명을 지르려고 했
을 때, 수상한 겐시로의 소매에서 끈 하나가 스르륵 미끄러져 나와
그의 목에 얽혔다.

"웃."

끈에 손을 댔지만 그것은 뱀처럼 파고들어, 몸부림치는 에모시치
의 손이 뒤로 단단히 묶였을 때에야 목의 끈은 스르륵 풀렸다. 겐시
로는 에모시치를 기둥에 묶으면서 여자를 올려다보고 웃었다.

"설령 본인이 바라신 것이라 해도 보시다시피 젊으시니, 지금부
터 환희천의 존상(尊像)을 보여 드리면 우리를 괴물이라 생각하고
무슨 짓을 하실지 몰라요. 그러니 잠시 이렇게."

"지금부터 환희천을 보여 준단 말이오?"

여자는 약간 당황한 기색이었다.

"겐시로 님" 하고 겐시로는 처음으로 상대의 이름을 불렀다. 엷게
웃으며, "당신은 환희천을 싫어하시나요?"

"싫지는 않소만."

"싫으시면, 호호, 언제까지나 이 모습 그대로 있을까요?"

그러나 이때 여자는 거칠게 남자에게 안겨 있었다. 남자는 여자
를 겐시로라고 불렀으나, 남자와 여자의 힘의 차이는 곧 분명해졌
다. 여자는 방바닥에 깔려, 요란하게 기모노를 흐트러뜨리며 남자
에게 능욕당하기 시작했던 것이다.

그것만으로도 열여섯 살의 야토 에모시치에게는 눈에 별이 깜박이는 듯한 광경이다. 어린 나이에 어머니를 여의고 누나도 여동생도 없이, 그저 청렴하고 강직한 아버지의 손에 자란 소년이었다. 그는 남자와 여자가 이런 자태로 서로 얽히는 일이 있는 줄은, 일찍이 몽상도 한 적이 없었던 것이다.

에모시치는 멍하니 눈앞에 펼쳐진 남녀의 교합을 바라보고 있었다. 그러나 이윽고 여자가 체념한 것인지 아니면 무아지경에 빠진 것인지 숨을 거칠게 헐떡이며 흐느낌 비슷한 헐떡임을 흘리고, 남자의 등에 손톱을 세우고, 스스로 하얀 덩굴처럼 다리를 얽으며 허리를 꿈틀거리기 시작한 것을 보자, 눈을 감고 몸을 떨며 고개를 숙이고 말았다.

"에모시치 님, 보십시오, 환희천이란 이것——."

그렇게 소리친 여자의 목소리가 들려, 에모시치는 눈을 떴다. 그리고 다시 감는 것을 잊었을 뿐만 아니라 크게 부릅뜨고 말았다.

지금 소리친 목소리는 분명히 여자에게 올라탄 신도 겐시로의 입술에서 나왔다. 그러나 그것은 지금까지와 달리 아름다운 여자의 육성이었다. 뿐만 아니라 겐시로의 안색은 순식간에 하얘지고, 허리가 가늘고 부드러워지고 가슴이 부풀어 갔다. 동시에 아래에 있는 두건을 쓴 자의 몸이 검고 탄탄하고 거친 것으로 바뀌어 갔다. ——두 사람이 쾌락의 극에 다다라 몸부림을 치면서 위아래가 빙글 역전되었을 때, 얼굴 또한 완전히 바뀌었다.

만일 두 사람의 옷, 한쪽의 무사 머리와 한쪽의 눈만 내놓은 두건

이 없었다면, 그것은 믿을 수 없는 광경이었다. 아니, 실제로 그것을 보고 있으면서도 에모시치는 여전히 악몽을 꾸는 기분이었다.

"에모시치 님."

하고 이윽고 여자는 옆으로 다리를 모으고 앉아 뺨에 달라붙은 살쩍의 머리카락을 쓸어 올리면서 웃음을 지었다. 무사 머리를 한 채, 가문의 문장(紋章)이 검게 염색되어 있는 옷을 난잡하게 걸친 여자의 모습에는 이상한 농염함이 있었다.

"자신도 환희천이 되어 보고 싶다고는 생각하지 않으십니까."

"바보 같은."

하고 외친 것은 신도 겐시로다. 경악과 동시에 질투가 먹물처럼 얼굴에 퍼졌다. 여자는 대담한 웃음을 띤 얼굴을 향했다.

"여자는, 당신 같은 남자다운 분도 좋아하지만 이처럼 앳된 젊은이도 좋아하는 법이에요."

"당신은——."

겐시로는 이슬에 젖어 벌어진 꽃 같은 오유미의 입술을 보면서 그녀가 제정신으로 그 말을 하고 있다는 것을 알고, 그 환희천의 닌자술도 그렇지만 이 여자는 그 이상으로 무서운 음부(淫婦)일지도 모른다고 생각했다. 그래도 그는 이제 어떤 일이 있어도 이 여자를 자신 쪽에서 놓아줄 마음은 들지 않았다.

"겐시로 님."

하고 여자는 말했다.

"저는 이 젊은이가 좋아 죽겠습니다. 야마시나에서 데려온 것은 그 때문이에요. 지금 환희천을 보여 준 것도 그 때문이고요. 그러니…… 지금부터 셋이 함께 이곳에서 살아가면 안 될까요? 제가 에모시치 님이 되거나 겐시로 님이 제가 되면서 셋이 얽히고설켜 환희천의 즐거움을 끝없이 맛볼 것을 생각하면, 벌써 온몸이 저릿저릿해지는 것 같아요. 게다가 만일 그 무서운 구와가타 한노조가 쳐들어와도 셋이 힘을 합하면 분명 쫓아낼 수 있겠지요. 당신만으로는 역시 조금 마음이 놓이지 않아요."

이 모욕에도, 오사카 가도에서의 추태를 떠올리면 신도 겐시로에게는 할 말이 없었다.

"만일 허락해 주시지 않는다면, 저는 에모시치 님과 함께 만지다니로 돌아가겠어요."

"아, 그것은."

겐시로가 당황한 목소리를 냈을 때, 이미 오유미는 기둥에 묶인 소년의 곁으로 무릎걸음으로 다가가 그에게 부드럽게 달라붙고 있었다.

"오지 마라, 오지 마."

무도(武道)에서 어떠한 강적을 만났을 때보다도 공포에 질려 몸부림치는 야토 에모시치의 하카마 끈을 오유미의 하얀 손이 풀어 간다.

"호호, 보시지 않았습니까. 그것뿐입니다. 죽이지는 않을 테니, 그리 무서워하실 것 없어요."

여자의 손가락은 미묘하게, 무참하게 미소년을 갖고 놀기 시작했다. 홍조를 띠며 눈물을 흘리는 에모시치의 둥근 뺨에, 오유미는 바싹 뺨을 대고 문지르며 말했다.

"제가 지금, 당신을 남자로 만들어 드리겠어요."

오유미의 뺨이 여기저기를 지분거렸다. 그러다가 에모시치의 입술은 뜨겁고 향기로운, 축축한 것에 덮였다.

"아니요, 제가 지금 당신을 여자로 만들어 드리겠어요."

오유미는 기둥에 묶인 에모시치의 무릎 위에 올라타고 있었다.

그 자세로 몸부림치는 미소년을 범하기 시작한 미녀의 요염하고 처절하기 그지없는 광경을, 신도 겐시로는 몽마처럼 바라보았다. 짓무른 머리를 오유미의 '셋이 얽히고설켜 환희천의 즐거움을 끝없이 맛볼 것을 생각하면——'이라는 말이 스치고, 그것도 나쁘지는 않군, 하고 흐릿하게 생각했다.

설령 모습은 원래대로 돌아왔어도 적을 치는 일은 뇌수에 희미하게 흔적만을 남기고 있었을 뿐이었다. 그 희미한 흔적이 이렇게 중얼거렸다. 흠, 적을 치는 일에 가담하지 않는다면, 저 야토를 나와 공범으로 만들어 두는 편이 여러 가지로 형편에 좋을지도 모르겠다.

다케토리 모노가타리

1

미소년을 절구질하듯이 몸으로 원을 그리며 오르내리는 미녀의 모습을, 이미 질투도 공포도 잊고 환영이라도 보듯이 바라보고 있던 신도 겐시로의 귀에 영혼을 쥐어짜는 듯한 여자의 신음이 울렸다. 그는 퍼뜩 제정신으로 돌아왔다.

방금 그 목소리는 분명히 여자의 목소리였다. 그러나 그것은 분명 소년의 입술에서 나왔다. ——이것이야말로 닌자술 '환희천'이 극에 달한 것임은 알고 있지만, 역시 눈을 크게 뜨지 않을 수 없었다. 야토 에모시치는 오유미의 모습으로 변해 있었다.

앉아 있는 소년 위에 올라타고 여자가 범한다. 이 체위에서, 어떻게 남녀가 바뀐 것일까. 물론 겐시로에게 확인할 여유는 없다. 정신이 들었을 때, 오유미는 천천히 일어나 우뚝 버티고 서서, 엷은 웃음을 띤 시선을 에모시치에게 던지고 있었다.

"이것이 환희천."

그렇게 말한 목소리는 틀림없는 에모시치의 목소리다. 무사의 상투를 튼 머리와 가문의 문장을 검게 염색한 옷은 본래의 겐시로이고, 얼굴은 야토 에모시치——그 자체였다. 그것을 올려다본 에모시치의——오유미로밖에 생각되지 않는 눈과 입은 멍하니 벌어진 채였다. 하지만 그는 순식간에 자신의 가슴에 솟아오른 두 개의 유방을 보고, 상기되었던 얼굴이 밀랍처럼 변했다.

"이, 이것은, 어떻게 된 것이냐?"

"당신은 여자가 된 거예요."

에모시치는 기둥에 묶인 몸으로 몸부림치며 미친 듯이 소리쳤다.

"원래의 모습으로 돌려놓아라. 내 모습으로 돌려놓아. 이래서는, 적을 칠 수가 없다!"

두 뺨에 눈물을 흘리며 두 다리를 버둥거리자 여체의 치부가 드러난다. 그것을 부끄러워할 여유는, 열여섯 살의 소년에게는 없다.

"부, 부탁이다, 남자로 돌려보내 다오!"

"남자여서 좋은 점은 방금 실컷 맛보셨을 텐데요. ——어떠신가요?"

에모시치 모습의 오유미는 태연하게 웃는다.

"하지만 에모시치 님, 여자여서 느끼는 기쁨 또한 다른 맛——제 기억에 따르면, 여자의 즐거움이 더 깊은 것 같습니다."

그리고 그녀는 바보처럼 거기에 앉아 있는 신도 겐시로를 돌아보았다.

"겐시로 님, 에모시치 님께 여자의 즐거움을 가르쳐 드리시지요."

겐시로는 에모시치를 보았다. 앞머리를 흐트러뜨리며 몸부림치고 있는 것은 여자다. 그 처참하고 이상한 아름다움에 눈이 타들어가자, 그의 몸속에도 기괴한 욕정이 타오르기 시작했다.

천천히 일어나 가까이 다가간다.

"안 됩니다, 신도 님."

에모시치는 필사적으로 절규했다.

"당신은 동지를 어찌하실 생각이십니까. 만일 무례한 짓을 저지른다면 더 이상 동지가 아닌, 기라 이상의 적이 될 것입니다!"

"에모시치, 나는 복수는 포기했네."

하고 겐시로는 말했다. 야마시나 회의에서 탈맹을 선언한 것은 가짜 겐시로였다는 것을 에모시치는 알고 있다. 그러나 지금 진짜 신도 겐시로도 붉고 탁해진 눈으로, 도취한 듯한 말투로 그렇게 말하는 것이었다.

"복수 따위는, 이 밑바닥을 알 수 없는 기쁨을 알기 이전의 일이지. 그것보다도 지금 이 여자가 말한 것처럼 에모시치, 자네도 지금부터 셋이 얽히고설켜 환희천의 열락을 맛보세, 응?"

그리고 아까의 오유미처럼 에모시치의 무릎에 올라앉으려고 하다가, 갑자기 그는 곤혹스러운 표정이 되었다. 여체인 에모시치에게, 이 체위로 어떻게 하면 좋을지 알 수 없게 된 것이다.

"끈을 풀어 주십시오. ……상대는 여자, 무서워할 것은 없습니다."

하며 오유미는 웃었다. 그리고 발치에 떨어져 있던 칼을 주워 그에게 던졌다.

겐시로는 에모시치를 묶고 있던 끈을 끊었다. 그러고 나서 방약무인하게 여체의 몸에 손을 두르려고 했다. 이것이 에모시치라는 것을 알면서도, 그는 눈에 비치는 대로 상대를 여자라고 생각하고 있었다. 그것이 실수였다. 눈 깜짝할 사이에 에모시치는 그 칼을 주워 들고 일어섰던 것이다.

"저항할 것이냐."

깜짝 놀라 펄쩍 물러난 겐시로 대신, 오유미는 스윽 미끄러져 나아가 에모시치 앞에 섰다.

"에모시치 님, 베려면 저를 베십시오. 단, 그러면 당신의 모습은 이 세상에서 사라질 것입니다."

하고 오유미는 웃는 얼굴로 말했다. 에모시치의 팔은 움직이지 않게 되었다. 그녀를 베는 것은 자신의 모습을 베는 것이었다.

"그것보다도, 포기하고 겐시로 님의 정을 받으시지요."

에모시치의 눈은 고요히 가라앉아 있었다. 무엇을 본다기보다 절망 자체를 보고 있는 듯한 눈빛이었다. 하지만 그 눈에 증오의 빛이 돌아오고 자신의 기괴한 여체에 쏟아지더니,

"여자, 죽어라."

이를 갈며 도신을 소매로 감싸 거꾸로 쥐자마자 스스로 자신의 음부에 꽂아 넣었다. 앗 하고 소리치며 오유미가 달려들어 그 칼을 빼앗음과 동시에, 피가 터져 나온 방바닥 위에 에모시치는 엎어져 있었다.

"이, 이게, 무슨 짓을——."

신도 겐시로는 제정신으로 돌아와 당황했다. 오유미가 베이는 것은 에모시치의 육체가 살상되는 것이었지만, 마찬가지로 지금 에모시치가 죽는 것은 오유미의 육체가 지상에서 소멸하는 것이라는 사실을 깨달은 것이다.

"오유미, 어떻게든 할 수 없소? 그대의 아름다운 몸이 죽게 되었소."

방바닥에 손톱을 세우며 몸부림치는 에모시치를, 오유미는 가만히 내려다보고 있었다.

"그 정도로까지——."

하고 오유미는 깊은 감동을 받은 목소리로 중얼거렸다. 죽어도 자신의 유혹에 저항하려는 소년의 기개에 감명을 받은 것이다.

"참으로, 제가."

고개를 끄덕이더니, 오유미는 에모시치에게 달려들어 똑바로 눕히고, 이게 무슨 짓인지 다시 그를 범하기 시작했다. 이번에는 여자를 범하는 남자의 모습이었지만, 에모시치의 음부는 말할 것까지도 없이 피투성이였다. 아니, 두 사람의 온몸이 피범벅이었다. 겐시로는 두 주먹을 움켜쥐고 우두커니 서 있었다.

에모시치는 격통에 몸부림쳤다. 그 고통의 신음이 한 번 기쁨의 외침으로 바뀌었을 때, 두 사람의 몸은 역전되었다. ——상대에게서 펄쩍 뛰어 물러나 비틀거리며 일어선 야토 에모시치는 원래의 모습으로 돌아와 있었다. 그리고 그 발치에 사타구니에서 피를 흘리며 쓰러져 있는 것은 오유미였다.

"에모시치 님, 저는."

하고 오유미는 떨리는 목소리로 말했다. 그 입술에 이미 핏기는 없었지만, 눈은 미소를 지으며 소년의 얼굴에 쏟아졌다.

"사실은 우에스기의."

그렇게 말하려고 했을 때, 에모시치와 겐시로의 얼굴 앞을 흔들흔들흔들…… 하고 노란 것이 불어 지나갔다. 수많은 국화 꽃잎이라는 것을 깨달은 것은 그것이 빨려들어가듯이 오유미의 얼굴에 떨어지고, 가로세로 열십자로 순식간에 그 얼굴을 완전히 덮는 것을 본 후였다. 동시에 그것이 확 타올랐다.

"앗."

두 사람이 얼굴을 가린 것은 피부가 타는 냄새보다도 그 참혹함 때문이었다.

"오유미, 규정대로 하겠다."

그 목소리에 깜짝 놀라 돌아본 두 사람은 정원에 핀 국화꽃 너머에 우두커니 서 있는, 깊이 삿갓을 눌러쓴 무사를 보았다. 신도 겐시로는 절규했다.

"구와가타 한노조!"

남자는 삿갓을 들어 올렸다. 그 얼굴의 절반이 새빨간 멍으로 물들어 있는 것을 보고, 두 사람은 숨을 삼켰다. 남자는 씩 웃었다. ── 그리고 순식간에 그 모습은 소리도 없이 흙담으로 가볍게 날아올라 사라지고 말았다.

"참으로 어렵군."

궁궐 쪽을 향해 이마데가와 거리를 바람처럼 걸어가면서, 남자는 삿갓 밑에서 얼굴을 매끈하게 쓰다듬었다. 얼굴의 절반을 덮고 있던 붉고 얇은 천을 벗어 내어 길에 버린 것이다. 물론 이것은 무묘 쓰나타로의, 약간 애수를 띤 얼굴이었다.

2

야토 에모시치의 급보를 듣고도 동지들은 아무도 믿지 않았다. 에모시치는 사람들을 이끌고 가라스마 이마데가와에 있는 신도 겐시로의 집으로 달려 돌아갔다.

겐시로는 없었다. 하인인 기치베에에게 물으니, 겐시로는 여자의 시체를 가마에 싣고 어디론가 나가더니 돌아오지 않는다고 한다. 얼굴은 야위고, 온몸이 피투성이인 여자의 시체를 쓰다듬고 있는 모습으로 보아 나리는 미치신 것이 틀림없다고, 기치베에는 갈팡질팡하며 말하는 것이었다. 그것으로 에모시치의 말도 반드시 황당무계한 이야기는 아님을 알았지만, 후와 가즈에몬을 제외한 다른 사람들은 여전히 반신반의였다.

"겐시로는 분명히 미친 걸세. 멍청한 놈, 지금쯤은 여우에 홀린 남자처럼 어딘가 들판 끝자락에서 시체를 상대로 정사에 미쳐 있겠지. 내버려 두게, 내버려 둬."

하고 구라노스케는 말했다. 담담한 말투였지만, 지금까지의 탈락자 때와 달리 기분 탓인지 눈썹에 얼핏 어두운 그늘이 드리워 있는 것처럼 보였다. 그것은 마침 그때 그에게 오사카의 고야마 겐고자에몬으로부터도 탈맹의 절연장이 도착한 참이고, 이는 아마 야마시나 회의에서 가짜 신도 겐시로가 한 연설에 동요한 결과로 생각되는데, 겐시로, 겐고자에몬 모두 구라노스케의 친족이었던 탓에 수치심을 느꼈기 때문이었을 것이다. ——요컨대 겐시로는 다시는 동지들 앞에 모습을 나타내지 않았다.

사람들의 소동에도 아랑곳하지 않고, 구라노스케는 에도로 떠났다.

"그런 괴물보다 에도에 있는 불덩어리가 더 마음에 걸리는군."

에도의 불덩어리란 호리베 야스베에, 다카다 군베에, 모리 고헤이타 등 단독 행동으로 기라에게 습격을 감행할지도 모르는 열혈아들이다. 아사노가(家) 재흥의 전망이 있는 동안에는 결코 경거망동해서는 안 된다는 것이 구라노스케의 흔들림 없는 방침인 듯한데, 아직도 그런 것에 사로잡혀 있는 다유 쪽이 더 괴물 같다고 내뱉듯이 평하는 동지도 있었다.

에도로 내려가는 구라노스케와 동행한 것은 가와무라 덴베에, 오카모토 지로자에몬 두 사람으로, 성미가 거친 에도파를 달래는 데 가장 적합한 자로 구라노스케가 고른 것이지만, 이 두 사람이 훗날 맹약을 배신하게 될 것까지도 구라노스케가 꿰뚫어 보고 있었는지 어떤지는 알 수 없다.

1701년 10월 20일, 야마시나를 떠나 도카이도를 따라 내려가는 구라노스케 일행과 반리(里) 정도 늦게, 적당한 거리를 유지하며 조용히 쫓는 여덟 명의 야마부시[주1]가 있었다.

이것이 우에스기 에도 번저에서 보낸 노토 닌자, 가라스야 쇼베에, 요로즈 군키, 시라이토 쇼칸, 구와가타 한노조, 오리카베 벤노스

주1) 山伏(야마부시), 불도를 수행하기 위해 산야에서 기거하는 중. 또는 수험도를 수행하는 사람을 이르기도 한다.

케, 쓰키노와 모토메, 메노사카 한나이, 아나메 센주로라는 것은 가도의 그 누구도 알 길 없어, 그저 수험도를 수행하는 자들이겠거니 하며 아무도 주목하지 않았다. 그러나 그로부터 또 1리를 두고 동쪽으로 가는 다섯 대의 가마가 있었다. 각 역참에서 갈아탈 때, 인솔자인 듯한 한 남자는 그렇다 치더라도 나머지 네 여자가 이상할 정도로 아름다워 사람들은 입을 딱 벌렸다. 그 옆에 붙어 있는 남자가 왠지 모르게 으스스해서 거칠고 천한 뜨내기 교군꾼들도 그 미녀들에게 나쁜 짓을 하려 하지 않았다. 그러나 이것이 우에스기의 가로 지사카 효부가 보낸 노토 닌자, 오키리, 오료, 오스기, 도모에인 줄 몰랐기 때문에 그들은 터무니없는 일을 당하는 것을 면할 수 있었던 것이다. 아라이[주2] 관문, 하코네 관문에서 남자는 우에스기번의 가신 아리아케 쓰나노스케가 시녀 네 명을 데리고 오사카의 구라야시키[주3]에서 에도 저택으로 내려가는 중이라고 자신을 소개했다.

11월 2일, 오이시는 에도에 도착했다.

그는 우선 센가쿠지[주4]에 있는 돌아가신 주군의 무덤을 참배하고, 다음으로 아카사카 이마이다니에 있는 미망인 요제이인의 안부를 살폈다. 이 일정이 끝나자 그는 막부의 각각의 동향을 살피거나 종가(宗家) 동족의 여러 아사노가를 방문하기 시작했다. 다이가쿠를

주2) 新井(아라이), 니가타현 서부의 지명. 홋코쿠 가도(北国街道), 이야마 가도(飯山街道)의 역참 마을로 번성하였다.

주3) 蔵屋敷(구라야시키), 에도 시대의 영주들이 영지의 곡물이나 토산품을 판매하기 위해 오사카, 오쓰, 에도 등 유통의 요지에 설치했던 곳간(구라)이 딸린 집(야시키). 창고 겸 판매소였다.

주4) 泉岳寺(센가쿠지), 현재의 도쿄도 미나토구에 있는 조동종(曹洞宗)의 절. 1612년에 창건되었으며, 아사노 나가노리와 아코 의사(義士)들의 묘소가 이곳에 있다.

영주로 세워 가문을 재흥하려는 의뢰이자, 애원을 위해서다.

에도의 과격파는 초조하게 이것을 지켜보고 있었다. 교토와 오사카에 있는 동지들의 보고에 따르면 다유는 기라가(家)나 우에스기가(家)를 찾아가서라도 아사노가의 재흥을 부탁하고 싶다고 말했다는데, 정말로 그럴지도 모른다고 불안해질 정도로 구라노스케의 움직임은 느긋하고 정중했다.

그들이 오이시의 숙소에서 간신히 구라노스케를 붙잡아 복수에 대해서 이야기를 나눌 수 있었던 것은, 구라노스케가 교토로 돌아갈 날도 머지않은 20일이 지나서였다.

3

구라노스케가 숙소로 삼은 곳은 아사노가가 번성했던 시절에 자주 드나들었던 히요토리 우두머리 마에카와 주다유의 집으로, 미타 마쓰모토초에 있었다.

히요토리란 지금으로 말하자면 자유 노동자다. 하타모토는 물론이고 아무리 대영주라 해도 재력에 한계가 있는 이상, 평상시에 많은 수의 아시가루[주5], 인부, 교군꾼 등을 거느리고 있는 것은 쓸모없는 지출이므로 적시에 이를 고용했다. 에도에는 이를 관리하는 곳

주5) 足軽(아시가루), 에도 시대의 최하급 무사.

이 몇 군데 있었는데, 마에카와 주다유도 그중 한 사람이었다. 히요토리 우두머리라고 해도 성(姓)을 갖고 칼을 찰 수 있는 데다 막부의 공식 허가를 얻은 가문이라, 저택도 웬만한 상가 못지않을 정도로 크다.

이 마에카와 주다유는 구라노스케가 이 집을 숙소로 삼았을 정도이니 상당히 의협심이 있는 남자였는데, 와 보니 그가 완전히 호리베 일행의 대장부 기질에 물들어 오히려 주다유 쪽에서 그들을 부추기고 있는 기색마저 있는 것에 구라노스케는 내심 질리고 말았다.

회합 장소는 넓은 정원의 별채였다. 일부러 시골집풍으로 만든 꾸밈새도 오히려 농익은 겐로쿠 시대를 연상시키고, 또한 7년쯤 전에 죽은 바쇼라는 시인의 마음이 에도의 이런 집에도 배어든 것인가 하는 감상도 품게 한다.

"술은 필요 없네."

하고, 그 별채에 상을 들고 오는 하녀들에게 정원에서 호통을 치고 있는 남자가 있었다.

하라 소에몬, 가와무라 덴베에, 오카모토 지로자에몬 등을 거느리고 걸어간 구라노스케는 그 남자를 보고 웃었다. 젊은 시절, 다카다노바바^{주6)}에서 원수를 갚기 전에 말술을 마셨다고 하는 호리베 야스베에였다.

주6)　高田馬場(다카다노바바), 현재 도쿄도 신주쿠구 서부에 있는 지명. 에도 시대 초기에는 이곳에 마장(馬場)이 있었다. 겐로쿠 시대, 호리베 야스베에가 이곳에서 결투를 벌여 복수를 이룬 것으로 유명하다.

"호리베, 내가 부탁한 것일세. ……오랜만에 만나는 얼굴인데 좀 마셔도 좋지 않은가."

"다유, 술 같은 것을 마시며 할 이야기가 아닙니다."

"자네가 싫다면 권하지는 않겠네. 나는 마실 거야."

야스베에는 발끈하여 부루퉁한 얼굴로 입을 다물었다. 그 한결같은 얼굴을, 구라노스케는 마음속으로 기쁘게 생각했다.

가까이 가니 툇마루 밑에서 거미줄투성이가 되어 기어나온 남자가 있었다. 보니 이것은 무리 중 미남이라는 점으로는 손에 꼽히는 모리 고헤이타였다.

"무엇을 하고 있나?"

"다유, 어서 오십시오. ……중요한 회합이라, 만에 하나 툇마루 밑에 수상한 자라도 숨어 있지는 않을까 하여 지금 확인하고 있었습니다."

"호오, 대단히 조심하는군."

"교토의 후와가 보낸 서장에 따르면 적은 닌자까지 부리고 있고, 게다가 그 닌자 중에는 아무래도 나비를 부려 이야기를 엿듣는 놈까지 있는 듯하다고 하지 않습니까. ……회합은 일심동체인 호리베 님께 맡기기로 했습니다. 호리베 님의 말씀이 곧 우리의 말입니다. 저는 물론이고 다카다 군베에, 다나카 사다시로 세 사람은 지금부터 이 별채를 둘러싸고 돌면서 만에 하나 있을지 모르는 수상한 자에 대비하겠습니다. 모쪼록 안심하십시오."

하며 모리 고헤이타는 칼자루를 두드렸다. 그 말에 가을풀 너머

를 보니, 장창(長槍) 두 자루를 나란히 세운 다카다와 다나카가 하얀
이를 보이며 씩 웃고 눈인사를 했다.

별채 안에는 방이 세 개 있고, 한가운데의 방에는 화로를 파 두었
으며 천장은 없었다. 그을린 지붕 안쪽이 드러나 있었다. 괴한이 천
장 뒤에 숨어 있을 가능성도 없는 셈이다. 장식 기둥은 직경이 5치
나 될 듯한 대나무로, 말라서 좋은 색깔을 띠고 있었다.

모여 있는 것은 구라노스케와 함께 온 세 명, 바깥을 경계하고 있
는 세 명을 제외하고 열다섯 명이었다. 그중에는 우시오다 마타노
조, 오쿠다 마고다유, 나카무라 간스케, 오타카 겐고, 다케바야시 다
다시치, 가쓰타 신자에몬 등 과격파 중의 과격파의 당장이라도 멱
살을 잡을 듯한 얼굴이 보인다.

술 같은 것을 마시며 할 이야기가 아니다, 라고 야스베에가 말했
는데, 술뿐만 아니라 밥도 먹을 수 없을 정도의 격론이 곧 시작되었
다.

구라노스케는 조급해질 대로 조급해진 그들을 제지했다.

"고즈케노스케 님의 목을 받지 못하면 우리의 무사로서의 체면이
서지 않는다고 하지만, 우리의 무사로서의 체면을 위해 모처럼 재
흥의 가능성이 있는 주군의 가문을 완전히 망칠 셈인가. 만일 다이
가쿠 님을 영주로 세우는 데 성공하여 주군가의 운이 트인다면, 그
후에 우리가 할복하여 돌아가신 주군의 뒤를 쫓든, 출가하여 중이
되든 하는 것은 두 번째 문제일세. 신하로서의 의무는 어디까지나
아사노가 재흥에 있어."

라는 것이 구라노스케의 설득이었다. 이에 대해 야스베에 등은 사납게 대답했다.

"가문, 가문 하시는데, 돌아가신 주군이 기라의 칼에 상하셨을 때 영주님은 이미 아사노가를 버리셨습니다. 유지(遺志)는 오직 분하고 억울한 마음, 그 마지막 원한을 풀어 드리는 것 외에, 가신이 가야 할 길은 없습니다."

그리고 교토에서도 몇 번이나 되풀이되었던 끝없는 논쟁이 있은 후,

"다유는 다이가쿠 님을 영주로 세우는 일이 반드시 이루어질 것이라 보증하실 수 있습니까. 또 그때까지 기라의 늙은이가 목숨을 부지하고 있으리라 보증하실 수 있소?"

하고 따지고 들어, 구라노스케는 마침내 대답하지 않을 수 없었다.

"……그럼 내년 3월을 기한으로 하지."

"3월!"

급진파는 환호하고 열광했다.

열정파인 반면 조심성이 많은 야스베에는 구라노스케가 또 일을 미룰 것을 경계하여, 증문(證文)을 쓰고 혈판을 찍어 달라 청했다. 구라노스케가 쓴웃음을 지으며 고개를 끄덕이자, 그는 곧 붓과 벼루를 가져오게 하여 종이에 글씨를 휘갈겨 쓴 후 읽었다.

"돌아가신 주군은 조상 대대로 이어져 온 가문, 천하와도 바꿀 수 없는 목숨까지 버리셨으니 울분을 풀 길이 없도다. 주군의 소망을

이루어 드리지 못하여 유감스러울 뿐이며, 신하 된 자로서 그냥 둘 수 없다고 여기노라. 다만 위의 동지 중에 달리 생각이 있는 자가 있어 일을 미루기는 하나, 오는 3월——."

"잠깐."

하고, 그때 구라노스케가 말했다. 멍하니 허공을 보고 있다. ——다음 순간 그는 옆에 두었던 패도를 움켜쥐고, 그 낮등불도 도군류의 달인이었다는 것을 눈앞에 불꽃이 튀듯이 떠올리게 하는 무시무시한 속도로 칼을 뽑아, 등 뒤의 장식 기둥을 베었다.

직경 5치의 장식 기둥 안에 무엇이 있단 말인가?——그러나 그것은 빈 대나무가 아닌, 속에 무언가 차 있는 둔한 소리를 냈다.

"——대나무 속의 가구야히메[주7]는 빛을 내뿜고, 대나무 속의 닌자는 피를 흘린다."

구라노스케의 목소리와 동시에, 놀랍게도 그 5치의 대나무 기둥의 단면에서 선혈이 화악 뿜어져 나와 1간이나 떨어진 벽에 피보라를 흩뿌렸다.

주7) かぐや姫(가구야히메), 헤이안 초기에 지어진 작자미상의 소설 '다케토리 모노가타리(竹取物語)'의 주인공으로, 대나무 안에서 나왔다는 미인. 다섯 명의 귀공자로부터 구혼을 받지만, 어려운 문제를 내어 이를 물리치고 달나라로 돌아간다.

구라노스케 함락

1

말라서 운치 있는 색깔을 띤 죽순대 기둥, 거기에서 분출된 것이 피일 줄은, 그 자리에 있던 자들로서는 잠시간 상상도 할 수 없었다. 몇 초 침묵이 흐른 후, 큰 칼을 들고 도약해 온 것은 호리베 야스베 에다.

"다유——닌자라니요?"

그는 절규와 동시에 칼을 뽑으며 대나무 앞에 섰다. 구라노스케 는 피묻은 칼날을 끌며 물끄러미 장식 기둥을 응시하고 있다.

——그때, 그 장식 기둥이 구라노스케가 절단한 곳의 2자쯤 위쪽 에서 입을 딱 벌렸다. 지금까지 눈에도 보이지 않았으나, 그 대나무 는 그 높이에서 마디와 마디 사이가 잘려 있고, 그 부분의 대쪽이 내 부로부터의 압력으로 갈라져 떨어진 것이었다.

"…………."

어지간한 야스베에도 숨을 죽인 채 아무 말도 없었다. 그 대나무 안에서 인간의 얼굴이 하나 보이고 있었던 것이다. 주름투성이 노 인의, 고통으로 일그러진 얼굴이었다. ——하지만 그 얼굴보다도 그 밑에 있는 것에 생각이 미쳤을 때, 사람들은 전율했다. 직경 5치 의 빈 대나무 속에 들어 있는 육체를.

그것이 실존하는 증거로, 구라노스케의 칼은 분명히 그의 육체를 베었다. 그제야 구라노스케가 입술을 열었다.

"닌자겠지만, 훌륭한 재주로군. ……공양을 위해 이름을 물어 두겠다."

"시라이토 조칸."

"기라냐, 우에스기냐."

노인은 대답하지 않고 씩 웃더니, 동시에 그 얼굴이 덜컥 앞으로 떨어졌다.

야스베에가 달려들어 장식 기둥을 세로로 갈랐다. 동시에 그 안에서 막대를 쓰러뜨리듯이 방으로 굴러나온 자가 있었다. 이미 그 괴이한 일을 목격하고 있던 사람들도, 눈앞에 보이는 믿을 수 없는 물체에는 앗 하고 소리치며 뒤로 펄쩍 물러나지 않을 수 없었다.

첫째로, 굴러나온 것은 상반신뿐이었지만 그 육체는 이상할 정도로 가늘었다. 5치의 대나무에 들어 있었으니 당연하다고 할 수 있지만, 그러나 실제로 보는 뱀 같은 육체는 오한을 불러일으키는 것이었다. 둘째로, 그 몸이 다음 찰나, 마치 단단히 당겨져 있던 우산이 펼쳐진 것처럼 기분 나쁜 뼈 소리를 내며 부풀어 올랐다. 그것은 순식간에 보통의 상태로 돌아갔다. ——셋째로, 사람들이 찬물을 뒤집어쓴 듯한 공포에 사로잡힌 것은 그 회복 능력에 의해 그가 아직 살아 있다는 것을 깨달은 순간이었다. 그는 구라노스케의 칼에 의해 양단되었다. 하반신은 아직 대나무 속에 남아 있는 것이다. 그럼에도 불구하고 그의 상반신은 여전히 꿈틀거리고, 부풀어——아니, 아까 분명히 말도 했다. 자신의 이름을 말했다!

"우에스기냐, 기라냐."

야스베에가 그 괴기한 닌자 시라이토 조칸의 상반신을 흔들었으나, 과연 뱀 그 자체와 같은 그의 생명력도 거기까지였는지 절단된 몸통에서 나무통처럼 피를 토하며, 조칸의 얼굴은 납빛이 되고 숨이 끊어졌다.

사람들은 꼼짝도 않고 입을 다물고 있었다.

"귀에 뼈가 있는지 없는지, 알고 있나?"

잠시 후, 구라노스케가 중얼거렸다. 너무나도 엉뚱한 물음이라 대답을 하는 사람도 없었다.

"귀에는 뼈가 있네. 해파리처럼 무른 뼈지만. ——이자는 온몸이 그 연골로 이루어져 있거나, 아니면 온몸의 뼈를 연골로 바꾸는 닌자였던 거겠지. 아직 이 별채에 사람이 없었던 시각에 숨어 들어와 장식 기둥을 자르고, 그 안에 뱀처럼 몸을 뻗어 들어가 있었을 걸세. 대나무 속의 마디를 분리하면서 말이야."

하고 구라노스케는 고개를 갸웃거리며 말했다.

"그렇다 해도, 적은 무서운 자를 부리는군. 복수도 쉽지는 않겠어."

진지한 것인지 놀리는 것인지 알 수 없는 눈으로 주위를 둘러보지만, 사람들은 여전히 아무 말도 없다. 적이 닌자를 부린다는 것은 교토에서 온 정보로 알고는 있었지만, 실제로 이 닌자를 보기 전까지는 이렇게 요괴 같은 자일 거라고는 생각하지 않았던 것이다.

하지만 곧 야스베에가 의기양양하게 얼굴을 들었다.

"뭐, 이런 괴물 정도야——아니, 다유 님, 그렇다면 더더욱 적을 치는 날을 하루라도 빨리 서둘러야겠습니다. 그런데 이 괴물은 어떻게 처리할까요."

"주다유에게는 알리지 않는 것이 좋겠지. 정원이나 마루 밑에 묻고, 어쨌든 이곳의 하인들에게는 보이지 않는 것이 좋네. 반드시 소문이 날 게야. 나아가서는 우리의 회합도 소문이 날 걸세."

"그럼."

하며 일어서려고 하는 야스베에를 구라노스케는 제지했다.

"호리베, 그보다 지금 그 증문을 어찌했는가? 시체보다 그쪽을 정리하게."

야스베에는 구라노스케를 올려다보며 미소를 지었다. 멍하고 미덥지 못해 보이는 이 두목이 의외로 신중한 사려와 일관된 의지를 갖고 있는 것에 안도한 것이다. 그는 다시 자신이 쓴 증문을 집어 들었다.

"──오는 3월, 돌아가신 주군의 1주기를 전후하여 동지들이 의(義)를 위해 그 집에서 전사하는 것이 충도(忠道)일 것이라 생각하는 바이다. 위의 날짜가 될 때까지 마음을 다하고 뜻을 다하여 울분을 풀어야 할 것이다. 이와 같이 적은 바에는 틀림이 없노라. 만일 이를 어기는 자에게는 돌아가신 주군의 벌이 내리리라. 삼가 위와 같이 적는 바이다──."

구라노스케는 고개를 끄덕이고 우선 그 증문에 혈판을 찍었다. 사람들이 차례차례 여기에 혈판을 찍는다.

"시체는 다카다나 모리에게 처리하라 이르게. 하하하, 자기들이 지킬 테니 안심하라고 큰소리를 쳐 놓고, 보기 좋게 괴한이 숨어 들었는데 아직도 눈치채지 못하고 허수아비처럼 밖에 서 있는 벌일세."

하고, 구라노스케는 웃으며 일어섰다.

"자, 이것으로 끝났네. 그런데 괴물을 퇴치한 입가심으로 나는 지금부터 요시와라[주1]에 가려는데, 야스베에, 다다시치, 마고다유, 같이 가지 않겠나?"

모두 아연실색했다. 그중에서도 지명을 당한, 동지들 중에서 가장 폭발적인 성미인 호리베 야스베에와 다케바야시 다다시치와 오쿠다 마고다유는 얼굴을 빨갛게 물들였다.

"다유."

"그래, 그런 붉어진 안색을 눈 같은 피부로 감싸 달라 하는 것일세. 그러지 않으면 닌자가 아니더라도 적에게 들킬걸. 적을 치는 것은 3월로 지금 정하지 않았는가."

약간 안색이 원래대로 돌아온 세 사람의 머리 위를, 구라노스케의 목소리가 봄바람처럼 느긋하게 어루만진다.

"에도에 와서 홋카쿠[주2]에서 논 것도 벌써 20년이나 전인가. 교토의 후시미와는 다른 에도 여자의 활기, 그립군. 마음이 들뜨네."

주1) 吉原(요시와라), 에도 시대에 도쿄(에도)에 있던 유곽 지대.
주2) 北廓(홋카쿠), 신요시와라 유곽의 다른 이름. 에도성 북쪽에 있었기 때문에 이렇게 불렸다.

"밤이 깊은 유곽의 치장한 모습을 보며

저녁 등불을 밝히고 등을 돌려 잠드니——."

북 치는 이가 샤미센에 맞춰 시를 읊기 시작하자, 수십 명의 유녀들은 화려한 나비처럼 춤을 추기 시작했다. 구라노스케도 눈을 가늘게 뜨고 입을 움직이고 있다. 불야(不夜)의 등불이 줄줄이 늘어선 큰방은 마치 무지개의 세계 같았다.

"꿈속의 꽃마저

흩어 놓는 폭풍이 불어오고

규방을 찾아와 여자를 데리고 나가는 남자——."

그 자신이 지은 노래다. 기온[주3]이나 슈모쿠초에서도 상당히 호평이라, 이 노래의 마지막 구절을 따서 그에게 '우키 님'이라는 별명을 붙게 한 것이 이 노래였다.[주4]

졸린 듯이 흥얼거리면서도 구라노스케의 손은 결코 졸린 기색 없이 대단히 능숙했다. 한 손에 술잔을 들고, 한 손은 줄기가 휘어질 듯한 커다란 꽃송이처럼 기대어 있는, 우치와야에서 제일가는 유녀 우스즈미 다유[주5]의 소맷부리를 통해 눈 같은 가슴에 집어넣고 굵은 손가락의 쾌락을 즐기고 있는 듯하다. 마치 부유한 상인처럼 살집

주3)　祇園(기온), 교토 야사카 신사 부근의 유흥가.

주4)　이 시의 마지막 구절은 '이슬 같은 인연의 슬픈(憂き) 유녀의 삶'이다. 憂き는 일본어로 '우키'라고 읽는다.

주5)　大夫(다유), 최상급의 유녀.

이 두둑하고 넉넉한 얼굴은 느슨해질 대로 느슨해지고 번들번들 기름기가 돌아, 전형적인 호색한의 얼굴이었다.

말석에 세 개의 돌멩이처럼 나란히 있는 것은 호리베 야스베에, 다케바야시 다다시치, 오쿠다 마고다유다. 모두가 저마다 늠름하고 사내다운 자들이라 처음에는 유녀들이 개미처럼 몰려들었으나, "가까이 오지 마라, 매춘부" 하고 일갈을 당해, 놀라서 떨어져 나가고 말았다. "나는 무사인데 왜 유녀들이 싫어하는가"라는 풍자시도 있듯이, 유곽에서 무사는 통하지 않는다. 기루에 들어설 때 칼까지 빼앗길 정도다. 본래 같으면 쫓아내고 소금을 뿌릴 판이지만, 그들이 그런 일을 당하지 않은 것은 오직 그들을 데려온 '우키 님'이 너무나도 소탈하고 잘 노는 사람인 데다, 처음에 건넨 과분한 해웃값 때문이었다.

그들도 나면서부터 목석은 아니다. 특히 호리베 같은 경우, 젊은 시절에는 술, 도박, 낭비 삼박자를 고루 갖춘 것으로 이름을 날렸다. ……다만 오늘 밤만은 기가 막혀, 이 다유의 보통 사람이라고는 생각되지 않는 유곽 탐닉에 도저히 장단을 맞출 여유가 없었다.

다유가 본래 밝은 성격이기는 했지만, 이렇게까지 흥에 겨워 도를 지나칠 수 있는 사람이리라고는 상상도 하지 못했다. 교토에서 온 동지의 편지로 그 방탕함은 알고 있었지만, 이야기로 들은 것 이상이었다. 흥이 오른 것을 넘어 미치광이 같을 정도다.

소란은 점차 이 에도 전체에 울려 퍼질 정도가 되었다. 비틀비틀 일어선 구라노스케가 눈을 가리고 술래잡기를 시작한 것이다.

"우키 님, 여기예요."

"손뼉을 치는 쪽으로 오셔요."

"술래야, 바보야, 큰북을 짊어지고 도망쳐라."

벌써 요시와라 유녀들도 '우키 님'이라고 부르고 있다.

그러다가 왓 하고 제정신이라고는 생각되지 않는 환성이 이리저리 얽힌 것을 보니, 큰손 우키 님은 비틀비틀 온 방 안을 돌아다니며 품에서 금화를 꺼내 뿌리고 있었다.

이렇게 되면 술래고 뭐고 없다. 여자들이 이리저리 뒹굴며 방바닥 위를 기어다니자, 큰손 우키 님은 또 그 위로 살찐 몸을 털썩 내던졌다. 그리고 양팔에 닿은 두 유녀를 그대로 끌어안고 황금 위를 굴러다녔다.

"자, 자, 이 몸 밑에 있는 금화는 모두 이 두 사람한테 주겠다."

그러자 다른 여자들도 욕심과 연지와 분으로 후끈한 몸을 큰손 우키 님에게 와락 던지며 그 위로 겹쳐졌다. 큰손 우키 님의 기뻐하는 웃음소리는 순식간에 돼지 같은 비명으로 바뀌었다.

"무겁다, 힘들어. 복수를 해야 하는 소중한 몸인데, 너희들이 뭉개 버리려는 게냐."

세 사람이 안색을 바꾸었을 때, 구라노스케는 묘한 신음 소리와 함께 갑자기 조용해졌다. 유녀들이 놀라 일어서자, 그는 꼴사납게 침을 흘리며 잠들어 있었다.

우스즈미 다유가 일어서서 칠보 무늬로 염색한 가이도리[주6]를 가

주6) 搔取(가이도리), 여성의 예복으로 띠를 맨 위에 걸치는 통소매옷.

볍게 덮어 주고는 손을 흔들었다. 여자들이 발소리를 죽이며 나가자, 마치 큰 폭풍이 불어닥친 후 같았다. 술잔이며 접시가 어지럽게 널려 있는 방의 구석에, 여전히 세 사람은 어깨를 굳히고 앉아 있다.

"당신들은 어찌하실 겁니까?"

하고 우스즈미 다유가 물었다.

세 무사는 대답도 하지 않고, 자고 있는 사람에게 꿰뚫을 듯한 시선을 던질 뿐이었다. 지금 다유는 '복수를 해야 하는 소중한 몸'이라고 말했다. 어디까지 제정신으로 한 말인지, 아무런 생각이 없어 보이는, 돼지처럼 행복한 얼굴로 잠들어 있었다. 다유는 진심으로 이 방탕을 즐기고 있는 것으로밖에 보이지 않았다.

세 사람에게는 이 두목이 괴기한 사람으로까지 여겨지기 시작했다. 그리고 이 괴기한 두목이 이끌고 있는 자신들의 맹약마저, 점점 괴기한 것으로 여겨지기 시작했다.

"이보시오, 다유."

야스베에는 눈을 빛내며 조금씩 다가갔다. 상대는 좀처럼 깨어나지 않는다.

"다유."

거칠게 흔들자 큰손 우키 님은 나른한 듯한 목소리를 냈다.

"뭐야? ……야스베에인가."

"슬슬 돌아가시지 않겠습니까."

"돌아간다고? 적은 아직 치지 못했는데."

"무슨 말씀이십니까."

"20년 전, 나는 이곳에 와서 호되게 차인 적이 있었네. 에도의 고급 유녀에게 쌓인 오랜 원한을 오늘 밤에 풀어야 해. ……아니, 우스즈미, 다른 여자들은 어찌 되었나. 이 남자들에게 상대를 찾아 주지 않겠나?"

"하지만……."

"나는 돌아가겠네."

다케바야시 다다시치가 분연히 일어서려고 하자 야스베에가 바짓자락을 붙잡았다. 그 귀에 입을 대고 속삭인다.

"아니, 다유에게서 눈을 뗄 수는 없네. 위험해."

의지가 강한 이 남자의 눈에 뜨거운 쇳물 같은 눈물이 고여 있었다. 이런 다유를 여전히 걱정해야만 하는 것은 다유를 믿는 것 외에는 길이 없기 때문이다. ──그리고 그는 우스즈미 다유에게 말했다.

"내버려 두어 주게. 우리는 아침까지 여기 있겠네."

"좋을 대로 하시지요."

우스즈미는 이 세 사람을 주체하지 못하고 있었다. 그렇다기보다, 유곽에 와서 이 완고한 촌스러움을 밀어붙이는 데에 화가 나 있었다. 우스즈미는 그 불쾌함을 오히려 우키 님에 대한 농후한 교태로 바꾸어 요염하게 기대며 말했다.

"그럼 우키 님, 저쪽으로."

졸린 것인지 기쁜 것인지, 구라노스케는 침을 한 줄기 흘리며 비틀비틀 일어서서 우스즈미와 얽힌 채 걷기 시작했다. 세 사람의 존재 따위는 이미 안중에 없다기보다 잊어버린 듯했다.

세 사람의 귀에 갈지자 걸음으로 멀어져 가는 구라노스케의 나른한 목소리가 들렸다.

"풀리고 느슨해져 흐트러진 머리칼에

꽂은 작은 회양목 빗

과연 눈물이 후드득 비처럼

넘쳐 소매를 적시노라

이슬 같은 인연의 슬픈 유녀의 삶⋯⋯."

3

우스즈미에게 힘없이 기대어 망이 쳐진 작은 등롱이 늘어선 우치와야의 복도를 걸어가던 도중, 구라노스케는 깊은 취기가 덮쳐 오는 것을 느꼈다. 눈앞이 안개가 낀 것처럼 어두워지면서, 그는 정신을 잃었다.

정신이 들었을 때, 구라노스케는 매끈매끈한 비단 같은 것에 감싸여 있었다. 호화로운 침구는 아니다. ──그것은 율동적으로, 미묘하게, 농염하게 계속하여 움직이고 있다. 그의 몸을 덮치고 있는 것은 뜨거운 여인의 몸이었다.

"우스즈미⋯⋯."

하고 부른다.

"예……."

하고 여자는 대답했지만, 부드러운 움직임을 멈추지 않는다.

"나도 참, 취했군. 언제 여기에 눕혀진 것인가?"

여자는 소리 없이 웃었다.

"아무리 시간이 지나도 일어나시지 않아, 이렇게 깨워 드렸지요. 우키 님, 에도 유녀의 맛은 어떤가요?"

구라노스케는 대답을 할 수 없었다. 향긋한 여자의 혀가 입 안으로 들어왔기 때문이다. 그러나 과연 기온이나 슈모쿠초에서 교토 여자에게 단련된 구라노스케다. 그대로 이쪽에서 사십 대 남자의 대담함과 탄탄함으로 당당히 그에 응하기 시작했다. ……하지만 지나친 쾌락에, 구라노스케는 다시 조수(潮水) 속으로 끌려들어가듯 정신을 잃었다.

파도가 물러가자 구라노스케는 멍한 목소리로 말했다.

"음, 교토 여자는 한참 못 미치는군……."

"호호, 그러면 에도 유녀의 체면이 섰네요. 하지만 우키 님, 요시와라 여자의 솜씨는 지금부터랍니다――."

"지금부터?"

구라노스케는 희미하게 묘한 것을 눈치채고 있었다. 머리의 심지가 뽑힌 듯한 느낌이 든다. 보통 같으면 남자는 이미 허탈함이나 불쾌함을 느끼고 있을 무렵이다. 그런데도 이것이 이 여자가 자랑하는 요시와라 유녀의 비술(秘術)인지, 한 부분만은 여전히 몽환처럼 쾌락으로 계속해서 맥박치고, 그것이 그 한 부분 이외의 전신으로 녹일 듯한 마비의 감각을 퍼뜨려 오는 것이다.

"우스즈미, 언제까지나."

하며 구라노스케는 탄식을 흘렸다.

"이러고 있고 싶군."

"언제까지나, 이러고 있어요."

"뭐?"

구라노스케는 처음으로 실눈을 뜨고 여자의 얼굴을 보았다. 여자는 우스즈미가 아니었다. 우스즈미보다 더 아름답고 젊은 여자의 얼굴이었다.

구라노스케는 몸을 떼려고 했다. 몸이 떨어지지 않았다.

"우스즈미 다유는 지금도 이불방에서 주무시고 계세요. 당분간 제가 상대를 해 드리지요."

"당분간――."

"내년, 3월까지."

어지간한 구라노스케도 당황한 나머지 몸을 버둥거렸지만, 여전히 두 사람은 떨어지지 않았다. 게다가 그것이 어떠한 아픔을 동반하지도 않고, 어깨에서 팔이 빠지지 않는 것과 똑같이 떨어지지 않는 것이다.

"혈관이, 둘이 이어져 있는 것이에요."

여자는 몸을 꿈틀대며 웃었다. 일부러 아직도 유녀 같은 말씨를 쓰는 것은 노골적인 조롱이었다.

"그대는 기라의 닌자인가."

구라노스케는 저항해 봐야 소용없다는 것을 알고 쉰 목소리로 말했다.

"아니요, 우에스기랍니다."

"우에스기——우에스기의 수하가, 무엇 때문에 이런 짓을 하지?"

"당신을 불의사(不義士)로 타락시키기 위해서."

구라노스케는 잠시 침묵하고 있었지만, 이윽고 말했다.

"지사카의 지혜로군."

"효부 님을 아십니까. 과연, 참으로 풍월(風月)은 서로를 알아보는 군요——."

"이보게, 그런데 정말로 내년 3월까지 이러고 있을 셈인가?"

"죽지 않는 한은."

여자는 또 웃었다.

"다만 지금도 말씀드렸다시피 당신과 저는 혈관이 이어져 있으니, 제가 죽임을 당한다면 동시에 당신도 죽겠지요."

"……야스베에, 마고다유라면, 이것을 알면 우리 둘 다 꿰여 죽을 것이다."

"무리의 두목인 구라노스케 님이 우에스기의 여자와 교합하던 모습 그대로 죽임을 당한다면, 그 후에 몇 사람이나 진지하게 복수를 하려 들까요."

미녀와 교합한 채, 구라노스케는 처음으로 전율했다.

이치노도

1

　남근은 어떻게 발기할까. 그것은 남근을 구성하는 해면체가 혈액으로 가득 채워지기 때문이다. 해면체에 통하는 동맥은 확장되어 다량의 혈액을 보내고, 여기에 정맥은 축소되어 혈액이 물러나는 것을 막는다. 즉 기다란 풍선에 공기를 불어넣은 것과 같은 현상이 나타난다.

　극단적으로 말하면 막다른 길 상태가 된 동맥의 끝이 여자의 자궁구의 혈관과 이어지고 만 것이다. 그 사실을 알고 경악한 시간은 짧았다. 이 괴이한 일에 따른 변화는 이미 일어났다. 물론 그것은 우스즈미 다유로 둔갑한 여자와 교합했을 때부터 구라노스케를 사로잡고 있던 감각이다. 아무리 시간이 지나도, 그리고 이 여자가 적의 닌자라는 것을 알고도 가시지 않는 쾌락과, 그리고 반대로 기력의 상실이었다. 마치 맛있는 술에 취한 것 같은 느낌이다.

　"구라노스케 님."

　"그래."

　나른한 듯한 대답이다. 우에스기가 노토 닌자 오키리는 감미롭기 짝이 없는 엷은 웃음을 띤 얼굴로 구라노스케를 들여다보았다.

　"당신은 정말로 적을 치실 생각인가요?"

　"그게, 나도 아직 모르겠네."

　"모르겠다?"

　구라노스케는 웃는 얼굴을 되찾았다. 그것도 그 침이 흐를 듯한 실실 웃는 웃음이다.

오키리의 눈에 얼핏 의혹의 그림자가 스쳤다. 이 아코의 전 조다이가로가 만만하게 볼 수 없는 사내라는 것은 지사카 효부에게 충분히 들었을 뿐만 아니라 오늘 밤 이 우치와야에 들어오고 나서 한없이 놀아 제끼는 모습을 보아 잘 알고 있었다. ——그러나 구라노스케의 감각은 한 부분에만 빨아당겨지고 있고, 나머지는 반쯤 치매 상태에 있는 것은 확실했다. 오키리의 닌자술 '마라랍(魔羅蠟)'——이것에 걸리고도 여전히 은폐, 책략 등의 정신적 저항을 보일 수 있는 남자는 없을 것이다. 구라노스케의 웃음도 완전히 이완된 표정일 뿐이라고 오키리는 보았다.

"그렇지, 나는 어떻게든 옛 주군의 동생이신 다이가쿠 님을 통해 아사노가 재흥의 허가를 얻고 싶어 분주하고 있네. 그것만 이루어진다면 적을 치는 일은 철회하고 싶지. 무엇보다, 그렇게까지 쇼군의 관대함을 바라면서 한편으로는 끝까지 기라 님의 목을 받겠다니, 그런 제멋대로인 짓이 허락되지는 않을 게야."

"하지만 그러면 무리의 분들은 물러날까요? 어떻게 해서라도 다쿠미노카미 님의 원한을 풀고 싶다고 고집을 부리는 자는 없을까요?"

"그 영주님의 원한 말인데, 솔직히 말하자면…… 송구하지만, 일국의 영주이신 분의 분노로서는 좀 경솔하지 않았나 싶거든. 원통함은 안되었지만, 삼백여 명의 무사, 수만 명의 백성의 한탄과 맞바꾸시기에는 너무나도 경솔한 짓이 아니었나 하고, 이쪽이야말로 원망스럽고 유감스럽게 생각될 때도 있네──."

"하지만 당신은 3월에는 적을 치겠다고 하셨지요."

오키리는 어느새 유녀의 말투를 잊었다. 그 선언을 들은 닌자 시라이토 조칸은 분명히 베었을 텐데 이 여자는 어째서 그것을 알고 있는 것일까, 라는 의문도 구라노스케는 느낄 사고력을 잃은 듯하다.

"그건 그냥 그 자리를 모면하려고 한 말이지."

하고 구라노스케는 가벼운 목소리로 중얼거린다.

"내가 보기에는 한 번 망한 영주의 가문을 다시 일으켜 세운다는 것이 쉬운 일이 아니니, 설령 특별한 조치가 있더라도 내년 3월이나 5월까지 결말이 날 거라고는 생각되지 않네. 하지만 그때는 우선 그렇게라도 말하지 않았다면 에도파 놈들한테 내가 죽었을지도 몰라."

그 미덥지 못한 말은 결코 오키리에게 불리한 것이 아니었고, 또한 그 나른한 말투는 오키리의 닌자술 '마라랍' 때문이라는 것을 알고 있는데도 오키리는 초조해지기 시작했다.

"결국, 아사노가 재흥의 가능성이 무너진다면요?"

구라노스케의 등과 다리에 두른 사지에 가만히 힘을 주며 오키리는 물었다.

"글쎄……."

구라노스케가 꼼짝도 않고 애매한 목소리로 대답했을 때, 복도를 달려오는 발소리가 들렸다.

"뭐라고? 우스즈미가 이불방에서 발견되었다고?"

"그럼 다유와 함께 있는 여자는 누구인가?"

호리베 야스베에, 오쿠다 마고다유 등의 목소리다. 구라노스케는 깜짝 놀랐다.

"이봐, 놈들이 온다. 놓아다오."

그러나 오키리는 오히려 더욱더 구라노스케에게 바싹 몸을 밀착시켰다. ——당지문 밖에서 불안한 듯한 목소리가 났다.

"다유."

구라노스케가 입을 뻐끔거릴 뿐 대답을 하지 않자 바깥에서는 역시 이변이라고 생각하고 깜짝 놀랐는지, 드르륵 당지문이 열렸다.

"실례하겠소."

"야스베에, 마고다유. ……적의 닌자의 함정에 빠졌네."

그렇게 말하고 나서 구라노스케는 무엇이 우스운지 갑자기 껄껄 웃기 시작했다. 호리베 일행은 안색이 칠면조처럼 벌게졌다. 화려한 침구는 불끈거리며 움직일 뿐, 안에서 어떤 일이 이루어지고 있는지 살필 길도 없었다. 그러나 구라노스케가 여자에게 깔려 있는 듯하다는 것은 아무리 뭐라 해도 후안무치하고, 게다가 중인환시 속에서 껄껄 웃고 있는 것에 이르러서는 무엇이라 평해야 할지 알 수가 없다.

"아…… 아니야."

그렇게 외친 것은 침구를 관리하는 일을 하는 유녀집의 일꾼이었다. 방금 전에 이불방에서 실신해 있는 우스즈미 다유를 발견한 것은 그였다.

"본 적이 없는 여자다. ……너는 누구냐."

그 말에 야스베에는 제정신으로 돌아왔다.

"적의 닌자라고 하셨지요."

"그런 듯하네."

대답한 것은 구라노스케다. 침구의 모양은 변함이 없다.

"그런데 적의 닌자라고 하시면서…… 다유, 무엇을 하고 계시는 겁니까?"

"보다시피 교합하고 있지."

"바, 바보 같은! 일어날 수 없는 겁니까, 다유!"

"그게, 떨어지지 않네. ——내년 3월까지."

세 사람은 입을 딱 벌리고 있었지만, 곧 마고다유가 사납게 몸을 굽혔다.

"바보 같은 말씀을 하시는군요. 개도 아니고."

"나와 이 여자와, 혈관이 이어져 있다고 하네——."

"잠깐, 오쿠다."

야스베에가 당황하며 말린 것은, 이불 속에서 씩 미소 짓고 있는 여자의 얼굴에 심상치 않은 요기를 느끼고 구라노스케의 말이 장난이 아니라는 것을 알자, 이불 속의 광경을 다른 사람에게 보이는 것도, 자신이 보는 것도 두려웠기 때문이었다. ——야스베에는 쉰 목소리로 말했다.

"다유, 그게 정말입니까?"

"아무리 나라도, 이렇게 부끄러운 짓을 할 수가 있겠나. ……야스베에, 나를 벨 텐가?"

야스베에의 얼굴에 푸른 살기가 스윽 흐르는 것을 보고 구라노스케는 말했다. ──여자가 처음으로 말했다.

"나를 베면 구라노스케 님도 목숨을 잃게 되시는데, 그것을 알면서도?"

"아니, 야스베에는 그대보다도 나를 베고 싶은 듯하네."

하고 구라노스케는 말했다. 태연한 목소리다.

"여자, 지금 나를 놓아주면 네 목숨만은 살려 주겠다."

"죽을 것은 각오한 일입니다."

여자는 차갑게 세 사람을 올려다보며 또 엷게 웃었다. 야스베에와 마고다유와 다다시치는 창백해져 있었다. 이제 세 사람은 사태의 중대성을 깨달은 것이다. 눈앞에 있는 두목의 모습이 희극성을 띠면 띨수록, 그들의 입장은 비극적이었다.

세 사람은 덜덜 떨기 시작했다. ──무언가 외치려고 하는 마고다유의 위험한 입, 무언가 움직이려고 하는 다다시치의 살기에 찬 손을 제지하며 야스베에가 신음했다.

"어쨌든, 돌아가세."

"다유를 어쩔 셈인가!"

야스베에는 힐끗 구라노스케 쪽을 내려다보았지만, 동시에 눈을 감았다. 하지만 이윽고 뜬 눈에 이 바보 같기 짝이 없는 두목에 대한, 어떻게 할 수도 없는 애정이 흔들리고 있는 것을 오쿠다와 다케바야시는 알아보았다.

"이대로 가마에 태우세. ──선후책은 그 후에 논의할 일이야."

두 사람은 고개를 끄덕였다. 잠시 후, 우치와야 앞에 한 대의 가마가 대어졌다. 세 명의 낭인이 붉은 양탄자로 감싸며 실어 넣은 것을 보고, 단순히 급한 병자일 것이라고 믿고 있던 가마꾼은 눈을 휘둥그렇게 떴다.

대문을 한 발짝 들어서면, 의원을 제외하고는 영주라 해도 유곽 안을 가마로 갈 수는 없다. 이 요시와라의 불문율을 깨고 여자와 합승하여 대문을 가마로 나간 것은, 이날 밤의 큰손 우키 님이 처음일 것이다.

2

살릴 수도 없고, 죽일 수도 없고. ──대체 다유를 어찌하면 좋단 말인가? 유곽 입구의 버드나무에 걸린 겨울의 달도 눈에 들어오지 않는다. 에몬자카[주1] 언덕을 올라가 니혼즈쓰미[주2] 제방에 접어들었을 때, 산야보리[주3]에서 사납게 불어오는 찬바람도 피부에 느껴지지

주1) 衣紋坂(에몬자카), 에도 신요시와라의 니혼즈쓰미 제방에서 대문에 이르는 사이에 있던 언덕. 신요시와라의 명소였다.

주2) 日本堤(니혼즈쓰미), 산야보리 해자의 제방. 신요시와라에 다니는 길로 이용되었다.

주3) 山谷堀(산야보리), 에도 스미다가와강(隅田川)의 이마도(今戸)에서 산야(山谷)에 이르는 사이에 있던 해자의 이름. 신요시와라의 유곽에 다니는 유객들의 배로 붐볐다.

않았다. 세 의사(義士)의 머리는 그것과는 별개로 뜨거워졌다 차가워졌다 했다.

그들은 구라노스케가 글자 그대로 여자의 몸의 포로가 된 것을 알았다. 이 추태를, 세상 사람들은 물론이거니와 다른 동지 누구에게도 알려서는 안 된다. 알면 세상 사람들은 크게 웃고, 그 웃음 속에서 동지들의 기개는 시들어, 설령 몇 사람이 복수의 소망을 이룬다 해도 이 우스꽝스러운 두목의 인상은 끝까지 따라다니며 거사 자체를 희화화하지 않을 수 없을 것이다. 이 추태는 지금 이 세상에서 없애 두어야 한다. 여자를 죽이면 다유도 죽는다는 것이 사실인지 아닌지를 의심하기보다도, 두 사람 다 꿰찔러 죽이고 싶다는 분노가 세 사람의 마음을 술렁거리게 하고 있었다. ——그런데도 왜 세 사람은 구라노스케를 산 채로 데리고 도망쳐 왔을까?

그것은 그렇게 하자고 말한 호리베 야스베에도 알 수 없었다. 다만 한 가지 확실한 것은 이 다유를 도저히 죽일 수 없다는 것이다. 살의를 느끼고서야 처음으로 안 것이었다. 이 낮등불을 불어 끄면, 동지들이 모두 뿔뿔이 흩어져 어둠 속을 비틀거리기 시작할 것 같은 예감이 있었다. 무엇보다, 그런 예감은 제쳐두더라도 이 멍하고 밝고 우스꽝스러운 사람에게 결코 칼을 들이댈 수 없다는 그 생각만은 점차 강하게 그들의 마음을 사로잡기 시작하는 것이었다.

그들의 괴로움을 아랑곳하지 않고, 제방을 달리는 가마 안에서는 끊임없이 칠칠치 못한 구라노스케의 희열의 웃음이 새어 나왔다. 그것이 더욱 마음에 잔잔하지 못한 파도를 일으켜, 그들은 거의 앞쪽을 보고 있지도 않았다. 아니, 유곽의 장사가 끝난 시간의 니혼쓰즈미 제방에 이미 유객의 그림자가 있을 리도 없지만, 그런데도,

"누, 누구냐?"

하고 갑자기 가마꾼이 외쳐 그들은 깜짝 놀라며 멈추어 섰다.

겨울의 달 아래에 머리가 푸르고 둥글게 빛났다. 지팡이를 짚은 장님인 듯했다. 깜짝 놀란 가마꾼은 기세 좋게 고함쳤다.

"뭐야, 안마사인가. 지금까지 그림자도 보이지 않았는데 갑자기 나타나서 깜짝 놀랐지 않은가."

"그러고 보니 그림자가 엷은 자로군. 어이, 유곽 근처에서 길 한가운데를 걷고 있으면 가마에 치인다."

그 말을 듣고도 장님은 귀머거리이기도 한지 거기에 멍하니 서 있다. 그가 입에 피리를 물었다. 삐이이이…… 하고 애수를 띤 소리가 푸른 하늘을 흐르더니,

"안마아, 상하아, 300무운주4)……."

하고 구슬픈 목소리로 소리쳤다.

"어이, 가게."

하고 야스베가 턱짓을 하려다가 문득 얼어붙은 것은 다음 순간이었다. 안마사가 빠진 이를 보이며 씩 웃더니 이렇게 중얼거린 것이다.

"유곽에서 풀린 다리와 허리에 안마를 한 번 받아 보시면 어떻습니까. 아코의 낭인님들……."

주4) 문(文), 에도 시대의 화폐 단위. 금 1냥이 은 60문(匁), 동 4000문(文)에 해당했다.

"뭐? 네놈은!"

깜짝 놀란 것은 이 안마사가 자신들의 내력을 알고 있었을 뿐만 아니라, 물론 적의 닌자라는 사실이 머리를 스쳤기 때문이다. 분명히 보통내기가 아니다. 호리베와 오쿠다는 반사적으로 칼을 뽑았다.

달빛 아래에서 두 자루의 도신(刀身)보다도 빛나는 것은 장님의 눈이었다. 그는 죽은 물고기 같은 눈을 하얗게 부릅뜬 채, 또 입술에 웃음을 띠었다.

"안마뿐만 아니라 칼 감정도 해 드립니다. 어디 보여 주십시오."

다케바야시 다다시치가 땅을 박찼다. 성질이 급한 것으로는 후와와 쌍벽을 이룬다는 말을 듣던 다다시치. 땅을 달리면서 검집에서 뽑은 칼은 그대로 장님의 몸통을 옆으로 베었다. 형용하기 힘든 둔한 소리가 났다. 칼은 분명히 안마사의 오른쪽 옆구리를 세 치나 베어 들어갔다. ──그런데도 불구하고 안마사는 멍하니 서 있다.

"앗."

칼에서 손을 뗀 것은 다다시치다. 방금 그 소리가 인간의 살을 자르는 느낌이 아니었다는 것을 깨닫기도 전에, 그의 팔은 마치 납이나 점토라도 벤 듯한 무겁고 강한 마비를 느낀 것이다. 안마사는 뭉실뭉실하게 물에 불은 듯한 남자였다. 그자가 몸통에 세 치나 칼을 박은 채, 또 삐이이이…… 하고 피리를 불며 태연하게 중얼거렸다.

"닌자술, 이치노도."

피는 한 방울도 흐르지 않았다. 다다시치는 펄쩍 뛰어 물러나려고 했다. 그러나 칼은 상대에게서 떨어지지 않았다. 장님은 웃었다.

"벨 수 없습니다. 녹슨 칼이로군요."

"비키게, 다다시치!"

야스베에와 마고다유가 미친 듯이 달려들었다. 다다시치가 옆으로 뛰어 피한 후, 마치 스에모노기리^{주5)}를 당하는 죽은 사람처럼 무방비한 장님의 양쪽 어깨에서 비스듬히 교차하여 야스베에와 마고다유의 호검이 베어 내려졌다.

동시에 좌우로 구른 것은 그 두 사람이었다. V자형으로 베어 들어간 두 자루의 칼이 V자의 하단인 명치에서 만난 순간 조금도 움직이지 않게 되어, 오히려 서로 몸을 부딪치게 된 야스베에와 마고다유는 옆으로 튕겨 구른 것이다. 당시 에도에서 명검으로 칭송받던 호리우치 겐타자에몬의 고제(高弟)인 두 사람이라고는 생각할 수 없는 실수였으나, 칼날을 휘두른 순간 누가 이처럼 의외의 느낌을 예측할 수 있었을까. 이 장님은 실로 납 같은 육체의 소유자였다.

삐이이이…… 하고 장님의 입에서 또 구슬픈 피리 소리가 흘러나왔다.

"스리쓰케…… 게나시…… 전부 녹슨 칼."

하며 그는 고개를 갸웃거렸다. 스리쓰케, 게나시, 이치노도——그것이 모두 도검이 잘 드는지 시험하기 위해 사람의 몸통을 베어 볼 때 쓰는 용어라는 사실을 깨달은 것은 그때였다.^{주6)}

주5) 据物(스에모노기리), 죄인의 시체를 놓고 도검이 잘 드는지 시험하는 것.

주6) 사람의 시체로 도검의 예리함을 시험해 볼 때는 베는 순서가 있었는데 첫 번째가 스리쓰케(摺付, 어깨 위), 두 번째가 게나시(毛無, 겨드랑이 위쪽), 세 번째가 겨드랑이 털이 난 곳, 네 번째가 이치노도(一の胴, 겨드랑이 아래쪽), 다섯 번째가 니노도(二の胴, 이치노도보다 조금 더 아래쪽), 여섯 번째가 하치마이메(八枚目, 여덟 번째 갈비뼈 부근), 일곱 번째가 허리 부분이었다.

3

전쟁이 없는 태평성대, 게다가 만일의 경우에는 일신의 생사에도 영향을 받게 되는 무사로서, 도검의 예리함을 시험해 보려면 죽은 사람을 베어 볼 수밖에는 없다. 이것은 주로 사형수의 시체로 이루어졌다. 스리쓰케, 게나시, 이치노도 등은 그때 칼날을 대어 보는 시체의 부위의 명칭이다. 안마사는 세 자루의 도신에 꿰찔린 듯했다. 그런데도 태연하게 가마 쪽으로 터벅터벅 걸어온다.

"앗, 안 돼!"

야스베에가 고함치고, 마고다유와 다다시치가 벌떡 일어나 달려가려다가 멈추어 섰다. 그들의 칼은 바늘을 세운 고슴도치처럼 이제는 장님의 몸을 지키는 무기가 되었음을 깨달은 것이다. 가슴과 몸통, 앞뒤에 걸쳐 번쩍이며 튀어나온 세 자루의 도신은 달려드는 것도, 깔아 뭉개는 것도 불가능하게 만들고 있었다.

삐이이이…… 헛발을 짚는 그들을 돌아보지도 않고 안마사가 또 피리를 불며,

"어디, 이번에는 가마에 있는 어른의 칼을 볼까요."

하고 중얼거렸을 때, 가마 안에서 목소리가 들렸다.

"무묘 님."

안마사가 멈추어 선 것은 그것이 여자의 목소리였을 뿐만 아니라, 제방 옆의 산야보리 해자에 그때 한 척의 뾰족한 강배가 들어온 것을 보았기 때문이다.

"오키리인가."

달빛에 흐려지고 마른 갈대가 살랑거려 배 위는 똑똑히 보이지 않았지만, 거기에서 분명히 남자의 목소리가 들려왔다.

"우에스기 노토 닌자, 아나메 센주로입니다. 몸을 납으로 바꾸는 닌자술 이치노도——칼도 창도 소용이 없지요."

칼도 창도 소용이 없다기보다, 물 위와 제방 사이에는 지나치게 거리가 있었다. 그것을 알고, 장님은 다시 가마 쪽을 향했다.

"그 목소리는, 요네자와의 오키리로군."

그렇게 외쳤을 때, 푸른 제방 위가 진홍색으로 물들었다. 불꽃의 구름이 밤하늘을 날았다. ——그것이 불타는 투망인 것을 알고 안마사는 일순 당황한 후, 대여섯 걸음 옆으로 달려 제방 반대쪽에 엎드렸다.

공포의 비명 소리가 난 것은 몇 초 후였다. 강배에서 밤하늘로 던져진 그물은 불타면서 날아가, 정확하게 장님이 피한 위치에서 파앗 하고 한층 더 크게 퍼지며 떨어져 간 것이다.

"오키리, 배신했구나."

장님은 신음하면서 불의 그물 속에 서서 다시 피리를 입에 문 듯했다. 하지만 이번에는 피리 소리는 나지 않고, 거기에서 은색 선을 끌며 무언가가 가마로 날아갔다.

가마 안에서 비명이 일어난 것과, 불 속에서 장님이 쓰러진 것이 동시였다. 가마에서 누군가가 굴러나왔다. 아직 제방의 경사면에서 불꽃이 타오르고 있어서, 그 우치카케[주7]의 등에 꽂혀 있는 한 대의 바늘이 잘 보였다.

"다유에게서, 여자가 떨어졌다!"

하고 다다시치가 절규하며 달려가려고 하는 것을 "잠깐" 하며 야스베에가 붙들었다. 그는 달빛 속에서 산야보리 해자 쪽을 물끄러미 내려다보고 있었다.

"쓰나타로 님, 오키리는 죽습니다. 다만 오이시는 내년 3월이 지나도 적을 칠 마음은 없습니다. 제 닌자술에 걸고, 그것만은 틀림없어요……."

그렇게 말하더니 유녀 차림의 여자는 제방에 털썩 엎어졌다.

강배 위에서 대답은 없었다. 잠시 후, 한숨 같은 목소리가 들린 듯했으나 곧 차가운 물소리가 원래 왔던 쪽으로 멀어져 갔다.

정체를 알 수 없는 닌자술의 사투에 간담이 서늘해지기보다, 방금 그 단말마의 여자의 예언에 놀라 세 명의 의사(義士)는 우두커니 서서 그 배의 행방을 쫓는 것도 잊었다.

"저 여자, 나를 감싸 구해 주었네……."

어느샌가 가마에서 구라노스케가 기어나와 있었다. 여자를 안아 들더니, 허리가 풀린 듯 힘없이 앉아 중얼거렸다.

"아깝군. 나는 내년 3월까지, 이대로 깊이 교합한 채 있고 싶었는데……."

주7) 裲襠(우치카케), 에도 시대에 상류층의 부인들이 입었던 웃옷. 흔히 외출할 때 띠를 묶지 않고 걸쳐 입었으며 옷자락이 길었다.

군베에 함락

1

혼조 하야시초(本所林町)에 있는 호리베 야스베에의 집에서 나온 다카다 군베에는 몽유병자처럼 길을 걷고 있었다.

나른한 봄바람이 모래와 함께 꽃잎을 날리고 있지만, 그는 눈을 깜박이는 것도 잊은 듯이 눈을 크게 부릅뜨고 있었다. 그 무시무시한 얼굴에, 길 가는 사람들은 물론 그 살생금단령[주1] 때문에 사람을 사람이라고도 생각하지 않는 개들까지 본능적으로 길을 피했다.

군베에는 방금 호리베의 집에서, 교토에서 온 요시다 주자에몬과 지카마쓰 간로쿠로부터 생각지 못한 보고와 설득을 들은 참이었다. 즉, 또 복수를 연기한다는 것이다.

——이게 무슨 일인가!

작년 11월 23일, 오이시 구라노스케는 에도를 떠났다. 구라노스케가 에도에 머무르는 동안 요시와라에서 조우한 기괴한 사건은 들었고, 그 후에도 무언가 영혼의 심지가 뽑힌 것처럼 멍한 얼굴을 한 구라노스케에게 불안한 느낌이 들기는 했지만, "다유, 그 증문은 잊지 마십시오" 하고 다짐하니 "알고 있네"라고 대답했기 때문에, 막상 약속한 3월이 오니 또 뻔뻔스럽게 연기하자는 이야기를 꺼낼 것이라고는 생각하지 않았다.

"——오는 3월, 돌아가신 주군의 1주기를 전후하여 동지들이 의(義)를 위해 그 집에서 전사하는 것이 충도(忠道)일 것이라 생각하는

주1) 살생금단령(殺生禁斷令), 일정 지역에서 동물의 수렵을 금지하는 것.

바이다. 만일 이를 어기는 자에게는 돌아가신 주군의 벌이 내리리라."

분명히 그렇게 적은 증문에 제일 먼저 혈판을 찍은 것은 다유가 아니었던가.

그 3월은 왔다. 그리고 또 야마시나에 교토에 있는 동지들을 모아 놓고 느긋한 회의가 열렸고, 놀랍게도 그 결과는 1년만 더 기다리자는 것이었다고 한다.

요시다 주자에몬의 말에 따르면 구라노스케는 끝까지 돌아가신 주군의 동생이신 다이가쿠 님을 통해 아사노가를 재흥할 희망을 버리지 않고 있다는 것이었다. 지금까지 그것을 위해 모든 노력을 해온 만큼 포기할 수가 없는 모양이다.

현재 다이가쿠는 형의 죄로 인해 근신 중이지만 근신이 풀리는 것은 3년을 넘기는 일이 없는 것이 관례이니, 내년 3월까지는 반드시 근신이 풀리고 동시에 아사노가의 새로운 당주로 임명될 가능성도 크다고 한다.

그렇게 빈둥빈둥 날짜를 미루다가 만일 고령인 고즈케노스케가 병으로 죽기라도 하면 어찌할 텐가, 라는 그 급소를 찔렸을 때 구라노스케는 태연하게, 그때는 고즈케노스케의 외아들 사효에를 죽이면 되겠지, 라고 대답했다고 한다.

기라 사효에라는 말을 들으니, 동지들에게 새로운 불안거리가 생겼다. 그것은 전 고즈케노스케의 은퇴 신청이 받아들여져 적자(嫡子)인 사효에가 후계를 상속했다는 것이다. 그것은 고즈케노스케가 설령 에도에서 모습을 감추더라도 아무런 상관도 없다는 뜻이었다. 즉, 우에스기가 쪽에서 요네자와로 맡아 데려갈 가능성이 크다는 것이다. 이 가능성에 대해 구라노스케는 태연자약하게, 그러면 요네자와성으로 쳐들어갈 뿐이다, 라고 말했다고 한다.

이렇게 말하면 저렇게 말한다. 물에 물 탄 듯 술에 술 탄 듯, 입에서 나오는 대로 아무렇게나 지껄이는 것으로밖에 생각되지 않는다. 대체 다유는 제정신으로 하는 말일까. 아니, 교토의 동지들은 그것을 제정신으로 듣고 있었던 것일까.

"돌아가신 주군의 원한은 고즈케노스케에게 있소. 그 아들을 죽이는 게 무슨 소용이 있단 말이오. 아니, 따지고 보면 사효에는 고즈케노스케의 친아들도 아니지요. 우에스기가에서 맞아들인 양자가 아닙니까. 그리고 겐키 덴쇼[주2] 시대 같은 옛날이라면 모를까, 요네자와 성으로 쳐들어가다니, 그런 미친 짓이 가능하겠소? 주자에몬님쯤 되시는 분이 옆에 있으면서 어떤 얼굴을 하고 듣고 계셨소?"

하고 군베에는 요시다 주자에몬에게 대들었다. 주자에몬은 62세, 그 원숙한 성격 때문에 구라노스케가 누구보다도 신뢰하고 있는 상담 역할이었다. 주자에몬은 희고 작은 상투에 손을 대며 쓴웃음을 지었다.

"그게 이상하다네. 그 다유에게 그런 말을 들으면, 발끈해서 설복할 기운이 나질 않아. 요컨대 다유에게는 거역할 수 없네. 즉 이것

주2) 겐키 시대와 덴쇼 시대. 겐키(元龜) 시대는 오기마치 천황 시기의 연호로 1570~1573년, 덴쇼(天正) 시대는 오기마치(正親町)·고요제이(後陽成) 천황 시기의 연호로 1573~1593년이다.

이 무리의 생각이었어."

그것은 작년 겨울, 구라노스케가 에도에 왔을 때 군베에 등도 경험한 일이다. 은근슬쩍 당했다, 그렇게 생각하니 지금 또 주자에몬의 보고를 멍하니 듣고 있는 에도의 동지들에게 발을 구르고 싶은 분노를 느끼는 것이었다. 군베에는 일어서서 사람들을 둘러보며 외쳤다.

"이제 다유에게는 의지하지 않겠소. 내년이 되면 또 가문의 재흥, 다이가쿠 님 운운할 것이 틀림없는데——기다릴 수 없소, 우리끼리 무단 결행하는 수밖에는 없단 말이오. 그렇게 생각하시는 분은 나와 함께 일어서시오."

두 명이 일어섰다. 다나카 사다시로와 모리 고헤이타였다. 그러나 두 사람 사이에 앉은 호리베 야스베에는 팔짱만 끼고 있었다.

주자에몬이 말했다.

"다유는 서툰 목수일수록 일을 서두르는 법이라고 하셨네."

거기까지 듣고, 군베에는 방바닥을 걷어차며 그 방을 나왔다. 뒤에서 소란스러운 술렁거림 속에 "모리, 다나카, 기다리게, 잠깐 기다려 보게, 주자에몬 님의 이야기를 좀 더 들어 보세" 하고 질타하는 호리베의 목소리가 들렸다.

'교토, 교토——반쯤 깍쟁이주3) 피가 섞인 자들이 무엇을 할 수 있단 말인가?'

길을 걸으면서 군베에는 이를 갈았다. 그는 본래 에도 하타모토

주3) 간토(関東) 지방 사람이 간사이(関西) 지방 사람을 힐뜯는 말.

의 차남이었다.

성미가 격렬한 남자지만 단순히 그것만은 아니다. 호리베가 막역한 친구로 삼고 있을 만은 한 자다. 또한 구라노스케가 '에도의 세 남자'라고 부르며 그를 호리베, 오쿠다와 함께 가장 다루기 어려워하는 것도, 그가 말뿐인 논리로는 구슬릴 수 없는 기개를 가지고 있기 때문이다. 게다가 그는 에도에서도 이름난 창술의 달인이었다. 그 점을 높이 사, 아사노가에 이백 석의 녹봉으로 고용된 것이다. 역시 에도에서 오래 낭인으로 지냈으며 검법으로 이백 석의 녹봉을 받아 초빙된 호리베와 함께 '창의 군베에', '검의 야스베에'라 하면 아코번의 명물이었다.

일을 해 보니 기분 좋은 번이다, 그렇게 생각하고 있었던 만큼, 군베에는 이번만은 교토 출신이 많은 동지들에게 완전히 정나미가 떨어졌다. 게다가 가장 신뢰하고 있던 야스베에까지도, 이제 와서까지 그 낮등불의 헛소리를 무엇 하러 들으려고 한단 말인가.

"오, 다카다다."

"군베에가 지나간다."

길가에서 그런 목소리가 들린다. 찻집에서 차를 마시고 있는 하타모토나 정부(定府) 무사[주4]들의 경의에 찬 속삭임이다.

낭인이지만 전혀 주눅 든 데가 없고, 오히려 두고 봐라, 하는 자기 자신을 믿는 긍지 때문에 의기양양하게 쳐들고 걷고 있던 머리를,

---

주4) 정부(定府) 무사, 에도 시대의 영주들은 참근교대(參勤交代)라 하여 1년 중 일정 기간을 자신의 영지를 떠나 에도에 와서 근무해야 했는데, 영주의 가신들 중 지방의 영지로 내려가지 않고 에도에 상주하던 무사들을 정부 무사라 했다.

지금 군베에는 외면하고 있다. 다른 동지들과 달리 일부러 멋을 낸 겐로쿠풍 고소데[주5)]가 펄럭이는 것도, 지금에 와서는 봄바람에 부끄러워지는 군베에였다.

2
———

다카다 군베에가 빈한한 차림새가 많은 다른 동지들과 달리 사치스러운 모습을 하고 있었던 것은 그의 성격도 있지만 본래 하타모토의 집에서 태어난 탓도 있다.

즉 그의 형인 야고베에는 육백 석의 녹봉을 받는 막부 직속 무사다. 그는 아사노가가 와해된 후, 고비나타에 있는 형의 집에서 기거하고 있었다.

야고베에도 그를 단순히 소박맞아 돌아온 동생이라고는 생각하지 않는다. 그는 그 혈맹에 대해서 형에게는 몰래 털어놓았기 때문이다.

군베에가 고비나타의 저택으로 돌아간 것은 이미 해가 졌을 무렵이었다. 그러자 애타게 기다리고 있었던 듯한 형이 뛰어나와, 생각지도 못한 말을 그에게 전했다.

주5) 겐로쿠 고소데(元祿小袖)는 겐로쿠 시대(1688~1704)에 유행했던 옷. 소매가 둥그스름하고 옷의 바탕에는 자수 등으로 문양을 넣었다

"군베에, 곤란한 일이 생겼다."

"무엇입니까?"

"오늘 가구라자카의 백부님이 오셨다. 그 일로 말이다."

"그래서요?"

"어쨌거나 작년 3월부터가 아니냐. 계속 거절하다 못해 무심코 군베에는 이러이러한 대망(大望)을 품고 있기 때문에 모처럼 말씀해 주신 것이지만 원하시는 대로는 해 드릴 수 없다, 고 그만 말해 버린 것이 잘못이었어. 백부님의 안색이 변하더구나. 당치도 않은 일, 만일 그것이 사실이라면 쇼군께 아뢰겠다고 하셨다――."

군베에의 안색도 달라졌다.

가구라자카의 백부라고 부르고 있지만, 먼 친척에 해당하는 우치다 사부로에몬은 천 석의 녹봉을 받는 하타모토였다. 그에게는 오셴이라는 딸이 하나 있다. 어릴 때부터 교제하며, 군베에는 싫지 않게 생각하고 있었다.

실은, 활달한 그는 사부로에몬의 눈을 피해 몰래 오셴에게 사랑을 속삭인 적도 있다. 얌전한 오셴은 얼굴을 새빨갛게 붉히며 몸을 움츠릴 뿐이었다. 그는 초조해졌다. 그가 갑자기 아사노가에서 봉공하게 된 것도 장남이 아닌 더부살이 처지의 차남에게는 쉽게 얻을 수 없는 기회였기 때문이지만, 조금은 이 박꽃처럼 고개를 숙이고만 있는 처녀에게 화가 났기 때문이기도 하다.

하지만 겨우 몇 년 후, 군베에는 다시 녹봉이 없는 자유의 몸이 되었다. 오셴은 아직 아버지의 집에서 조용히 살고 있었다.

그리고 처음으로 사부로에몬으로부터, 정식으로 군베에를 사위로 달라는 청이 있었던 것이다.

　"아니, 어미가 없는 딸이라, 멍청하게도 물어봐 주지 못했네. 어떤 신랑을 찾아 주어도 싫다, 싫다며 고개를 젓지 않겠는가. 겨우 물어보니, 오센은 옛날부터 군베에에게 반해 있었다는군. 남편으로 삼을 사내는 군베에 이외에는 없다고 생각하고 있었다면서. 아니, 그 말을 처음 들었을 때 만일 군베에가 아직도 아사노가의 가신이었다면, 오센은 우치다의 가문을 이어야 하는 외동딸이니 시집을 보낼 수 없었을 걸세. 허나 이 얼마나 다행인가, 라고 하면 그쪽에는 안된 일이지만 군베에는 낭인이 되었지 않은가. 그렇다면 우치다 가문으로 와 달라고 해도, 누구에게도 지장은 없을 테지. 나도 참, 바로 가까이에 일본에서 제일가는 신랑감이 있는 줄 모르고 있었던 것이 이상하네만, 과연 내 딸이야. 창의 군베에라니 참 잘 골랐어――."

　그것이 작년 3월 아사노 가문이 끊어진 지 얼마 되지 않았을 때의 이야기였다.

　군베에는 거절했다. 오센의 마음을 처음으로 알고 가련하기도 하고 고맙기도 했지만, 솔직히 그럴 때가 아니었다. 아무리 낭인이 되었다고 해도 돌아가신 주군이 비명에 돌아가신 지 아직 얼마 지나지도 않았는데 다른 집에 사위로 가는 것은 꺼려진다, 라는 것은 진실이기도 하고, 구실이기도 했다.

　우치다 사부로에몬은 물러나지 않았다. 나중에 일이 곤란해진 것은, 그 말에 사부로에몬이 더욱더 감복하여 물러나지 않았다는 것이다. 여름이 되고, 가을이 되고, 겨울이 됨에 따라, 이제 되었겠지, 나도 늙었으니 언제 어떻게 될지 모른다며, 그 애원과 독촉은 한층 더 심해졌다.

단순히 친척 장로라는 것만이 아니라 여러 가지로 은혜도 입었기 때문에, 거절을 맡고 있던 형 야고베에가 핑계가 궁해져 동생의 비밀을 털어놓은 것은 무리도 아닌 바가 있었다. 하지만.

"아코 낭인이 기라 님을 노리고 있다는 것은 에도 사람이라면 모두가 알고 있는 일, 아니, 기다리고 있는 일이니 백부님도 어렴풋이 느끼고 계실 법도 하지 않은가, 싶어 그만 털어놓을 마음이 든 것은 내 생각이 짧았던 것도 있다. 하지만 그렇게 말씀드리면 백부님도 이해해 주실 거라고, 그분을 믿었기 때문이기도 했어. 그런데——."

"뭐라고 하십니까?"

"그건 얼토당토않은 계획이다, 다쿠미노카미 님은 조정으로부터 벌을 받고, 천하의 법에 따르신 것이 아니냐. 그런데 군베에 등이 도당(徒黨)을 만들어 복수를 하려고 한다면, 그것이야말로 쇼군께 대항하는 것이라고 해야 한다. 조정의 직속 신하 된 자로서, 듣지 못했다면 모를까, 한 번 들은 이상은 흘려넘길 수 없다, 당장 관청에 신고하겠다고——."

야고베에는 머리를 끌어안으며 안절부절못했다.

"오센은 아무래도 울적해져 고민하다가 병을 앓고 있는 듯한데, 그 때문에 백부님도 약간 화가 나신 것처럼 보이기는 했다만."

"신고하시고 싶으면 신고하셔도 됩니다."

군베에는 분연히 말했다. 야고베에는 손을 저었다.

"너까지 부아를 내면 일은 원만하게 끝나지 않는다. 관청도 세상의 풍문은 알고 있겠지만, 그렇더라도 천 석 녹봉의 하타모토에게서 신고를 받는다면 내버려 둘 수는 없을 게야. 만에 하나 큰일이 난다면 돌이킬 수 없다. 나를 나무라는 것은 나중에 하고, 군베에, 당장 가구라자카에 가서 실은 그 이야기는 형이 멋대로 추측한 것이고 밑도 끝도 없는 이야기라고 백부님을 달래고 와 다오. 말, 마구간에서 말을 끌고 가거라."

말에 뛰어올라 봄날 밤의 바람을 뒤로 끌며 달리면서, 군베에는 분노하고 있었다. 사위로까지 달리던 남자의 비밀을 관청에 신고하겠다는 백부의 심사에 화가 났고, 신고를 당할 가치도 없는 동지들의 현재 상황에는 더욱 화가 났다.

그러나 만일의 경우 일이 실패한 책임이 자신에게 돌아오게 될지도 모른다고 생각하니 참으로 형의 말처럼 내버려 둘 수도 없어, 고독하게 버둥거리고 있는 자신에게 가장 화가 났다.

3
———

군베에는 사부로에몬과 마주 앉아 말했다.

"아까 오셨을 때 형이 무언가 헛소리를 늘어놓은 듯한데, 그것은 형이 세상의 풍문에 현혹되었을 뿐입니다. 저는 그 정도로 충의가 있는 사람이 아니라, 일단 말씀드려 두려고 왔습니다."

군베에는 우치다 사부로에몬에게 이런 식으로 말한 적은 없다. 무뚝뚝하다기보다 살기에 찬 말과 태도였다.

이상하게도 사부로에몬은 오히려 겁먹은 듯이 눈을 피하며 이 인사를 들었다. 그리고 이윽고 말했다.

"그렇게 말하면 자네가 달려올 거라고 생각했거든."

그리고 그 늙은 눈에 눈물을 글썽였다.

"군베에, 과연 자네는 내 눈에 든 자일세. 마음껏 무사로서 죽게. ……하지만 몇 년이나 자네를 연모하고, 자네가 좋아서 지금도 병을 앓고 있는 녀석이 가엾어서, 내 입으로는 말할 수 없네. 자네 쪽에서 무사의 길을 잘 이야기해 주게. 자네한테 들으면 오센도 납득할 테지."

분노한 머리 위로 찬물을 뒤집어쓴 기분이었다. 군베에는 새삼스럽게 백부의 추측을 부정할 마음도, 그 의뢰를 거부할 마음도 잃었다.

잠시 후, 방에 엎드려 흐느껴 우는 오센의 머리맡에 군베에는 팔짱을 끼고 앉아 있었다.

"알겠어요. 저를 싫어하신 게 아니었다는 걸 알게 되어서 기뻐요……."

이윽고 얼굴을 들고, 오센은 단호하게 말했다.

"군베에 님, 혼례는 올리지 않더라도 저는 당신의 아내라고 생각할 거예요. 제가 그렇게 생각하게 해 주세요……."

군베에는 하마터면 오센을 와락 껴안을 뻔했다.

그 박꽃 같은 오센이 이렇게 늠름한 말을 하다니——열정이 그런 말을 하게 하는 것이리라. 그리고 스물셋이라는 나이가 그렇게 말하게 하는 것이리라. 물론 아름다운 처녀이기는 했지만, 몇 년 만에 보는 오센은 병들어 있기도 하여 저녁 어스름에 피어 있는 느낌은 여전한 채로, 농익은 하얀 모란처럼 아름다웠다.

"들어 보십시오, 오센 님."

하고 군베에는 말했다.

"내 친우 중에 호리베라는 사내가 있소. 7, 8년 전에 다카다노바바의 복수로 유명해진 쾌남아인데, 그자가 아코번의 호리베가에 데릴사위로 왔지요. 다만, 그 댁의 딸이 나이 열일곱이 되어 드디어 작년 봄에 혼례를 올리려고 했는데, 그때 주군 가문의 흉사가 일어났습니다. 그 때문에 호리베는 데릴사위의 몸이었지만 끝내 아내를 처녀인 채로 두고, 대망을 이룰 때까지는 여자를 끊었습니다. 그리고 대망을 이룰 때는 곧 자신의 목숨을 끊을 때이지요……."

그것은 사실이었고, 그에 감명을 받은 군베에도 여자를 끊었다. 낭인이 된 후로 아무리 사부로에몬이 불러도 끝내 이 집의 문턱을 밟지 않은 것도 그 고집 때문이었다.

"야스베에는 꼭 자신이 죽은 후 그 댁 딸이 재혼할 것을 생각하고 그렇게 한 것은 아닙니다. 그 댁 딸은 소원을 성취한 후에는 곧 머리를 내리고 비구니가 될 결심을 했지요. 그것은 오직 돌아가신 주군에 대한 맹세 때문입니다. 그러면…….."

군베에의 목소리는 감동으로 떨리기 시작했다. 호리베에 대한 감동도 그렇지만 자기 자신의 행위에 대한 비장한, 금욕적인, 떨릴 듯한 감동이기도 했다.

"이대로, 이대로. 저를 여자를 모르는 남자로 죽게 해 주십시오."

"군베에 님, 저도 비구니가 되겠어요…….."

두 사람이 투명한 불꽃 같은 말을 나누었을 때, 장지문 바깥에서 낮은 웃음소리가 났다.

깜짝 놀라면서도 잠시 동안 군베에가 일어서려고도 하지 않은 것은, 그것이 젊은 여자의 목소리였기 때문이다.

"여자를 끊는다, 그건 정말인가? 군베에, 무리는 하지 않는 게 좋을 것이다…….."

군베에는 사납게 상인방에 두었던 창으로 달려가 움켜쥐었다. 한번 휘둘러 창집을 떨쳐 내고, 역시 당황하는 기색도 없이 침통한 목소리로 돌아온 것은 창을 쥐기만 하면 에도에 자신을 따를 자는 없다는 자신감 때문이다.

"웬 놈이냐."

장지문이 열렸다. 바깥은 으스름 달밤인데도 장지에 그림자가 비치지 않은 기괴함을, 군베에도 오센도 순간적으로 깨닫지 못했다. 그렇다기보다 그곳에 그 으스름 달빛을 받으며 우뚝 서 있는 하얀 그림자에, 놀라 숨을 삼키고 말았기 때문이었다.

그것은 검은 머리카락을 길게 늘어뜨린 전라의 미녀였다.

"여자를 싫어한다…… 먹어 보지도 않고 싫어하는 것은 일생의 손해지."

씩 웃은 여자의 얼굴이 다음 순간 소리 없이 가라앉았다. 어지간한 군베에도 눈을 감고 머리를 흔들었다. 머리뿐만 아니라 여자의 팔다리까지 그 몸통으로 가라앉아 가는 것을 보았기 때문이다. ――잠시 후, 거기에는 새하얀 몸통뿐인 살덩어리가 몽롱하게 구르고 있었다. 그저 양쪽에 검은 머리카락을 흐트러뜨린 채.

그 하얀 살덩어리에 그늘이 생기고, 잘록한 부분이 생겼다. ――오센은 비명을 지르며 얼굴을 숙였다.

툇마루에 있는 것은 인간만 한 크기의 여자 얼굴이었다. 그것이 소리도 없이 웃었다. 검은 물고기 같은 눈을 빛내고, 불꽃 같은 진홍색 입술을 벌리며 웃은 것이다. 형용할 수도 없이 아름다운 만큼, 그것은 처절한 것이었다.

"요괴!"

절규와 함께, 군베에의 장창은 그 거대한 여자의 얼굴로 달렸다.

창은 하얀 대리석 같은 이에 푹 파고들었다. 그리고 그 이 사이에서 후우 하고 숨 막힐 듯한 호흡이 뿜어져 나와 나와 군베에의 온몸을 감쌌다.

식충꽃

1

다카다 군베에는 창에서 손을 떼었다. 북채 곡예사가 북채를 다루는 것보다 더 자유자재로 창을 다루는 '창의 군베에'가, 일순 신기(神氣)가 안개에 감싸인 듯이 창을 놓은 것이다.

여자의 머리가 내쉰 숨에서는 강렬한 꽃가루 냄새가 났다. 몇천 송이인지도 알 수 없는 백합꽃에 감싸인 듯한 냄새였다. 실제로 그는 자신 주위에 달콤한 꽃가루의 안개가 소용돌이치고, 온몸이 끈적끈적하게 젖는 감각을 느꼈다. 꽃가루의 안개 저편에 검은 두 개의 태양처럼 거대한 눈이 빛나고 있다. 그리고 여자의 머리는 또 웃었다.

"아이가 되어라…… 군베에…… 아기가 되어라……."

미지근한 바람 같은 목소리가 귀를 스쳤을 때, 군베에의 머리를 혼돈의 구름이 스쳐 지나갔다.

이때의 그의 뇌수 상태를 설명하기는 어렵다. 그는 아까 '요괴'라고 외쳤다. 머리 한쪽 구석을 '기라의 닌자'라는 것이 얼핏 스쳤지만, 눈앞의 요괴가 무서운 것임은 틀림없었다. 그런데도 이때 그의 마음에서는 공포의 감정이 질척질척하게 용해되고 만 것이다. 불어온 숨결의 마향(魔香) 탓도 있었을 것이다. 그러나 그것만은 아니었다.

본래 정자를 받아들인 난자는 이윽고 잘록해져 두 개의 구로 나뉜다. 그것은 더욱 분열을 되풀이하여 마치 오디 같은 것이 된다. 그리고 양쪽 끝에 두 개의 구멍이 생겨 입과 항문이 되고, 그것을 잇는

장이 뚫리고, 머리와 몸으로 나뉘고, 사지가 생겨나 점차 태아의 모습을 갖추어 간다. ——물론 군베에는 그런 것을 모른다. 아니, 누구라도 살면서 어머니 배 속에서의 발육 상태를 본 사람은 없다. 그러나 그것은 모든 사람이 직접 겪은 일이다.

여자의 몸에서 사지가 사라지고, 머리가 가라앉아 하나의 살덩어리가 된다. 그것은 태아 형성의 필름을 거꾸로 돌리는 듯한 광경이었다. 그리고 그 살덩어리에 눈코입이 생겨난 것은 태내 아홉 달의 변모를 한 호흡 동안에 보는 듯한 광경이었다. 은회색 으스름달 아래에서, 그것은 공포보다도 더 모호하고 마음에 사무치는 충격을 군베에의 뇌에 주었다.

그는 자신의 몸이 순식간에 작아져 가는 듯한 느낌이 들었다. 동시에 여자의 머리가 지금까지의 두 배, 세 배로 부풀어 오른 듯한 기분이 들었다.

"태아가 되어라…… 군베에…… 태아가 되어라."

바람을 닮은 목소리와 은회색의 증기가 온몸을 감싼다.

군베에의 눈앞에 장미색 꽃이 핀 것 같았다. 하기야 군베에는 지금까지 그런 거대한 꽃을 본 적은 없다. 그것은 마치 열대의 요화(妖花) 라플레시아 같은 것이라고 할까. 그것이 꿈틀꿈틀 흔들리며,

"내 배로 들어가거라, 군베에……."

하고 또 말했을 때, 군베에는 식충꽃에 빨려들어가는 벌레처럼 끌어당겨졌다. 창이 어떻게 되었는지, 오센이 어떻게 되었는지, 그의 의식은 속세를 벗어나 날아갔다.

군베에는 거대한 장미색 꽃에 삼켜지는 것을 느꼈다. 발에 스칠 듯, 뒤에서 새하얀 돌——이가 위아래로 닫혔다. 그가 버둥거리고 있는 곳은 뜨겁고 부드러운, 파충류 같은 살 위다. 버둥거리지 않으려고 해도, 그 살은 파도치고, 꿈틀거리고, 굴리고, 가지고 놀며 그의 온몸을 미끈미끈한 액체로 발라 버렸다.

갑자기 그 한쪽이 말려 올라가고, 군베에는 안쪽으로 미끄러져 나왔다. 머리 위에 두꺼운, 새빨간 종유석 같은 것이 늘어져 있었다. 그는 그 아래를 무서운 기세로 떨어져 갔다.

군베에는 진창 속에 물보라를 흩트리며 떨어졌다. 정신없이 벌떡 일어났지만, 온통 진흙투성이가 된 듯한 감각이 들었다. 콧구멍에 시큼한 냄새가 가득 찼다. 하지만 머리 위의 낮은 궁륭을 올려다보고, 그는 그 괴기한 아름다움에 눈을 크게 떴다. 연한 붉은색의 융기가 그물처럼 기어다니고, 그것에 둘러싸인 수많은 움푹한 곳에서 투명한 액체가 뚝뚝 떨어진다. 그러더니 순식간에 그 전체가 파도치기 시작하여 그의 발을 잡아챘다. 다시 진창 속에 구른 그의 코와 입을 액즙이 덮고, 버둥거리는 사이에 혼돈의 실신이 그를 덮쳤다.

——무엇이 어떻게 된 것인지 알 수 없었다. 잠시 후 군베에는 갑자기 향긋한 공기를 맡고 의식을 되찾았다. 그는 온몸이 미끈미끈한 점막에 빈틈없이 감싸여, 머리만 바깥세상으로 내놓고 있는 것을 깨달았다. 위를 향해 내놓은 그의 머리 바로 위에 연한 복삿빛의 원추형 융기가 번들거리며 빛나고, 그 맞은편에 검은 수풀 같은 것이 보였다. 그러자 그의 온몸을 파묻은 따뜻한 것이 부드럽게 꿈틀

거리기 시작하고, 수많은 주름의 고리로 그의 몸통을 조였다 풀었
다 할 때마다 그는 영혼이 훑어지는 듯한 쾌감에 헐떡였다.

군베에는 혀를 늘어뜨리고 짐승 같은 신음 소리를 질렀다. 그 목
소리에 여자의 신음 소리가 섞이고 게다가 그것이 오센의 목소리라
는 것을 깨달았을 때,

"무슨 짓인가."

갑자기 새된 노인의 비명이 고막을 때렸다.

군베에는 제정신으로 돌아와, 당지문 사이에 입을 딱 벌리고 우두
커니 서 있는 우치다 사부로에몬의 모습을 알아보았다. 그러고 나
서 목을 거북처럼 좌우로 움직여, 자신이 어떤 상태에 있는지를 알
고 망연자실했다.

그는 이불 위에 천장을 향해 누워, 그 머리를 오센의 두 다리 사이
에 집어넣고 있었던 것이다. 새하얀 허벅지로 군베에의 얼굴을 단
단히 끼운 오센은 아직 아버지의 목소리도 알아채지 못한 듯 황홀
하게 눈을 감고 녹을 듯한 헐떡임을 지르며 정신없이 몸을 비비적
대고 있었다.

정원을 향해 열려 있는 장지문 바깥의 툇마루에 여자의 머리는 없
었다. 그곳의 기둥에 푹 꽂힌 창에, 달빛이 반짝 반사되고 있을 뿐이
었다.

2

"——나는 과연 오센을 자네의 아내로 받아 주었으면 하고 바라고 있었던 것에는 틀림이 없네. 허나 두 사람을 만나게 하면 그런 미친 짓을 할 거라고는 생각하지 않았어. ——오센 그 아이도, 미치기라도 한 건가."

하고 우치다 사부로에몬은 씁쓸한 듯도 하고 기가 막힌 듯도 한 한숨을 흘렸다.

별실로 끌려 나온 다카다 군베에는 귓불에서 피라도 떨어질 듯 얼굴을 붉히고 고개를 수그리고 있다.

적의 닌자술에 걸렸다고 생각한다. 그러나 자신의 경험을 이 노인에게 이야기해도 믿어 줄 것 같지 않다. 무엇보다 스스로도 어째서 그렇게 된 것인지, 만취에서 깬 것처럼 영문을 알 수가 없는 것이다.

변명할 수 없는 것은 그것만이 아니었다. 그렇게 자신의 무사 정신에 감동해 주었던 이 백부에게 그 딸과의 말로 할 수 없는 행위를 보였다는 부끄러움이 온몸을 적시고, 이제 두 번 다시 잘난 척하는 얼굴은 할 수 없다는 체념이 그의 입을 무기력하게 마비시키고 만 것이다.

"……어쨌든."

오랜 시간이 지나고 나서 사부로에몬이 쉰 목소리로 말했다.

"일이 그렇게 되었으니, 자네가 오센을 아내로 삼아 줄 수밖에는 없겠지."

그 어미에 숨길 수 없는 경멸적인 울림이 있는 것을 귀로 느끼면서도, 군베에는 화를 내지 않았다. 그는 자기 자신을 경멸하고 있었다.

이제 무엇을 요구해 와도 그것을 거절할 정신적인 기개는 군베에에게 없었다. 그는 오센에게도 절망을 느끼고 있었다. 그 조용하고 얌전한 처녀의 망측한 행동을 떠올리면, 그것이 그녀의 죄가 아니라는 것을 이성으로는 알면서도 지옥 같은 환멸을 품지 않을 수 없는 것이다. 그러나 오센을 아내로 삼는 것이 결코 행복을 가져오지 않으리라는 확실한 예감이 있는데도, 그녀에게 질척질척한 매혹을 느끼고 있는 것도 사실이었다.

"하지만."

하고 그의 함락 직전의 마음을 약한 한 줄의 실이 붙들었다.

"동지와의 맹세가."

"내가 아까 한 연극을 이용하게."

"연극?"

"그건 자네를 이곳으로 끌어내기 위한 방편일 뿐이었네만——사위가 되어 달라고 하도 다그쳐서 어쩔 수 없이 복수에 대해 털어놓았더니, 내가 부교소에 고발하겠다고 해서 진퇴양난이라고 머리를 끌어안아 보이란 말일세."

등불의 불마저 어두워지고, 군베에의 시야에는 그저 백부의 움푹 팬 눈만 빛나 보였다.

그것은 노회한 너구리 같은──그리고 분명히 그를 공범자로서 멸시하는 눈이었다.

3

허탈한 타락극이 우치다가에서 벌어지고 있는 사이, 그 바깥의 으스름달 아래에서 이상한 닌자술의 사투가 펼쳐지고 있는 것은 아무도 몰랐다.

우치다가의 흙담 그늘의 어둠 속에서 스윽 떨어져 걷기 시작한 검은 그림자가 있었다. 2간쯤 거리를 두고, 역시 하타모토 저택의 흙담이 이어지는 뒷길이었다. 그쪽에는 달빛이 사방에 비치고 있어 검은 두건, 검은 옷의 모습이 밤 까마귀처럼 또렷하게 떠올랐다. 담 위에서 목련꽃이 뻗어 나와 있었다.

그림자는 그 담 아래로 쪼그려 앉았다. 그 외에 소리 하나 나지 않는 무사 저택 거리의, 목련꽃조차 흔들리지 않는 봄날 밤이다. 다만 귀를 기울이면 희미한 물소리가 난다. 평소 같으면 들리지 않을 정도의 시냇물 소리는 담자락을 따라 흐르는 가느다란 물의 흐름이었다. 그림자는 마치 그 도랑에서 얼굴이라도 씻고 있는 것처럼 보였다.

하지만 사실은, 그림자는 품에서 꺼낸 5치가 채 못 되는 작은 인

형의 발을 물에 담근 것이었다. ──그러자 그 인형은 순식간에 부풀어 오르기 시작했다. 2치, 3치…… 1자, 2자, 마치 먹물이 배어 퍼지듯이 커져 가더니, 몇 분 후에 그곳에 그림자와 똑같은 검은 두건, 검은 옷의 모습이 우뚝 섰다.

우치다가의 흙담의 기와가 고양이라도 걸어가듯이 달칵 울렸을 때, 거기에는 단 하나의 검은 그림자밖에 남아 있지 않았다.

담 위에 하얀 그림자가 가볍게 내려섰다. 한 손에 옷과 띠를 움켜쥔 전라의 젊은 여자다. 여자는 한 번 정원 쪽을 돌아보고 한쪽 뺨에 보조개를 만들며 씩 웃더니, 곧 그 옷을 몸에 걸치기 시작했다. ──
──그때,

"오스기."

하고 낮은 목소리가 그녀를 불렀다.

여자는 손을 멈추고 가만히 길 위를 내려다보았다. 맞은편 흙담에 드리워진 목련꽃 그림자 속에 한층 시커멓게 서 있는 그림자를 간파하고,

"그 목소리는 가라스야 쇼베에로군."

하고 말하며 아름다운 웃는 얼굴을 보였다.

"이거, 희한한 곳에서 만나는구나."

"오스기, 언제 에도에 나온 거냐."

"한 사흘쯤 전에."

"무엇을 하고 있는 거냐."

"그대야말로, 왜 이런 곳에 있지?"

"이 저택에 아코 낭사 중 한 명, 다카다 군베에가 들어갔지."

"오, 그것을 알고 있나?"

"그걸 그대도 알고 있는 이상, 다카다가 낭인들 중에서 가장 흉악한 놈이라는 것도 알고 있겠지. ……군베에를 죽이고 왔나."

"아니."

"왜."

오스기는 잠시 입을 다물고 있었지만, 이윽고 말했다.

"죽이는 것보다 더 잔인한 짓을 하고 왔지. 그 사내에게서 무사의 혼을 끌어내 떨어뜨려 주었거든. 쇼베에, 그대는 군베에를 죽이러 왔나?"

"그렇다, 죽이지 않으면 안심할 수 없는 놈이라고 판단했다."

"그건 안 돼, 아코 낭인을 암살하면 기라, 우에스기에 흠집이 생긴다."

"흠, 그건 지사카 효부 님의 생각이겠지."

대답을 하지 않는 오스기를 보고 쇼베에는 씩 웃은 것 같았다.

"꾀를 부리는 자는 그 꾀에 넘어간다. 효부 님이 생각하실 만한 일이야. 멀리 돌아서 적의 후방에서 낭인들의 꼬리를 찾아다니는 사이에, 그자들이 일격에 기라가를 짓밟겠지. 군베에는 앞질러 가서한 명이라도 베려고 할 놈이다."

흙담 위에 있는 여자의 하얀 윤곽이 이때 부옇게 흐려지기 시작했다.

"이렇게 말해도 그대는 내 말에 납득하지 않겠지. 처음부터 그대가 한 말은 전부 거짓이다."

"…………."

"에도에 사흘쯤 전에 왔다니, 용케도 뻔뻔스럽게 지껄이는군. 오스기, 그대들 작년 가을부터 교토에 가 있었지. 우리쓰라 효자부로, 나미우치 조노신이 교토에서 행방이 끊기고 시라이토 조칸, 아나메센주로가 에도에서 소식이 끊겼다. 그자들쯤 되는 자들이 설마 아코의 보잘것없는 낭인에게 당했을 리가 없어. 근자에, 겨우 그대들의 짓이라는 것을 깨달았지."

"…………."

"그대들은 구니가로인 효부 님을 위해 움직이고, 우리는 주군이신 단조 다이히쓰 님을 위해 움직인다. 어느 쪽이 중한지는, 저 달보다도 분명한 일이야. 효부 님쯤 되시는 분이 그것을 각오하시고도 주군께 반항하실 거라면, 네놈에게 지금 무슨 말을 해도 듣지 않을 것은 잘 알고 있다."

"…………."

"같은 노토의 집안에 태어난 사이, 하물며 여자라면 가엾은 마음도 크지만, 네 명이나 동료가 죽임을 당한 이상은 이제 불구대천의 악연, 오스기——."

비웃듯이 그렇게 이름을 부른 후, 가라스야 쇼베에는 입을 다물었다.

담 위에서 하얀 안개 덩어리 같은 것이 떠돌다 떨어졌다. 그것은 뭉쳐서 한 개의 거대한 여자의 머리가 되었다.

"아기가 되어라…… 쇼베에…… 태아가 되어라……."

바람과 닮은 목소리가 봄날 밤에 흘렀다.

이때 상대의 감각에 어떠한 이변이 일어나는지, 오스기는 알고 있다. ——몇 분 후, 오스기의 하얀 몸은 길 위에 쓰러진 검은 옷의 그림자에 휘감겨 있었다. 그녀의 포동포동한 다리는 상대의 목에 감겨 조르고 있었다. 그녀는 자신의 두 다리 사이에 낀 가라스야 쇼베에가 음부에 끼워넣어진 환각에 쾌락과 고통이 뒤섞인 헐떡임을 흘리는 것을 들은 것 같다고 생각했다. 그녀의 장딴지는 밧줄처럼 꼬였다. ——그 발목에 갑자기 고통이 느껴졌다.

"웃."

오스기의 다리는 하나의 표창에 꿰어 있었다.

고통에 만면을 일그러뜨리면서도, 과연 노토의 닌자, 하며 고개를 끄덕이는 마음도 있었다. 그녀는 두 다리를 채찍처럼 조였다. 버둥거리는 가라스야 쇼베에를 그대로 다리로 졸라 죽이려고 한 것이다.

그 조인 남자가 인간이 아니라는 것을 깨달은 것은 다음 순간이었다.

"당했다."

오스기는 가라스야 쇼베에의 닌자술 '해로동혈(偕老同穴)'을 알고는 있었다. 해로동혈이란 바다에 사는 해면동물의 일종이다. 그는 해면으로 만든 인형을 조종한다. 5치도 채 되지 않는 작은 인형은 물을 빨아들임으로써 거대해져, 그 자신과 꼭 닮아 보인다는 것을 알고 있었다. 알고 있으면서도 보기 좋게 걸려든 것은 그녀의 실수이기도 하지만 쇼베에의 묘술이기도 했다.

그녀가 뛰어내린 우치다가의 흙담 바로 아래에서, 검은 옷을 입은 그림자가 소리도 없이 미끄러져 나왔다.

"아까 하던 이야기인데, 어디까지 말했더라. 그렇지, 이제 불구대천의 악연. ——여자를 죽이는 것은 본의가 아니지만, 이것도 서로 닌자의 집안에 태어난 업이라고 생각해라."

실체의 가라스야 쇼베에는 팔짱을 끼고 선 채, 길 위에서 몸부림치는 여자 닌자를 내려다보았다.

이제 자기 자신의 다리를 쇠사슬로 바꾸어 조여지고 있는 것은 오스기였다. 두 다리 사이에 검은 옷을 입은 인형을 끼우고, 그 발목은 표창에 꿰뚫려 있었다. 그리고 그 검은 옷의 인형은 순식간에 부풀어 커지는 것이다. 인형은 한쪽 발을 도랑에 담가 시시각각 물을 빨아들이고 있었다. 머리는 나무통처럼, 몸통은 가마니처럼, 무한하게, 무한하게.

"무, 무묘 님."

마침내 오스기는 고통의 절규를 질렀다.

"계십니까. 계신다면 구해 주십시오."

"뭐, 뭐야, 누군가 있나?"

가라스야 쇼베에는 깜짝 놀라 주위를 둘러보았으나, 그 정도 되는 닌자의 눈, 닌자의 귀에도 사람의 기척은 느껴지지 않았다. 그럼에도 불구하고 바로 머리 위에서 목소리가 들렸다.

"있다. ——노토의 닌자술 싸움, 재미있군."

"무묘 님, 빨리, 이 인형을 치워 주셔요——."

"오스기, 닌자는 죽어도 남에게 도움은 청하지 않는 법이다. 게다가 나는 그대들의 배신을 감시하는 역할이기는 하지만 그대를 돕는 사람은 아니야. 효부 님으로부터의 명령은 그것뿐이다."

차가운 웃음소리가 목련꽃에서 내려오는 것을 듣고, 가라스야 쇼베에의 손에서 쇠로 된 표창이 달빛에 반짝이며 던져 올려졌다. ——목련꽃은 벚꽃처럼 하늘을 덮고 있는 것이 아니다. 가지를 겹치고 꽃을 겹쳐도 그 한 장, 그 한 송이는 또렷하게 떠올라 분명히 밤 하늘을 투과하고 있다. 그러나 거기에는 누구의 그림자도 보이지 않았다.

게다가 누구의 그림자도 보이지 않는데도 다음 순간, 꽃은 눈보라처럼 지기 시작했다. 떨어지면서, 그것은 불의 꽃이 되었다.

"앗."

어지간한 가라스야 쇼베에도 깜짝 놀라, 허공을 날아 십여 보를 도망쳤다. 수백 조각의 꽃은 불의 회오리가 되어 그 등에 불어닥치고, 그 또한 한 덩어리의 불로 만들어 버렸다.

이때, 길 위의 여자 닌자도 그 음부에서부터 아마릴리스의 꽃잎처럼 세로로 찢어졌다. 방금 허공의 목소리에 한 번 채찍질을 당한 후로 그녀는 조용히 침묵하고, 그리고 사타구니에서 부풀어 오르는 검은 옷의 인형 때문에 몸이 찢겨도 끝내 한 마디 비명도 지르지 않았다.

"저자는 단조 다이히쓰를 위해, 이자는 지사카 효부를 위해……."

꽃이 한 송이도 없는 목련의 가느다란 가지 위에 지금 뚜렷하게 모습을 나타낸 무묘 쓰나타로는, 으스름달을 올려다보며 부루퉁하게 중얼거렸다.

"충의를 위해 죽는 놈은, 아코 낭인도 그렇고 좋아할 수가 없어."

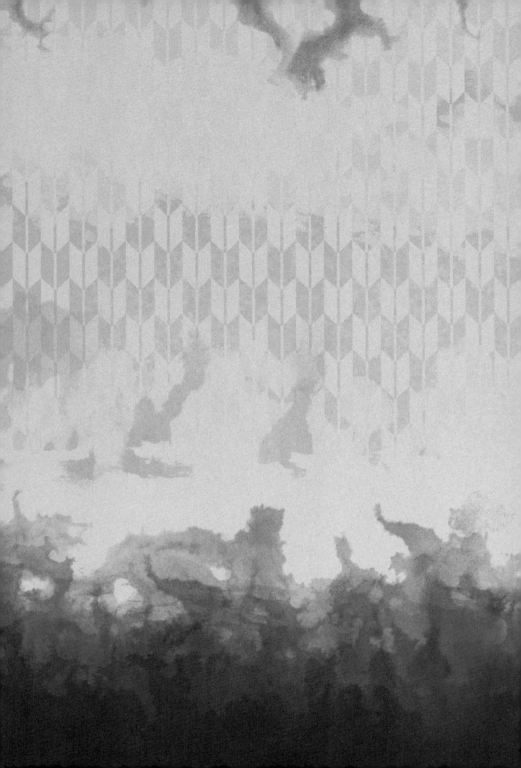

사다시로 함락

1

　다나카 사다시로와 모리 고헤이타가 교토에 갔다가 돌아온 것은 7월 중순이었다.

　올해 봄, 1년만 더 기다리자, 적어도 다이가쿠 님의 처분이 정해질 때까지는 기다리자, 라는 구라노스케의 결정에 마지못해 승복한 에도파였으나, 그 후 교토에서 들려오는 것은 와신상담이라고 하기에는 거리가 먼 구라노스케의 흥청망청한 유흥의 소문뿐이다. 에도파는 의기소침하여 회합의 빈도는 줄고, 그리고 그 회합 자리에 나타나야 할 얼굴도 하나둘 사라져 갔다.

　작년 가을, 구라노스케와 동행하여 교토를 떠나와 그대로 에도에 머물며, 무언가 사연이 있는 듯한 얼굴을 하고 강경파를 달래는 역할을 자청하고 있던 가와무라 덴베에, 오카모토 지로자에몬.

　오노데라 주나이의 아내의 오라비, 하이카타 도베에. 오이시 세자에몬의 형, 오이시 마고시로.

　변사가 있었을 때, 다쿠미노카미의 근신(近臣)으로서 제일 먼저 주군의 할복에 따라 죽으려고 했던 나카무라 세이에몬. 아사노번에서도 호리베 야헤에와 쌍벽을 이루는 강직하기 그지없는 노인 오야마다 잇칸의 아들, 오야마다 쇼자에몬. 등등.

　참다못해 다나카 사다시로와 모리 고헤이타가 교토로 간 것은 에도의 이 상황을 보고하고 구라노스케의 반성을 촉구하기 위해서였으나, 두 사람은 마치 여우나 너구리에 홀린 듯한 얼굴을 하고 돌아왔다. 구라노스케의 방침은 흔들리지 않아 떨어져 나갈 사람은 떨어뜨리라고 하며, 사다시로에게도 고헤이타에게도 어차피 얼마 남지 않은 목숨, 이 참에 술을 마셔라, 여자를 사라고 권하며 웃고 있었다.

그런데 이상하게도 그 말을 듣고 있을 때는 그럴싸하여, 마치 봄바람을 향해 주먹을 쳐드는 것처럼 팔에서 힘이 빠지는 것이다. 두 사람의 눈앞에서 기온이나 슈모쿠초의 유녀들에게 차마 볼 수 없는 호색적인 장난을 아무렇지도 않게 하며, 대체 이분은 진심으로 적을 칠 마음인 것인가 하고 의심하게 하는 한편, 이미 혈맹에서 탈락한 에도 가로(家老) 후지이 마타자에몬이나 야스이 히코에몬, 조다이가로 오노 구로베에 등과는 다른, 어딘가 드넓고 모든 것을 감싸버리는 봄바다 같은 구라노스케였다. 기량의 차이 때문에, 젊은 사다시로나 고헤이타는 끝내 대항할 수가 없었다.

혼조 하야시초에 있는 호리베 야스베에의 집에서 기다리고 있던 동지들에게, 두 사람은 애매한 얼굴로 보고했다. 결국 지금까지 이쪽에서 연락하러 가거나 저쪽에서 달래러 오던 자들의 말과 똑같다. 다만 동지 중에서도 가장 혈기 왕성한 두 사람인 만큼, 그것이 본인도 분하고 이제 와서 점점 화가 나기 시작하는 데다 그 화를 풀 곳이 없어 두 사람은 괴로워했다. 그것이 우스웠는지 미소를 짓고 있는 야스베에를 보고, 두 사람은 발끈했다. 화를 풀 곳을 발견하고 사다시로가 물어뜯듯이 말했다.

"다유는 안 되겠네! 말로는 적은 칠 것이다, 반드시 칠 것이라고 하시지. 그것은 틀림없겠지만, 우리는 기다릴 수 없네. 우리끼리 하세. 사람이 부족해서 만에 하나 실패한다면, 그때 2차로 다유에게 희망을 맡기면 되네. 설령 기라 저택의 문 앞에서 시체가 되더라도, 우리 뜻있는 자들만이라도 쳐들어가세. ——고헤이타와 그렇게 이야기하여, 우리는 에도로 돌아온 걸세. 호리베, 찬성해 줄 테지?"

"나는 다유를 기다리기로 결정했네."

하고 야스베에는 침착하게 말했다. 느끼하게 웃음을 띤 채 말한다.

"올해 봄 이후로, 나는 이제 5년이든 10년이든 기다리겠다, 이렇게 되었으면 다유와 누가 이기는지 해 보겠노라고 체념했거든. 실은 자네와 모리가 교토에 가 봐야 보람이 없을 것임을 처음부터 알고 있었네."

사다시로와 고헤이타의 안색을 보고, 스기노 주헤이지가 아직 벌컥하기 전에 두 사람의 기세를 눌렀다.

"잠깐, 지금 다나카가 한 말을 듣고 생각났는데, 그 이야기는 예전에 다카다 군베에도 줄기차게 주장한 적이 있었지. 요즘 그는 전혀 모습을 보이지 않는데, 호리베, 군베에는 어찌 되었는지 모르나?"

그러나 그것은 지금 갑자기 스기노 혼자 떠올린 것이 아니라 지난 한두 달 동안 동지들의 가슴에 어두운 구름처럼 드리워져 있던 의혹이었다. 다만 다카다 군베에가 호리베와 나란히 에도파의 중심적 존재였던 만큼, 그 의혹을 입에 담기가 무서웠던 것이다. 5월쯤까지, 군베에는 회합에는 나왔다. 하지만 눈에 띄게 말수가 적어지고,

침울해지고, 그리고 요즘은 전혀 모습을 나타내지 않게 되었다.

"뭐, 회합에도 나오지 않는다고? 그러고 보니 오늘도 보이지 않는군."

한동안 교토에 가 있던 다나카 사다시로와 모리 고헤이타는 가슴이 철렁한 듯 그 자리를 둘러보았다.

"호리베, 자네는 그자와 친우일세. 사연이 있다면 알고 있을 테지."

야스베에는 팔짱을 끼고 오랫동안 고개를 숙이고 있었다. 이윽고 얼굴을 들며 말했다.

"역시, 언젠가는 말해야 할 일이라고는 생각하고 있었네. ……군베에는 맹약을 떠났네."

"다카다가!"

두려워하고 있던 의혹이지만, 놀란 외침이 스쳤다. 무시무시한 시선의 집중을 받고 야스베에는 미소를 지었지만, 그 웃는 얼굴에는 슬픔이 넘쳤다.

"다카다가 내게 상담하러 온 것은 두 달쯤 전의 밤이었네. 다카다의 백부로 우치다 사부로에몬이라는 하타모토가 있는데, 한참 전부터 군베에를 사위로 얻고 싶다며 떼를 쓰고 있었네. 거절하다 못해 군베에의 형이 경솔하게도 맹약에 대해 털어놓았더니, 우치다는 경악하며 고발하겠다고 했다는군. ……사위 자리를 거절하면 중요한 일이 발각되고, 사위가 되면 충의를 지킬 수 없지. 진퇴양난이었네. 이렇게 된 이상은 사람들 앞에서 배신하겠다고 말할 수밖에는 없다, 이렇게 말해 온 것일세. 이것이 다카다의 주장일세."

야스베에의 비통한 미소의 그늘에서 미처 숨길 수 없는 분노가 흔들렸다.

"그 주장도 그렇지만, 나는 군베에의 얼굴을 가만히 보고 있었네. 그리고 이제 무슨 말을 해도 군베에가 동지로 돌아오지 않을 것을 간파했지. 그래서 나는 말했네. 일이 이미 거기까지 왔다면 이제 와서 배신을 공언해 봐야 소용없는 일, 오히려 사람들에게 의심과 경거망동을 부를 뿐이니, 자네만은 꾹 참고, 사람들의 바람을 따르는 것 또한 충의의 하나일 것이라고. 작은 일을 참지 못하면 원대한 계획을 이룰 수는 없다, 적어도 비밀만은 지켜 달라 말하고 돌려보냈네——."

"그자가!"

모리 고헤이타가 이를 갈며 옆의 칼을 움켜쥐었다. 날밑이 딱딱 소리를 내었다. 호리베 야스베에는 그 앞에 털썩 굵은 양팔을 짚었다.

"다유의 말씀이 옳네. 떨어져 나갈 사람은 떨어뜨리게. ——다만 화가 난다면, 군베에에 한해서는 벌은 내가 받겠네. 고헤이타, 사다시로, 마음이 풀릴 때까지 나를 때리게."

——베어야겠다.

다나카 사다시로는 이를 악물고 빗속을 걷고 있다. 그는 어두운 밤비 속을 우산도 쓰지 않고 걸어간다. 목적지는 가구라자카에 있다는 우치다 사부로에몬의 저택이다.

"——호리베가 털어놓았다면 말하겠네만" 하고 말수 적은 하야미 도자에몬이 말을 꺼냈던 것이다. 그에 따르면 군베에는 이미 고비나타에 있는 형의 집에 있지 않고, 꽤 전부터 가구라자카로 옮겨 그곳에 있는 우치다가(家)의 딸과 부부나 다름없는 생활을 하고 있는 듯하다고 한다.

미지근한 여름밤의 비를 맞으며, 다나카 사다시로는 동지인 사와이 고헤에의 누이, 오쓰의 얼굴을 떠올렸다. 사와이 고헤에는 사다시로와 마찬가지로 이백 석의 녹봉을 받던 주고쇼[주1]였으나, 벌써 1년 가까이 가슴에 병을 앓고 있어 이치가야에 있는 집에 누워 있었다. 누이인 오쓰와 사다시로는 약혼한 사이였다. 오늘 밤에도 사실은 호리베의 집에서 곧장 그쪽으로 갈 생각이었던 것이다. ……다만 약혼자라고는 해도 그와 오쓰는 변사 이후로 손도 잡지 않았다. 비슷하게 인연을 만났으나 역시 몸을 조심하고 있는 호리베를 따라, 라기보다 사다시로와 오쓰도 그렇게 하지 않으면 주군께 죄송하다는 감정으로 그렇게 하고 있는 것이었다. 그런데 그자——군

주1) 中小姓(주고쇼), 번(藩)의 직명 중 하나. 외출하는 주군을 수행하거나 시중을 드는 일을 하였다.

베에는 여자에게 이끌려 배신한 것인가.

베어서는 안 되네, 그자를 베면 그 백부라는 사람이 소란을 일으켜 반드시 큰일을 망치게 될 걸세, 내버려 두게, 못 본 척해 주게. ——그렇게 말하던 야스베에의 목소리는 귓가에 남아 있다. 야스베에가 그렇게 말하도록 하는 것이 군베에가 노린 바다. 내가 다카다라면 그런 것을 호리베에게 상담하러 오지는 않을 것이다. 그 백부를 베고, 딸을 베고, 할복할 뿐이다.

다나카 사다시로는 어느새 해자를 따라 고이시카와고몬(小石川御門) 부근을 걷고 있었다. 한쪽의 절벽 아래쪽에서 오차노미즈[주2]의 흐름이 쓸쓸하게 빗소리를 내고 있다.

베어야겠다, 사다시로가 그런 충동으로 걷고 있는 것은 단순히 군베에가 배신한 것에 대한 분노 때문만은 아니었다. 무언가 흉포한 짓을 하지 않으면 진정되지 않는, 자기 자신에 대한 분노 때문이었다.

"······살기."

문득 뒤에서 중얼거리는 묘한 목소리가 들렸다. 사다시로는 돌아보았다. 상야등(常夜燈) 아래에 한 탁발승이 서 있었다.

하얀 천으로 머리를 감싸고 맨살에 하얀 하오리를 걸치고, 허리에는 금줄 같은 짚을 늘어뜨리고, 한 자루의 석장(錫杖)과 부채를 손에

주2) お茶の水(오차노미즈), 현재 도쿄도 지요다구(千代田区) 간다(神田) 스루가다이(駿河台)에서 분쿄구(文京区) 유지마(湯島)에 걸쳐 있는 지역의 통칭. 에도 시대에 이곳의 절벽에서 솟아나온 물을 쇼군의 찻물로 사용했다고 하여 이러한 이름이 붙었다.

들고 있었다. 대리 참배, 다이고리[주3]를 업으로 하는 걸식승이다. 지금 들린 말의 뜻을 알 수 없고, 그것보다 그때까지 석장의 고리가 딸랑거리는 소리가 들리지 않은 것을 우선 사다시로는 수상하게 여겼다.

"웬 놈이냐."

"역시 살기가 소멸되지 않은 아사노의 낭인이 있군."

하고 탁발승은 혼잣말처럼 말했다. 거지인 주제에 무례하기 짝이 없는 눈으로 사다시로를 뚫어져라 올려다보았다 내려다보았다 하며,

"요즘 아사노 낭인들에게서 그런 사나운 기력이 사라진 듯하여, 적을 치는 일은 포기한 건가 생각하고 있었는데……."

"네놈은——."

사다시로는 깜짝 놀랐다. 기라의 자객, 또는 우에스기의 닌자에 대해서는 그도 알고 있었다.

"기라냐, 우에스기의 놈이로군."

"그렇다, 나는 우에스기가(家)에서 일하는 요로즈 군키."

하고 탁발승은 자신을 소개했다. 상대의 살기를 운운한 주제에, 본인의 전신에서 이상한 기류가 뿜어져 나오는 느낌이었다.

"이렇게 정체를 밝힌 이상, 네놈이 살아서 이 자리를 떠나게 하지는 않을 것이다. 아코 낭인 중에서 무언가 일을 일으킬 것 같은 놈의

주3) 代垢離(다이고리), 이세 신궁(伊勢神宮)에 참배하는 사람의 부탁을 받고 대신 미야가와(宮川)강의 강물로 목욕재계를 해 주는 것.

싹은 지금부터 뽑아 두는 것이 기라가(家)를 위하는 길이지."

사다시로는 도를 뽑았다. 두려워하기보다 분노를 풀 곳을 찾은 기쁨에, 날밑이 울리는 소리와 함께 그의 이 사이에서는 웃음소리마저 새어 나왔다.

요로즈 군키는 석장을 오른손으로 짚은 채 태연하게 꼼짝도 하지 않았다. 빗속에서 혼자 칼날을 들이대다가, 다나카 사다시로의 웃음을 띤 얼굴이 일그러졌다.

훌륭한 발도술(拔刀術)을 보이면서도, 일순 그는 손에 기괴한 감각을 느끼고 있었던 것이다. 자신의 손으로 뽑는다기보다 칼이 저절로 날아가는 듯한 감각이었다. 자세를 취해도 손은 자유롭게 움직이지 않았다.

이를 드러내며 웃은 것은 탁발승 쪽이었다. 그는 석장을 땅에 꽂은 채 오른쪽으로 2간이나 스르륵 떨어졌다. 그러나 사다시로의 칼은 뒤에 남은 한 자루의 석장 쪽으로 향한 채, 하얀 그림자를 쫓지 못했다.

"노토 닌자술, 남북장(南北杖)."

하고 군키는 중얼거렸다. 그것은 엄청난 자력(磁力)을 띤 석장이었다.

다나카 사다시로는 대도(大刀)를 버렸다. 남북장의 의미는 알 수 없지만, 대도가 오히려 자신을 얽매고 있는 것을 알았기 때문이다. 다음 행동으로 옮기려다가 그가 문득 우뚝 멈추어 선 것은, 손을 뗀 대도가 허공을 날아가 수직으로 그 석장에 빨려들어간 것을 보았기 때문이었다.

　요로즈 군키는 이때 오른쪽 손바닥을 펴서, 왼손으로 펼친 부챗살 사이에 바른 종이를 단숨에 찢었다. 상야등의 붉은 불빛으로 부챗살이 모두 끝이 뾰족한 무기라는 것을 깨달은 것은 그 찰나였다.

　생각대로 되었군, 하며 군키가 또 웃은 것과, 그 웃는 얼굴이 세로로 대나무처럼 갈라진 것은 한순간의 일이었으나, 그 찰나 사이에 좌우로 터져 갈라진 군키의 눈은 오른쪽에 꽂은 남북장이 홀연히 사라진 것을 보았다. 그것은 검은 밧줄에 감겨 올라가, 밤비 내리는 하늘로 날아가 어두운 해자의 골짜기 밑바닥으로 떨어져 갔다.

　같은 찰나에, 다나카 사다시로도 갑자기 몸이 자유로워진 것을 느꼈다. 소도(小刀)를 뽑자마자 탁발승을 베어 내렸지만, 그는 석장의 행방도 알지 못한 채 벤 후에 스스로 멍해졌다.

　"오료냐."

　탁발승은 여전히 선 채, 찢어진 얼굴을 틀며 신음했다. 그제야 사다시로는 승려 뒤에 서 있는 무가(武家)풍의 처녀를 보았다.

　"말려도 듣지 않을 군키 님이겠지요. ……이유는, 먼저 죽은 쇼베에 님들한테 들으십시오."

　여자는 밧줄을 버리고 가까이 다가왔다. 탁발승의 얼굴에, 이때 붉은 먹처럼 피가 퍼졌다. 길 위에 털썩 쓰러지면서, 그는 그녀를 향해 무언가를 던졌던 것이다.

　군키의 남북장을, 여자는 알고 있었다. 알고 있었기 때문에 멀리서 밧줄을 던져 그 마의 지팡이를 치워 낸 것이리라. 그러나 그의 부채까지 흉기라는 것을 알고 있었을까, 모르고 있었을까. 어쩌면 알고 있어도 쫙 쪼개진 그 형상으로 보아 더는 큰일이 없을 것이라고 판단한 것이리라. ——하지만 이 판단은 잘못이었다.

수십 개의 부챗살은 모두 독을 바른 부지깽이였다. 그것은 부채 모양으로 여자의 가슴에 깊이 꽂혔다.

자신이 찔려도 비명을 지르지 않을 다나카 사다시로가 비명을 질렀다. 여자는 소리를 지르지 않았다. 우두커니 선 얼굴에 과연 경악의 표정이 퍼졌지만, 군키에게서 사다시로에게로 시선을 옮기고 나서 씩 웃었다. 입이 쓴웃음을 짓는 것처럼 오므라지는가 싶더니, 거기에서 은색 빛이 터져 나왔다.

빗발이 소용돌이를 치며 불어닥쳐 온 느낌이었다. 사다시로는 저도 모르게 눈을 감았다. 그러나 아무 일도 없었다. 아무런 아픔도 없었다. 그는 눈을 떴다.

여자는 앞쪽으로 엎어져 쓰러져 있다. 달려가려다가 사다시로는 비가 내리는 길 위에, 상야등의 불빛을 받으며 반짝반짝 몇 개의 은색 빛이 흩어져 있는 것을 보았다.

그것은 3치 남짓 되는 바늘이었다.

3

다카다 군베에를 죽이려는 기력도 상실하고, 다나카 사다시로는 오한에 휩쓸리는 기분으로 이치가야에 있는 사와이 고헤에의 집으로 갔다. 절벽 아래의 작은 폐가였다.

"우산도 없이 왔는가."

옷을 벗어 봉당에서 짜고 있는 사다시로를 보고, 병상의 고헤에는 말했다.

"다행히 여름일세. 걱정하지 말게."

"그럼 실례하겠네."

알몸으로 찾아와도 무례할 것이라곤 없는 사이였다. 옷을 벗고 그대로 올라선 사다시로가 그래도 주위를 둘러보며,

"오쓰 씨는?"

하고 물었다. 고헤에는 이에 대답하지 않고 갑자기 병상에서 웃음을 지었다.

"다나카, 기뻐해 주게."

사다시로는 어안이 벙벙했다. 한동안 보지 못한 사이에 고헤에는 더욱 시들어 있었다. 수염은 길게 자라고, 눈은 움푹 패어 살아 있는 해골이나 마찬가지인 얼굴로 말했다.

"언제 교토에서 돌아왔나? 뭐, 어제? 그럼 우선 이렇게 와 준 것도 역시 오쓰의 일념이 부른 게로군."

"오쓰 씨는?"

하고 사다시로는 다시 한번 물었다.

"옆방에 있네. 조금 전까지 새 옷을 펼쳐 보고 있었던 모양이야.
——오쓰, 오쓰, 다나카가 왔다."

"예, 지금 가요."

찢어진 당지문 맞은편에서 허둥거리며 당황하는 목소리에 이어,
무언가 옷이라도 개는 듯한 천 스치는 소리가 들렸다.

"대체 무슨 일인가?"

하고 사다시로는 조급하게 물었다. 고헤에는 고개를 끄덕였다.

"우선, 그것보다도 교토에 있는 다유의 상황을 들려주게. 어땠
나?"

사다시로는 구라노스케의 행실과 의견을 전했다. 이상하게도, 교
토에 가기 전에 누구보다도 거사를 서둘러야 한다고 열망해 마지
않았던 사와이 고헤에가 사다시로의 이야기를 듣고도 의외로 침착
했다. 그는 다 듣고 나서 말했다.

"그런가. 또 연기하자고 하셨나. ……하지만 그게 설령 열흘 후로
당겨졌다고 해도, 나는 더 이상 도움은 되지 못하겠지. 걷는 것도 뜻
대로 하지 못하는 내가, 무기를 들고 쳐들어가는 것은 이제 꿈 같은
일일세."

"고헤에, 자네답지도 않게 무슨 약한 소리를 하는가. 고즈케노스
케의 목을 생각하면, 염력(念力)만으로도 다리는 움직일 걸세."

"아니, 아니, 나는 틀렸네. 나는 포기했어. ……나는 앞으로 한 달
도 버티지 못할 걸세."

"고헤에."

"가엾게 생각하지 말게. 사다시로, 나는 나 대신 오쓰에게 충의를 다해 달라고 하기로 했네."

"오쓰 씨에게? 충의를?"

"설마 그 아이가 습격을 할 수는 없겠지. 실은 말일세 사다시로, 자네가 교토에 가 있는 사이에 여러 가지로 생각한 끝에, 오쓰를 후카가와에 있는 요호안 선생에게 보내어 하녀로 일하게 했네. 요호안 선생이 고즈케노스케와 다도 친구라, 가끔 고즈케노스케도 요호안에게 찾아올 때가 있다는 것을 알고 한 일이었지."

"그, 그래서——."

"일전에 기라의 아들 사효에가 왔네. 나이 아직 열아홉인 이 애송이 놈이, 오쓰에게 반했다네."

"뭐, 뭐라?"

"기뻐해 달라고 말한 것은 이것일세, 사다시로, 오쓰는 이삼 일 안에 기라 저택에 하녀로 가게 될 걸세. 잠시 이 집으로 돌아온 것도, 그 준비를 하기 위해서일세."

다나카 사다시로는 안색을 바꾸었다. 고헤에는 병자답지 않게 목소리를 돋우었다.

"사다시로, 동지 수십 명 중에서 기라 저택의 배치를 알고 있는 자가 있는가, 어느 정도로 방비를 하고 있는지 아는 자가 있는가. 기라가 언제 저택에 있고, 언제 어디로 외출하는지 아는 자가 있는가. 아니, 아니, 고즈케노스케의 얼굴을 본 자가 한 명이라도 있는가? 그것을 알아내기만 해도, 반쯤 죽어 가는 내가 동지들의 뒤를 따라 기어가는 것보다 훨씬 큰 공이 될 걸세——."

그러고 나서 고혜에는 갑자기 목소리를 죽였다.

"하지만 말일세. ……명목은 하녀로 일하는 것이지만 요호안 선생이 오쓰에게 은밀히 일러 준 바로는, 어쩌면 오쓰에게 사효에가 손을 댈지도 모른다고 하네. ……사다시로, 오쓰와 혼인해 주게, 아니, 이 집에는 술잔받침도 술잔도 없네. 적어도 약혼자였던 사다시로, 자네가 오쓰가 사효에에게 더럽혀지기 전에 그 아이를 여자로 만들어 주게!"

다나카 사다시로의 가슴을 눈사태처럼 울리고 가는 감정이 있었다.

수라(修羅)의 수레

1

이것이 말이 되는 소리인가. 적을 죽이고 싶다는 비장한 소원을 위해, 서로 순결의 맹세를 한 연인이 적의 아들에게 몸을 바친다고 한다. 그것을 연인의 오라비는 눈을 빛내며, "기뻐하게, 무엇보다 큰 공일세"라고 한다.

그러나 또한 사와이 고헤에는 죽을병에 걸려 야윈 손으로 사다시로의 손을 잡고 절절하게 호소하는 것이었다.

"이 결심을 하기까지의 내 고통은 말하지 않겠네. 다만 이것을 하늘이 주신 기회라 생각하고 박수를 쳤다고 하겠네. 그리고 오쓰에게 부끄럽지 않은 옷을 장만해 주기 위해, 기꺼이 가진 돈을 탕진했다고 하겠네. 하지만 오쓰의 슬픔만은, 부디 헤아려 주게. 적어도 자네가 교토에서 돌아올 때까지는 기라의 저택에 들어가고 싶지 않다며, 그 아이는 울었네. 큰일을 앞두고 있는데 그것은 작은 일이라며, 나는 일부러 꾸짖었네. 나중에 들어도 사다시로는 화내지 않을 것이다, 사다시로가 오랜 바람을 이루었을 때, 기라 부자(父子)의 시체 옆에서 자진하여 그것으로 사다시로에게 사과하라고 말일세."

"나도 곧 죽을 걸세."

하며 사다시로는 신음했다. 그는 그제야 충격에서 깨어났다. 실로 사와이 남매의 계획은 비장하기 그지없어, 거기에는 조금도 이의를 제기할 수 없었다. 오히려 적의 내부에서 조사한다는, 남자로서는 절대 불가능하고 긴요한 일을 해내 준다고 하니 그 또한 쌍수를 들고 기뻐해야 할 일이다.

"그래, 우리는 피 한 방울까지도 이미 돌아가신 주군께 바쳤네. 목숨에는 미련이 없지만, 그렇다고 해도 처녀에게 정조는 말이지. 빨리, 빨리 교토에서 돌아오기를, 하고 필사적으로 기도하고 있던 오쓰의 마음을 알아차려 주게."

고헤에는 목소리를 낮추며 사다시로의 손을 잡고 흔들었다.

"하늘이 여자의 마음을 못 본 척하지 않아 주셔서, 오쓰가 기라 저택으로 가기 전날 밤에 자네는 돌아오지 않았는가. 자네는 빗속을 달려와 주지 않았는가. ……사다시로, 오늘 밤에 오쓰를 아내로 삼게. 두 사람의 맹세는 알고 있지만, 어차피 둘 다 머지않아 죽을 몸, 단 한 번 맹세를 깨더라도 하늘은 용서하실 걸세. 오라비인 내가 용서하겠네. 아니, 엎드려 부탁하겠네. 지금부터 오쓰를 여자로 만들어 주게!"

사다시로의 눈에 긍정과 망설임의 그늘이 흔들리는 것을 보자, 고헤에는 큰 소리로 외쳤다.

"오쓰, 오쓰, 사다시로는 비에 젖어 알몸이다. 내 갈아입을 옷이 있으면 입혀 주어라. 아니, 어차피 마찬가지다. 사다시로, 자네가 가서 오쓰에게 입혀 달라고 하게."

그리고 눈으로 질타했다. 일어나서 가게. ──허우적거리듯이 사다시로가 일어서자, 그는 미소를 지었다.

"오라비가 옆방에 있다고 저어하지 말게. 헌배(獻杯)의 술잔도 나누지 않는 혼례, 그 대신 아무리 요란하더라도 나는 기뻐하며 듣고 있겠네."

빗소리가 폐가의 판자 지붕을 울리고 지나갔다.

다나카 사다시로는 오쓰를 내려다보았다. 아마 그때까지 펼쳐 놓고 있던 '슬픈 외출복'을 개려다가, 가만히 움츠러들고 만 것이리라. 색이 선명한 겐로쿠 문양을 무릎에 흩어 놓은 채, 오쓰의 얼굴은 새하얗게 도드라져 보였다. 그 뺨에 순식간에 핏기가 올랐다.

오라비의 이야기를, 그가 아무리 목소리를 낮추었어도 당지문 한 장을 사이에 두고 있을 뿐이니 오쓰가 전부 듣고 있었던 것은 분명했다. 눈과 눈이 무한한 이야기를 했다.

사다시로는 시타오비[주1] 하나만 걸친 알몸이었다. 그는 앉았다. 그러자 동시에 오쓰는 바싹 매달려 왔다.

"사다시로 님, 저는."

"오쓰 씨."

사다시로의 입술은 눈물에 젖은 오쓰의 뺨을 미끄러져 가, 오쓰의 입술과 딱 마주쳤다. 처녀의 숨결을 들이마신 찰나, 그는 옆방에 있는 고혜를 잊었다. 예전의 오쓰와의 맹세도 잊었다. 누가 이 '파계'를 탓할 수 있으랴. 오라비인 고혜에도 '하늘도 용서할 것이다'라며 축복했다. 여자에게 끌려 맹약에서 도망친 다카다 군베에와는 다르다. 밀정의 사명을 숨기고 적의 제단에 몸을 바치려고 하는 연인의 봉오리를 열고 꽃을 흩뜨리는 것은, 그 일 자체가 복수 행위의

주1) 下帶(시타오비), 음부를 가리는 좁고 긴 천.

262

하나라고 할 수 있었다.

찢어진 다다미에 깔린 겐로쿠 문양만이 이 비통한 혼례의 이부자리가 되었다. 그 위의 젊은 두 사람의 육체는 녹고, 영혼도 녹았다. ——오쓰의 입술에서 심상치 않은 비명이 새어 나온 것은, 그 생명의 불꽃 한가운데에서였다. 그 전신에 경련이 스친 것을 사다시로는 한 번 힘을 주어 끌어안았다. 그러나 다음으로 두 사람의 피부와 피부 사이에 미끈하고 뜨거운 것이 흐른 것에 처음으로 깜짝 놀라 몸을 떼었다.

오쓰의 피부는 선혈투성이가 되어 있었다. 젖힌 목, 드러난 둥근 유방, 촉촉한 허벅지——그 외, 몸에 걸친 얇은 옷이 전부 붉은 물감을 뒤집어쓴 것처럼 피에 젖어, 그녀는 소리도 없이 데굴데굴 구르고 있었다.

"……어, 어찌 된 것이지?"

크게 부릅뜬 사다시로의 눈에 새빨간 오쓰의 나신에 반짝반짝 떠올라 빛나는 것이 비쳤다. 바늘! 하고 깨달았을 때, 그것은 살아 있는 것처럼 스윽 피부로 빨려들어갔다.

"바늘이——어디에서?"

저도 모르게 자신의 몸을 둘러보고 깜짝 놀랐다. 그의 피부에도 여기저기에 은색 바늘이 꽂혀 있다. 전신은 그 또한 피투성이다. 그러나 아무런 아픔도 없다. ——그 바늘이, 꽂혀 있는 것이 아니라 자신의 몸 안에서 튀어나와 있는 것을 깨달은 것은 다음 순간이었다.

피는 오쓰가 흘린 피다. 오쓰를 찔러 죽인 것은 그의 몸에서 나온 바늘이었다. 그 바늘은 차례차례로 그의 몸속에서 솟아나와 반짝반짝 빛나며 방바닥으로 떨어져 간다.

3치 남짓 될까, 몹시 가늘고 긴 바늘이었다. 바늘이라기보다 침이라고 해야 할 것이다. 다만 그 침은 양쪽 끝이 모두 삼각형으로 날카롭게 갈려 있었다. 침술에서는 온몸의 365곳의 경혈에 긴 침을 꽂지만 거의 통각을 느끼지 않고 출혈도 하지 않는다. 사다시로의 그 경혈에 어느새 침이 꽂혀 있었던 것이었다. 어느새——아니, 그것은 아까 고이시카와고몬에서 정체를 알 수 없는 여자에 의해 꽂힌 것이다. 사다시로는 그때 자신의 발치에 떨어져 있던 몇 개의 바늘을 떠올렸다. 그것이다! 그것이다!

"오쓰."

온몸에 뒤집어쓴 오쓰의 피 아래에서, 다나카 사다시로는 창백해져 뒹굴며 그녀를 안아 들었다. 그 팔 안에서 오쓰는 다시 한번 부르르 떨고는 숨이 끊어졌다.

"사다시로."

어느새 뒤의 당지문이 열리고, 기어온 사와이 고헤에가 안을 들여다보고 있었다. 심상치 않은 분위기를 느낀 모양이다. ——한 번 들여다보더니,

"무, 무슨 짓을 한 건가, 자네는——."

찢어질 듯이 비명을 질렀다. 사다시로는 오쓰를 안아 든 채, 붉은 밀랍 인형처럼 경직되어 있었다.

"미, 미친 건가, 사다시로, 오쓰를 기라에 주는 것에 그렇게 화가

난 것인가. 오쓰가 기라가(家)로 가는 이유는 지금 충분히 설명해 주
지 않았는가."

고헤에는 목소리를 쥐어짜내며 말하고 얇은 요 쪽으로 바스락거
리며 기어 돌아가더니, 그 아래에서 칼 한 자루를 안고 다시 기어왔
다.

"오쓰의 원수——아니, 동지의 배신자로서 내가 처단하겠네. 칼
을 뽑게, 사다시로."

고헤에의 오해를 풀기는 어려웠다. 또한 사다시로가 변명하는 것
은 불가능했다. 그의 눈은 공허했다.

그는 미쳤다. 오쓰가 죽은 후에 미친 것이다. ——방바닥에 엎드
린 채, 베어 들어온 고헤에의 칼을 무의식적으로 가볍게 피하고는,
그의 다리는 버둥거리며 고헤에의 가슴을 걷어찼다. 고헤에는 왈칵
피를 토하며 엎어졌다.

"오쓰, 용서해 주시오, 오쓰……."

사다시로는 그렇게 중얼중얼 중얼거리면서 피투성이 여자의 몸
을 안은 채 몽유병자처럼 비가 쏟아지는 밤의 세계로 휘적휘적 나
갔다.

2

다쿠미노카미의 동생 아사노 다이가쿠에 대한 막부의 처분이 내려진 것은 그해 여름의 일이었다. 근신은 풀어 주나 봉록은 몰수하여, 히로시마의 종가(宗家) 아키[주2] 태수 아사노에게 맡긴다는 결정이다.

이 사람 하나에 아사노가 재흥의 희망을 걸고 있던 구라노스케 및 그 공감자들의 꿈은 이것으로 완전히 깨졌다. 그들은 어떻게 나올까.

"……뭐라, 구라노스케가 다시 에도로 간다고?"

10월 말의 어느 날 밤이었다. 소토사쿠라다에 있는 우에스기가의 가미야시키[주3] 안쪽 정원에서, 침통한 중얼거림이 들렸다. 툇마루에 서서 입술을 깨물고 물끄러미 허공을 노려본 것은 당주인 우에스기 단조 다이히쓰 쓰나노리였다.

"다이가쿠의 운명이 결정되고 나서도 교토에 있는 구라노스케에게 별다른 움직임은 없고, 또 아사노가 재흥의 희망이 사라져 그 낭인들도 빗의 이가 빠지듯이 맹약에서 떠나가고 있다는 보고를 듣고 안도하고 있었는데, 구라노스케가 또 에도에 오다니, 그자는 역시 불온하고 흉악한 생각을 버리지 않은 것인가."

그는 정원을 보았다. 달은 없고 달그림자뿐인 가을밤에, 정원은 모호하여 거기에 사람이 있는 것으로도 보이지 않지만, 쓰나노리는

주2) 安芸(아키), 현재의 히로시마현 서부를 가리키는 옛 지명.

주3) 上屋敷(가미야시키), 각 지방의 영주들이 에도에서 평소에 거주하던 저택.

왜납거미처럼 엎드린 네 명의 검은 옷의 남자를 알고 있었다.

우에스기가 비장의 닌자, 노토구미의 구와가타 한노조, 오리카베 벤노스케, 쓰키노와 모토메, 메노사카 한나이였다. 지금 주군에게 구라노스케가 에도로 온다고 보고한 것은 이 중 오리카베 벤노스케다.

"허나 구라노스케는 10월 7일에 교토를 떠났다고 한다. ……그것을 쫓아 그대도 도카이도를 따라 내려왔으면서, 무엇 때문에 손을 쓰지 못한 것인가. 그자를 못 본 척하고, 먼저 혼자서 에도로 돌아온 연유를 말해라."

"그것이."

하고 오리카베 벤노스케는 괴로운 듯이 말했다.

"죽이려 하면 죽일 수 있습니다. 다만 구라노스케 그놈은…… 아사노가의 옛 가로로서가 아니라 히노 주나곤의 요닌[주4]으로서 내려오는 것입니다."

히노가(家)는 고관대작 중의 명문가이고, 게다가 쇼군가와 매우 친한 가문이었다.

"일행의 수는 십여 명, 인부들이 지고 가는 두 개의 궤짝에는 당당하게 히노가(家) 요닌 가키미 고로베에라고 크게 적은 꼬리표를 달고 있고, 오는 길의 역참마다 관리들도 정중하게 이를 맞이하며 경호하는 모양새입니다."

"구라노스케 놈…… 고관대작의 요닌이라고 속이다니, 참으로 대

주4) 用人(요닌), 에도 시대에 영주 밑에서 출납이나 서무를 맡았던 직함.

담한 놈이다."

"아니요, 그렇게 요란스러운 행렬이 설마 가짜로 되는 것은 아닐 것입니다. 그것은 정말 히노가로부터 허락을 받고, 그 뒷배 아래 요닌이라 칭하고 있는 것일 것으로 생각됩니다. ──거기에 생각이 미쳤을 때, 저는 몹시 곤혹스러웠습니다. 만일 이를 죽였다간 도카이도가 들끓을 큰일이 되지 않을까 하고요."

쓰나노리는 신음했다. 만일 히노가의 요닌이라 칭하는 인물이 도카이도에서 암살되고, 그리고 히노가에서 분명히 요닌이 맞다고 긍정한다면, 실로 왕실와 조정 사이의 정치적인 중대 사건이 될 것은 분명하다. 게다가 벤노스케의 견해에 따르면 히노가가 구라노스케의 뒷배가 된 것은 확실하다고 한다. ──쓰나노리의 마음을 파도치게 하는 것은 교토의 고관대작까지도 아코 낭인을 거리낌 없이 밀어주고 있다는 사실이었다. 둘러보면 히노 주나곤만이 아니다. 세상 모두가 아버지인 고즈케노스케를 미워하고 아사노의 편을 들고 있다. 히노가는 그에 부화뇌동하고 있는 것에 지나지 않는다. 그의 가슴에 고독한 불안과 분노가 가득 찼다.

"고뇌 끝에 저는 우선 에도로 달려가 영주님의 생각을 여쭙고자 돌아왔습니다. 그런데 영주님, 제 생각은 틀렸던 것일까요."

"내게 물어도 모른다."

하고 쓰나노리는 역정을 내며 말했다. 오리카베 벤노스케는 가슴이 덜컥한 듯 잠시 입을 다물고 있었지만, 곧 힘주어 말했다.

"들어 보십시오. 제 생각으로는 아무리 히노가의 허락이 있더라도, 만일 그자가 적을 치는 거사를 일으킬 생각이라면 설마 히노가의 요닌으로서 행동에 옮길 수는 없을 것입니다. 에도에 오면 머지않아 구라노스케가 그 간판을 내릴 것은 분명하고요. 그자가 원래의 낭인이 되었을 때야말로 우리의 시간, 그 기회를 무슨 일이 있어도 놓치지 않을 것입니다. 부디 영주님께서는 고려하여 주십시오――."

나머지 세 명의 닌자도 고개를 끄덕였다. 그때 천공에서 목소리가 들렸다.

"아니, 구라노스케를 에도에 들인다면 안심할 수는 없다."

"앗?"

네 명의 닌자는 벌떡 일어서서 두건을 쓴 얼굴을 쳐들었으나, 은하 아래에 솔바람 소리가 돌고 있을 뿐 당장 목소리의 위치를 알 수는 없었다. 그 솔바람이 또 인간의 목소리가 되어 말했다.

"이미 그 생각은 구라노스케의 밀정의 귀에 들어가지 않았는가. 게다가 그 사실을 아직도 모르는 듯 멍청한 소리를 하고 있으니, 이래서는 구라노스케에게 허를 찔릴 것이 뻔하지."

"뭐라, 구라노스케의 밀정?"

그때 밤하늘에서 한 개의 물체가 정원으로 털썩 떨어졌다. 어두운 대지에 구르며 신음하면서도, 그 인간은 몸부림칠 뿐이다.

"불을 가져오너라."

하고 쓰나노리는 외쳤다. 뒤에 앉아 있던 시동이 단경[주5]을 들고

주5) 단경(短檠), 실내용 등화 기구의 일종. 낮은 기둥의 위쪽에 기름접시가 있고, 아래의 받침대는 직사각형의 상자 모양으로 되어 있다.

달려왔다.

정원에서 버둥거리고 있는 것은 주겐[주6] 차림의 젊은 남자였다. 네 명의 닌자는 그 주겐이 입고 있는 윗도리가 우에스기가의 정식 문장(紋章), 대나무에 두 마리의 참새가 날고 있는 문양인 것을 보았다. 그리고 그 몸을, 정체를 알 수 없는 하얀 실이 도롱이벌레처럼 감고 있는 것을 알아챘다.

"웬 놈이냐."

주겐은 몸부림치며 외쳤다.

"죽여라. ……나는 아사노 낭인, 모리 고헤이타다. 이 이상은 아무리 괴롭혀도 아무 말도 하지 않을 것이다. 내 목을 베어라."

3

모리 고헤이타.

"그는 거사가 의결되자 무리보다 앞서, 눈부시게 적진의 사정을 정찰하는 데 진력했다. 그 한 예를 들자면 무리가 에도로 내려간 후, 시중의 평판에 따르면 기라가의 방비는 몹시 엄중하고 모든 집채의 내부에는 또 한 줄로 대나무를 이용해 견고한 장벽을 둘러놓아, 설

주6) 中間(주겐), 귀족 가문이나 무가, 사원 등에서 일하던 종자의 일종. 무사와 하인의 중간에 위치하며 잡역에 종사하였다.

령 집채를 부수고 난입해도 쉽게 안쪽으로는 나아갈 수 없다는 등의 소문이 있었다. 이래서는 큰일이라 생각하고 무리의 본부는 사람을 구해, 모 가문에서 기라가의 가로(家老) 앞으로 보낸 서한을 얻어내고 이 서한을 전하는 일을 고헤이타에게 명했다. 고헤이타는 승낙하고는 하인의 옷차림을 하고 적들이 있는 호랑이굴로 들어가, 답신이 완성되기를 기다리는 동안에 저택 안을 샅샅이 둘러보아 세상에 전해지는 것과 같은 방비가 없는 것을 확인하고 이를 상세히 보고하였을 정도다.”

(후쿠모토 니치난『겐로쿠 쾌거록』)

이처럼 대담한 모리 고헤이타다. 그는 위의 모험에 맛을 들여, 우에스기가의 하인들이 입는 옷을 손에 넣고는 지난 며칠 동안 밤마다 그것을 입고 우에스기가의 가미야시키 안을 돌아다니며, 역시 그 무렵 항간에 소문이 나 있던 '고즈케노스케를 모셔 왔다'는 것이 사실인지 아닌지를 염탐하고 있었던 것이었다.

그날 밤, 단조 다이히쓰 쓰나노리가 은밀히 이상한 옷차림을 한 네 개의 그림자를 정원으로 부른 것을 보고 큰일이다 싶어 나무 그늘에 숨어서 귀를 기울이고 있던 그는, 갑자기 머리 위의 소나무에서 떨어진 실 같은 것에 꽁꽁 묶였다. 앗 하고 생각했지만 목소리도 낼 수 없었다. 잠시 후, 그 실이 뻗어 가 다시 허공에 매달리는가 싶더니, 추처럼 허공으로 날려보내져 그곳에 내던져진 것이다. 그러나 그동안, 그는 끝내 자신을 그런 꼴로 만든 자의 정체를 볼 수도 없었다.

하지만 허공에서 목소리는 말했다.

"죽이지 마라."

아사노 낭인, 이라는 말에 본래 같으면 반사적으로 칼을 뽑아 죽여야 했을 텐데, 네 자루의 닌자도가 꼼짝도 못 하고 경직해 있었던 것은 그 천공의 목소리 때문이었다.

"구라노스케를 에도에 들이지 않을 방법은 있다. 그 낭인이 도구 중 하나가 될 것이다. 그것만으로는 부족하지. 나머지 도구는 지금 보내겠다."

조롱하는 듯한 목소리는 바람 속으로 스윽 사라졌다.

"괴, 괴한!"

비로소 제정신으로 돌아와 네 명의 닌자가 그 목소리가 나는 쪽으로 달려가려고 했을 때, 정원 맞은편에서 다급하게 달려온 자가 있었다.

"아뢰옵니다."

뒷문을 지키는 네다섯 명의 파수꾼이었다.

"지금 노토의 도모에라고 하는 자가, 서둘러 헌상하고 싶은 것이 있다며 커다란 짐수레에 궤를 싣고 뒷문에 와 있사온데."

"뭐라, 노토의 도모에?"

그것은 요네자와에 있어야 할 노토구미의 여자였다. 심지어 에도에 있는 노토구미의 사람들도 결코 여자라고 얕잡아 보지는 않는 닌자 중 한 명이다.

그 도모에도 포함하여 그들이 생각하는 몇몇 여자 닌자들에게, 그들은 얼마 전부터 어떤 중대한 의혹을 품고 있었다. 그러나 그것이 너무나도 상상 밖의 일이라 (같은 노토구미가 영주님의 계획을 방해한다— —그런 바보 같은 일이 있을까) 하고 그들은 자신의 의심을 의심해 왔던 것이다.

"노토구미의 도모에가, 에도에 와 있다고?"

쓰나노리의 가슴에 네 사람과 같은 의혹이 얼마나 싹텄는지는 알 수 없었지만, 지금 파수꾼이 아뢴 말은 분명히 그의 호기심을 흔든 것 같았다.

"좋다, 들여보내라."

하고 그는 고개를 끄덕였다.

끼익덜컹……끼익덜컹…… 하고, 곧 어둠 속에서 수레가 삐걱거리는 소리가 다가왔다. 방금 달려간 문지기들이 궤를 실은 커다란 짐수레를 끌고 오는 모습이 불빛 그림자에 떠올랐다.

"영주님. ……아름다운 존안을 뵈니, 이 도모에는 기쁩니다……."

그 짐수레 옆을 따라 걸어온, 눈만 내놓은 두건을 쓴 여자가 무릎을 꿇었다. 쓰나노리는 조급하게 말했다.

"도모에. 인사는 나중에 해도 좋다. 내게 헌상할 것이란 무엇이냐."

"오이시가 에도에 들어오는 것을 막을 인간 방패입니다."

"뭐라, 인간 방패?"

"고기 방패라고 하는 것이 좋을지도 모르겠습니다."

그녀의 박력을 띤 갸름하고 아름다운 눈은, 거기에 조용히 서 있는 네 명의 닌자를 무시하고 도롱이벌레처럼 땅에 구르고 있는 모리 고헤이타를 내려다보았다.

"과연, 그분은 이 궤를 이곳에 싣고 들어왔을 때 이 남자를 준비해 두겠다고 하시더니, 그 약속에는 틀림이 없었군요."

하고 중얼거리더니 눈으로 웃었다.

"이것은 너에게 수라의 수레다."

"수라의…… 수레?"

도모에의 손이 궤에 닿았다. 그러자 그 가냘픈 손에 궤가 덜컹 하고 기울고, 뚜껑이 열리고, 안에서 우르르 넘쳐 나온 것이 있었다. 그것은 손도 발로 서로 얽혀 순간적으로 정확한 인원수도 알 수 없었지만, 대여섯 명의 알몸의 여자들이었다. 불빛 그림자에 옅은 복 삿빛의 그 살덩어리를 보고, 누구보다도 모리 고헤이타의 목구멍 속에 경악의 신음이 스쳤다.

고헤이타 함락

1

뒷마루에서 시동이 내밀고 있는 단경의 불빛을 받으며 정원에 서
로 얽혀 있던 살덩어리는 뿔뿔이 풀려 다섯 명의 여자가 되었다.

"앗, 이것은 호리 덴노조의 부인!"

가장 오른쪽의 서른 남짓 된 여자였다. 아코에서는 고아카마쓰
초소에 근무하며 금 10냥 2석 3인 부지를 받고 있던 호리 덴노조의
아내다. 그 무렵부터 박봉인 호리에게는 아까운 미인이라고 평판이
자자했던 부인이었는데, 지금 나긋나긋하게 웅크리며 양손으로 누
른 얼굴의 이마에는 분명히 기분 나쁜 붉은 고리가 있었다.

"그것은 유곽의 라쇼몬가시(羅生門河岸)에서 주워 온 여자."

하고 도모에가 말했다. 라쇼몬가시란 요시와라의 오하구로도부
주1)에 면해 있는 최하급 매춘부 거리다.

"아아, 그대는 다케우치 사스케의 누이!"

다음으로 시선을 옮기며 모리 고헤이타는 외쳤다. 금 10냥 5인 부
지의 곳간지기 다케우치 사스케의 누이는 알몸인 채로 멍하니 서
있다. 부르는 소리에 쳐다보았다가 거기에서 자신이 알고 있는 고
헤이타를 보자 입술을 떨었으나, 그 입술 끝에서 침이 흘러 떨어졌
다.

"그것은 야나기와라 제방에서 주워 온 쏙독새."

주1) お歯黒どぶ(오하구로도부), 유녀가 도망치는 것을 막기 위해 요시와라 유곽 주위에 둘러 두었던
해자.

도모에가 말했다. 쏙독새란 돗자리 한 장을 들고 다니며 다리 기
슭이나 버드나무 아래, 목재 창고, 석재 두는 곳 등에서 무사의 하
인, 주겐 등에게 몸을 파는 여자다.

"하네다 긴다유의 아내가 아닌가."

고헤이타는 한가운데의 여자를 응시하고, 숨을 죽이며 말했다.
그것이 7냥 3인 부지, 곳간지기 하네다 긴다유의 아내라는 것은 금
방 알 수 없었다. 몸은 알몸이지만 검은 비단으로 된 비구니 두건을
쓰고, 얼굴은 벽처럼 하얀 분으로 칠해져 있었다. 단순한 비구니가
아니라 보시를 청한다는 명목으로 거리를 돌아다니면서 남자에게
몸을 맡기고 염불을 노래로 부르며 다니는 우타비구니[주2]가 틀림없
었다. 그녀는 하얀 분 속에서 얼음 같은 가느다란 눈으로 고헤이타
를 보고 있었다.

고헤이타의 커진 눈은 네 번째 여자에게 옮겨 갔다.

"히토미 반자에몬의 따님——."

이 또한 새빨간 연지를 바른 처녀는 고헤이타를 보고 깔, 깔, 깔,
웃었다. 15석 4인 부지의 기록 담당관, 히토미 반자에몬의 집에서
정숙한 그 모습을 본 기억이 있는 고헤이타의 등에 오한이 스쳤다.

"방금은 오치요 배[주3]의 후나만주(船饅頭)."

도모에가 엷게 웃으며 말한다. 후나만주란 뱃사공들을 상대로 하
는 매춘부의 별명이다.

주2) 우타는 일본어로 '노래'라는 뜻.

주3) 阿千代舟(오치요 배), 에도 시대에 스미다가와(墨田川)강에서 매춘을 했던 작은 배. 오치요라는 여자
가 유명했기 때문에 이런 이름이 붙었다고 한다.

"분명, 가스야 도키 옹의——."

5냥 3인 부지의 공사 감독 담당 가스야 도키 노인의 손녀, 라는 것을 떠올리기도 전에 창백한 얼굴을 한 그 처녀는 고개를 다른 데로 돌리며 코웃음을 쳤다.

"나는 아사쿠사 해자의 게코로야."

게코로란 발로 차서 넘어뜨린다는 뜻으로, 200문(文) 정도만 주면 몸을 내주는 하급 작부였다.

정체를 알 수 없는 하얀 실에 도롱이벌레처럼 묶여 땅을 뒹굴며, 모리 고헤이타의 눈이 사나워졌다.

"이, 이 무슨 부끄러움도 모르는, 생계를 꾸리기 위해서라 해도 정도가 있다. 그대들의 남편, 오라비, 아비가 한때 무사였던 것을 생각하지 않는 건가."

"이 여자들을 매춘부로 만든 것은 그 남편, 오라비, 아비다."

하고 도모에는 말했다.

"뭐, 뭐라?"

"호리 덴노조, 다케우치 사스케, 하네다 긴다유, 히토미 반자에 몬, 가스야 도키, 모두 그대들의 맹약에 이름을 올린 자들이 아니었나? 그러나 그들은 오이시만큼의 녹봉을 받고 있지는 않았지. 영주를 모시고 있을 때조차 일가의 입에 풀칠을 하는 것이 고작인 자들이었다. 그런데 녹봉을 잃고 게다가 병이 들어 어찌할 수 없게 되니, 아내나 누이나 딸을 판 것이다——."

고헤이타는 도모에를 노려보고, 여자들을 바라보고 나서 이윽고 신음했다.

"어쩔 수 없다. 충의를 위해서야."

"그래, 그들은 충의를 위해 살고 싶었지. 그래서 자신의 목숨을 잇기 위해 아내를 팔고, 누이를 팔고, 딸을 팔았다. 하지만 그들은 모두 죽었어."

그들이 모두 병으로 죽고, 본의 아니게 연판장에서 이름이 지워진 것은 고헤이타도 알고 있었다. 그런 예가 있는 만큼, 그는 초조해져 구라노스케의 느긋함에 화를 냈던 것이다. 그러나 그는 말했다.

"운이 나빴던 것이다. ……하지만 나는…… 만일 고즈케노스케 님의 목을 받으러 갈 때는, 그들의 솔도파(率都婆)를 짊어지고 갈 생각이었어."

"이 여자들을 짊어지고 갈 생각은 하지 않았나?"

"뭐라."

"이 여자들도 처음에는 남편의, 오라비의, 아비의 충의를 위해 기꺼이 몸을 팔았다. 하지만 그들은 죽었어. 무엇을 위해 몸을 팔았는지 알 수 없게 되었다. 게다가 더러워진 몸은 원래대로 돌아오지 않는다. 또한 이 여자들이 떨어진 지옥은 쉽게 기어올라올 수 있는 곳이 아니야. 슬퍼하고, 몸부림치고, 희망을 잃고, 그 전락한 모습은 이렇게 보는 대로다. 어떤 이는 매독에 걸리고, 얼간이가 되고, 마음은 차가워지고, 비뚤어지고, 반쯤 미친 여자도 있지. 그런 슬픔과 아픔이 있는 것을——이런 여자들이 있었던 것을, 너는 한 번도 생각한 적이 없겠지."

고헤이타는 몸을 버둥거리며 무언가 외치려고 했지만 다섯 여자의 눈에——멍한 다케우치 사스케의 누이나, 차가운 하네다 긴다유의 아내, 미친 히토미 반자에몬의 딸의 눈에까지 눈물이 고여 뺨으로 스윽 흘러 떨어진 것을 보니, 입이 부들부들 떨릴 뿐 말이 나오지 않았다.

"따지고 보면 가난 때문이다. 그런데 두목인 오이시는 그동안 무엇을 하고 있었지? 아사노가가 단절되었을 때, 성에 남은 금 일만 육천사백 냥 중 보리사(菩提寺), 미망인, 번의 무사들에게 나누어준 것은 겨우 육천사백 냥, 나머지 일만 냥은 주군 가문의 재흥 비용이니, 적을 칠 준비니 하며 모조리 손에 틀어쥐고, 밤낮으로 기온 시마바라에서 물처럼 썼다——."

"아니다! 아니야! 그건 다유 본인의 돈이다."

"좋아, 그걸 오이시 본인의 돈이라고 치지. 하지만 설령 그렇다 해도 한쪽에서 아내나 딸을 팔며 빈궁 속에서 행려병사하는 동지도 있는데, 거기에는 한 푼의 도움도 주지 않고 자기 자신의 즐거움을 위해 주색에 모조리 써 버리다니, 그것이 동지인가. 그것이 두목인가."

무서운 말이었다. 두 팔만 자유로워진다면 고헤이타는 귀를 막고 싶었다. 그것은 이전부터 그 자신도 몇 번이나 구라노스케에게 품었던 불만과 분노였던 만큼, 도모에의 말은 폐부에 파고들었다.

"설령 네가 소원을 이루더라도, 이 여자들의 저주는 영원히 따라다닐 것이다. ——아니, 이 여자들의 저주를 산 채로 받아라."

도모에는 턱짓을 했다. 그러자 여자들은 그때까지 무언가 들은 말이 있었는지, 아니면 눈에 보이지 않는 공포의 채찍에 명령을 받은 것인지, 다시 커다란 짐수레로 기어올라 줄줄이 궤 안으로 들어가는 것이었다.

도모에는 고헤이타를 한 손으로 매달아 들었다. 나긋나긋한 팔인데 무시무시한 괴력이었다.

"너를 묶고 있는 것은 침의 실패, 여자의 침으로 적셔 주면 녹아떨어질 것이다. 그때까지 함께 이 수레를 타고 도카이도를 따라 올라가거라. 구라노스케는 이미 하코네를 넘어 내려오고 있을 터, 만나면 네 생각대로 말해라. 생각대로 행동해."

그녀는 고헤이타를 궤에 던져 넣고 뚜껑을 덮었다. 그리고 쓰나노리에게 인사를 했다.

"이 수레를 끌고, 뒤를 밀 주겐들을 두세 명 빌려주셨으면 합니다."

"도모에, 그것으로 구라노스케가 에도에 오는 것을 막을 수 있느냐."

"막을 수 있습니다."

"어떻게?"

"이 남자는 구라노스케를 죽일 것입니다."

쓰나노리는 다섯 명의 알몸의 여자와 한 명의 남자가 던져 넣어진 궤를 바라보며 마른침을 삼켰다. 궤는 눈앞에 있지만, 내부의 상황은 상상할 수가 없다. 도모에는 떠나려고 했다.

"잠깐."

하고 노토 닌자 중 한 명이 불렀다. 닌자라고는 생각되지 않는 미소년이다. 이것이 예전에 오유미가 신도 겐시로에게 '얼굴의 오른쪽 절반에 커다란 붉은 멍이 있고, 왼쪽 귀가 없고, 장대처럼 홀쭉하게 야위었고, 아주 기분 나쁘고 추한 사내'라고 입에서 나오는 대로 용모를 가르쳐주었던 구와가타 한노조 본인이었다.

"도모에, 만일 구라노스케를 저지하지 못한다면 어찌할 텐가."

도모에는 돌아보고 태연하게 말했다.

"할복하겠습니다."

한노조는 씩 웃었다. 메노사카 한나이가 나섰다.

"또 하나, 묻고 싶은 것이 있다. 우리가 근래에 이야기를 나누었지만 도저히 알 수 없는 일이 있어. 우리쓰라 효자부로, 가라스야 쇼베에, 아나메 센주로, 시라이토 조칸, 요로즈 군키, 나미우치 조노신 등을 죽인 것은 너희들이 아니냐?"

도모에는 입을 다물었으나 꿰뚫을 듯한 메노사카 한나이의 눈에 곧 태연하게 말했다.

"아는 자도 있고, 모르는 자도 있어요——."

"아니, 아사노 낭인은 물론이고 너희들이 죽일 수 있는 자들이 아니다. 아까 저 나무 위에 숨어 저기 있는 낭인을 붙잡은 녀석, 그자는 누구냐."

"…………."

"무엇 때문에 같은 편의 닌자를 죽였지?"

"…………."

"말하지 않아도 알고 있다. 지사카 효부 님의 명령이겠지."

"효부 그놈은 무슨 생각을 하고 있는 게냐."

하고 우에스기 쓰나노리는 이마에 짜증 어린 주름을 지으며 신음했다.

"그놈, 곧 에도로 올 거라고 하던데 반드시 그 속내를 물어, 경우에 따라서는 구니가로라 해도 그냥 두지 않겠다. 우에스기의 가로의 몸으로, 우에스기 비장의 닌자들을 죽이다니——."

"효부 님이 에도에 오신다고요——."

도모에는 고개를 갸웃거리며 쓰나노리를 올려다보고 있었으나, 곧 두건 사이의 눈에 생긋 웃음을 띠며,

"저희가 그런 행동을 한 연유는 효부 님께 들으시지요."

그렇게 말하더니 바람처럼 걷기 시작했다. 주겐이 끄는 짐수레는 끼익덜컹…… 끼익덜컹…… 하고 소리를 내면서 뒷문 쪽으로 멀어져 갔다.

2
———

끼익덜컹…… 끼익덜컹…… 하고 삐걱거리며 초겨울의 희미한 해가 비치는 도카이도를 올라가는 짐수레, 그 위의 궤 속에서 무슨

일이 벌어지고 있을까. 수레를 끌고 뒤를 미는 주겐들은 그 안에 한 남자와 다섯 명의 여자가 들어 있는 것을 알고 있었지만, 이상하게도 결코 음란한 공상을 뇌리에 떠올리지는 않았다.

바닥에 누우면 두 명밖에 누울 수 없을 것이다. 앉아서 몸을 구부린다고 해도 거의 빼곡하게 살이 가득 차고 말 것이다. 묶인 한 남자를 둘러싼 다섯 명의 여자는 게코로, 후나만주, 우타비구니, 쏙독새, 라쇼몬가시의 백 문짜리 창부. 그것은 음란하기는커녕 상상하기에도 처참한 광경이었다.

소토사쿠라다에서 시나가와로, 시나가와에서 가와사키로——가와사키에서 가나가와로——가나가와의 역참에 짐수레가 도착한 것은 이튿날 오전이었다. 밤을 새워 운반한 것이다. 수레 옆에는 눈만 내놓은 두건을 쓴 도모에가 붙어 걷고 있었다. 물론 그사이에 지치면 수레를 쉬게 해 준다. 아침이 되면 찻집에서 밥도 먹여 준다. 그러나 그녀는 궤 안에는 한 그릇의 밥도 물도 넣어 주지 않았다. 그것보다도 안의 남자와 여자들은 배설물도 있을 텐데, 대체 어쩌고 있는 것일까.

궤 안은 마치 살아 있는 사람이 들어 있지 않은 것처럼 조용했다.

도모에는 여전히 차가운 표정으로 걷고 있다.

가끔 뒤를 돌아보았다. 주겐들은 멀리 뒤에서 삿갓을 깊이 눌러 쓴 네 명의 무사가 조용히 걸어오는 것을 보았다.

"열어 다오."

궤 안에서 가느다란, 그러나 분명한 남자의 목소리가 들린 것은 가나가와 역참을 떠났을 때였다. 목소리는 흐느껴 울듯이 말했다.

"우리는 죄를 저질렀다."

도모에는 곧 앞뒤에 사람이 없는 것을 보고는 궤의 뚜껑을 열었다. 안에서 머리카락은 흐트러지고, 얼굴은 창백해진 고헤이타가 비틀비틀 일어섰다. 하얀 실은 몸 여기저기에 아직 남아 있었지만 '거미의 실패'는 녹아 있었다. 몸에서는 이상한 냄새를 풍겼다.

"어떻게 알았지?"

"우리가 아무리 무사의 길을 세운다 해도, 이 여자들에게 속죄할 수 없는 죄를 저지른 것을 알았다."

"우리라니?"

"마흔여덟 명."

"마흔여덟 명이냐――."

도모에는 고개를 끄덕였다. 그녀는 맹약에 아직 매달리고 있는 정확한 인원수를 처음으로 안 것이다. 고헤이타는 떨면서 말했다.

"그중에서도 죄가 깊은 것은 두목, 오이시 구라노스케."

"어찌할 것이냐."

"죽이고, 나도 죽겠다."

고헤이타는 핏발이 선 눈으로 가도 앞쪽을 보았다.

"두목은 아직 오지 않았나."

"글쎄. 교토를 떠난 날짜로 생각해 볼 때, 이제 그럭저럭 이 부근을 지나갈 것 같은데."

"가자. ……내가 수레를 끌겠다."

"네가, 수레를."

고헤이타는 짐수레에서 비틀거리며 내려와 수레채를 잡았다. 마치 무언가에 씐 듯한 그 모습에 주겐들은 손을 떼고 옆으로 비켰다. 모리 고헤이타는 어깨를 들썩이며 착 가라앉은 눈으로 말했다.

"우리의 무사도를 위해 희생한 이 여자들의 무참한 모습을, 꼭 다유에게 보여 주겠다. 그리고 그 원흉이 죽는 모습을 이 여자들에게 보여 줄 것이야. 그 장소까지, 내가 이 수레를 끌고 가게 해 다오. ……그것이, 이 사람들에 대한 나의 최소한의 사과의 마음이다."

고헤이타의 혼이 변질된 것을 그 형상으로 알아보고, 두건 속의 눈이 웃으며 얼핏 움직여 이상한 빛을 내뿜었다.

"왔다."

가도 서쪽에서 두 개의 궤를 인부에게 들리고 여섯 대의 가마를 거느린, 신분이 높아 보이는 일행이 나타났다.

궤에 요란하게, 히노가 요닌 가키미 고로베에라고 크게 적은 꼬리표의 글씨가 보였다.

3

에도로——에도로—— 가는 듯한 일행 앞에 기묘한 짐수레가 나타나 비키지도 않고 다가오자 선두의 가마에서 발을 들고 내다본

얼굴이,

"아니! 모리가 아닌가."

하며 눈을 휘둥그렇게 떴다.

그 목소리를 듣고 가마에서 차례차례 내려온 것은 지카마쓰 간로쿠, 스가야 한노조, 미노무라 지로자에몬, 그리고 에도에서 마중하러 간 우시오다 마타노조, 하야미 도자에몬이었다.

고헤이타는 산발을 한 채 턱을 내밀고 비지땀을 뚝뚝 흘리며, 짐수레를 끌고 다가간다. ——그들은 달려나와 그 수레채를 붙잡았다.

"고헤이타, 어찌 된 것인가?"

"무엇을 끌고, 어디로 가는 겐가."

고헤이타는 그제야 쉰 목소리로 말했다.

"다유는 오셨는가. ……여쭤보고 싶은 것이 있네."

한가운데의 가마에서 오이시 구라노스케가 나타났다. 갈색의 오글오글한 비단으로 된 마루즈킨주4)을 쓰고 유복한 부자 같은 웃는 얼굴로 느릿느릿 다가와,

"도저히 못 기다리겠던가, 고헤이타."

하며 앞뒤를 둘러보았으나, 멀리 여자 한 명과 주겐인 듯한 남자 두세 명이 길가에 무릎을 꿇고 있을 뿐인 것을 보고는 말했다.

"이 구라노스케, 약속대로 결국 왔네. 이제 화를 낼 일은 없겠지."

주4) 丸頭巾(마루즈킨), 승려 등이 사용하는 두건. 투구의 목가리개가 붙어 있는 것, 안을 붉은색으로 만든 것, 보랏빛으로 물들인 것 등이 있음.

"다유, 저는 맹약을 깨기 위해 이곳에 왔습니다."

"무슨 소린가."

"제가 맹약에서 빠지겠다는 것입니다. 적을 친다는 맹약 자체를 전부 쳐부수기 위해."

구라노스케는 깜짝 놀라 웅성거리는 동지들을 눈으로 제지하며 조용히 말했다.

"왜지?"

"모두 들으시오. 우리가 은퇴한 고케의 목을 친다. 우리는 아마 잘되면 할복, 잘못되면 책형에 처해지겠지요. 그것은 물론 각오한 일입니다. 허나 뒤에 남을 아내와 자식은 어찌 될지, 그것을 생각한 적이 있으십니까. 이 또한 잘되면 유배, 잘못되면 책형——동지는 겨우 사십여 명이라고 하지만, 그와 이어져 있는 백수십 명의 일생을 장사 지내게 되는 것입니다."

"고헤이타, 무슨 말인가. 그런 것은 모두 분명하게 알고 있지 않았나."

하고 우시오다 마타노조는 소리쳤다.

"게다가 자네는 아내도 자식도 없지 않은가. 쓸데없는 걱정은 하지 말게."

"고헤이타, 그것이 마음에 걸려 적을 치는 일을 그만두겠다는 것인가."

하고 구라노스케는 의아하다는 듯이 말했다. 물론 지금까지 처자식에 대한 사랑 때문에 탈맹한 사람은 많이 있다. 그것을 이제 와서,

그것도 이 모리 고헤이타가 입에 담는 것은, 그 말의 시비보다도 기괴하기 짝이 없게 여겨졌던 것이다.

"아니, 이제 와서 적을 치는 일을 그만둔다 해도 이미 늦었습니다."

"자네가 하는 말을 잘 모르겠군."

"다유——다유가 지난 2년 가까이 후시미나 기온에서 온갖 향락을 즐기고 계시는 동안에, 이미 적지 않은 희생자가 나오고 말았다는 것입니다."

"……알고 있네."

"우리는 돌이킬 수 없는 죄를 저지르고 말았습니다. 그 죄의 깊이는 설령 우리가 무사의 길을 관철한다 해도, 그 명예를 저울에 올려놓았을 때 여전히 죄 쪽으로 기울 정도로 깊습니다."

"……알고 있네."

"다유는 모르십니다! 우리가 최소한의 속죄를 하는 길은 적을 치는 일을 그만두고, 불의사(不義士)가 되고 세상의 웃음거리가 되어 영원히 지옥에 떨어지는 것입니다!"

고헤이타는 절규했다. 그리고 수레로 달려가 궤의 뚜껑을 열었다.

"다유가 유곽에서 흥청망청 놀고 계시는 동안에, 호리 덴노조는 죽었습니다. 다케우치 사스케도 죽었습니다. 하네다 긴다유도 죽었습니다. 히토미 반자에몬도 죽었습니다. 가스야 도키도 죽었습니다. 모두 가난과 병 때문에 쪼들려 죽은 것입니다. ……그리고 그

사람들의 아내, 누이, 딸들이 전락한 모습을, 아시겠습니까, 똑똑히
보십시오."

　궤 안에서 초겨울의 푸른 하늘로, 다섯 명의 여자가 유령처럼 일
어섰다.

구라노스케, 효부 도착

1

그 모습, 그 절규, 미쳤다고밖에 생각할 수 없는 모리 고헤이타를 아연하게 바라보고, 다음으로 그 손을 잡고 입을 막기 위해 달려가려던 지카마쓰, 스가야, 미노무라, 우시오다, 하야미 등의 낭인은 이 순간, 발이 그대로 못 박혀 형용하기 어려운 신음을 흘렸다.

"아아, 그대들은!"

어젯밤, 고헤이타가 우에스기 저택에서 지른 것과 같은 공포의 비명이다.

"보시다시피, 지금은 라쇼몬기시의 백 문짜리 창부, 쏙독새, 우타비구니, 후나만주, 게코로──몸뿐만 아니라 영혼까지도 병들고, 죽고, 썩은 여자들."

하고 고헤이타는 쉰 목소리로 말하며 부드럽게 손을 내밀었다.

"나오시오."

여자들은 한 사람 한 사람, 고헤이타의 손을 빌려 짐수레 위의 궤에서 땅 위로 내려왔다.

"따지고 보면 모두 남편, 오라비, 아비의 충절을 위해 몸을 판 여자들의 말로가 이렇소."

다섯 명의 여자들은 푸른 하늘 아래에서 실오라기 하나 걸치지 않은 나체였다. 아니, 걸칠 것이라면 흐트러져 내려온 검은 머리카락뿐이다. 그러나 그것은 농염하다기보다 무서운 광경이었다. 이마에 붉은 고리를 번쩍번쩍 빛내는 여자, 전신에 부스럼의 반점이 흩어

292

져 있는 여자, 수치라는 것을 잊은 듯 우뚝 서서 남자들을 멍하니 바라보는 여자. ──다섯 명의 의사(義士)들은 저도 모르게 뒷걸음질을 쳤다.

지카마쓰 간로쿠가 얼굴을 덮으며 소리쳤다.

"이제 와서 이런 것을 보여 주다니, 고헤이타, 무슨 속셈인가."

"이런 것? 옛 동지의 아내, 누이, 딸일세."

"알고 있네. 허나 이미 우리는 어떻게 하기도 힘든 일이 아닌가!"

"아니, 우리가 할 수 있는 일은 있네."

"어찌하는 것 말인가."

"즉, 지금 말씀드린 대로 복수를 버리는 것일세. 의사니 충신이니 하며 세상 사람들에게 칭찬을 들을 자격은 우리에게 없다는 걸세. 우리는 모두 허무하게 죽은 동지, 그리고 이 추한 몸이 된 그들의 딸, 누이, 아내를 따라 죽어, 진흙 속에 이름도 목숨도 가라앉혀야 하네. ──그것이야말로 인간으로서 제대로 된 길이 아니겠나?"

이 기괴한 논리가 정상으로 들린 것이야말로 기괴했다. 그것은 의사로서의 철석같은 의지도 도덕도 산산조각으로 만들기에 충분한 여자들의 처참한 모습 때문이었다. 그리고 미친 것은 고헤이타가 아니라 자신들이 아닐까, 하고 다섯 명의 낭인들을 저도 모르게 동요하게 하는 것이다. ──고헤이타는 말했다.

"적어도 자네들은 이 여자들을 목숨이 닿는 한 껴안아 주고 가시기 바라네. 그것이 나의 이번 생의 바람일세."

"이번 생의 바람? 자네는 무엇을 하려는 건가."

"올해 여름에 본 기온 시마바라의 태평스럽게 노닥거리던 난행(亂行)을 생각하면, 나는 아무래도 다유에게만은 원망의 말을 할 수밖에 없네. 이 여자들을 대신해서. 그 후에, 나는 할복하겠네."

고헤이타는 허리에 찬 칼에 손을 댔다.

"방해하지 말게, 방해한다면 옛 동지라 해도 모두 베겠네."

그 눈에 역시 광기라고밖에 말할 수 없는 빛이 타오른 것을 보고, 다섯 명의 낭인은 퍼뜩 제정신으로 돌아와 일제히 마찬가지로 칼에 손을 댔다. 그때,

"고헤이타."

하고 구라노스케가 입을 열었다.

"자네의 말은 하나같이 다 지당하네."

고헤이타의 얼굴은 구라노스케의 서글픈 웃는 얼굴에 오히려 일그러졌다. 그러나 구라노스케는 고헤이타보다도 다섯 명의 여자들을 물끄러미 바라보고 있었다.

"내게는 한 마디 변명할 말도 없네. 폐부에 못이 박히는 기분이야. 나를 죽여 마음이 풀린다면, 나는 여기에서 죽도록 하겠네."

구라노스케는 허리에 찬 두 자루의 칼을 검집째 빼면서, 그곳의 흙 위에 털썩 앉아 버렸다. 낭인들은 당황했다.

"다유!"

"말리지 말게."

하고 구라노스케는 엄한 목소리로 말했다.

"말리기는커녕, 만일 지금 고헤이타가 한 말이 지당하다고 생각

하고 이 여인들에게 미안한 짓을 했다고 생각하는 자가 있다면 한 명이든 두 명이든, 아니, 전부 여기에 목을 나란히 하고 이 여자들의 벌을 받도록 하게. ——진실로 그 편이, 적을 치는 것보다 더 인간의 길에 합당한 것이 아닌가?"

구라노스케는 눈물이 고인 부드러운 눈으로 여자들을 보았다. 다섯 명의 낭인이 숨을 삼키며 움츠러든 것은 이를 드러내며 눈앞을 막아선 모리 고헤이타에게 저지당했기 때문이 아니라, 이 구라노스케의 생각지 못한 태도와 저항하지 않는 기백에 일순 사고가 정지해 버렸기 때문이었다.

지금은 야나기바라 제방의 쏙독새가 된 다케우치 사스케의 누이가 침을 뚝뚝 흘리며 구라노스케가 던진 큰 칼을 주웠다. 다음으로 오치요 배의 후나만주가 된 히토미 반자에몬의 딸이 작은 칼을 주웠다.

두 사람은 느릿느릿 그것을 뽑았다.

그것을 얼핏 등 뒤로 보고 그녀들이 천천히 걷기 시작하는 것을 느끼면서, 고헤이타는 고함쳤다.

"말리지 말게!"

그 등에 두 줄기의 하얀 칼날이 번득였다. 한 자루는 그의 오른쪽 어깨에서, 한 자루는 그의 왼쪽 어깨에서——짐승 같은 경악의 고함을 지르며 돌아보려고 하는 고헤이타의 다리에, 나머지 세 명의 여자가 달려들었다.

어지간한 구라노스케도 온몸을 판자처럼 경직시키고 있는데, 그 눈앞에서 뒹군 고헤이타의 등을 마구 난도질하며, 하얀 칼날은 계속해서 휘둘러 내려지는 것이었다. 고헤이타에게 달라붙은 여자들도, 그의 피를 뒤집어쓴 것만이 아니라 분명히 어딘가 베인 것으로 보이는 피로 물들었다.

고헤이타가 움직이지 않게 되자 두 명의 여자는 공허한 눈으로 칼을 버렸다. 세 명의 여자도 비틀비틀 몽유병자처럼 걷기 시작했다. 그리고 그녀들 다섯 명은 길가에 앉아 바짝 엎드려 절을 했다. 어느 여자의 입에서 새어 나온 것인지, 한숨 같은 목소리가 들렸다.

"……부디 소원을 이루시기를…… 뒤에서 기도하겠습니다……."

길 위에 쓰러진 피투성이의 시체는 물론이고, 여자들도 구라노스케도 그 뒤에 우두커니 서 있는 십여 명의 종자들도, 투명한 대기에 상감된 듯 움직이지 않는다. ……언제 끝날지도 알 수 없는 이 침묵과 정지의 그림 한쪽 구석에, 잠시 후 뭉게뭉게 그림자 없는 요운(妖雲)이 흘러나오려 했다. 몸과 마음이 온통 짓이겨지는 듯한 귀기와 감동을 여자들에게 느끼고 다리가 풀린 듯 앉아 있던 구라노스케는 알아채지 못했지만, 그것은 일종의 흉흉한 살기였다.

그 살기는 멀리 떨어진 길가에 두세 명의 주겐과 함께 무릎을 꿇고 있는, 눈만 내놓은 두건을 쓴 여자의 몸에서 풍겨 나왔다. ――그러나 그녀 또한 방금 전의 생각지 못한 참극에 마음을 빼앗겨, 더욱 떨어진 소나무 가로수 그늘에 꼼짝 않고 서 있는 네 명의 무사가 서로 고개를 끄덕이는 가운데, 깊이 눌러쓴 삿갓 아래에서 똑같은 살기가 흘러나온 것을 알아채지 못했다.

움직이기 시작하려다가, 한 사람이 혀를 찼다.

"안 되겠네."

그가 가도 동쪽을 돌아보았다.

"이 계절에 영주 행렬이라니. ……어디의 영주인가."

어느 모로 보나 가와사키 쪽에서 오고 있는, 새의 깃털로 장식한 창을 선두로 금칠을 한 가문(家紋)을 새긴 상자와 그 뒤에 피어오르는 하얀 모래 먼지가 보이기 시작했다. 참근교대^{주5)}는 봄부터 초여름에 걸쳐 있는 가도의 화려한 구경거리이고, 10월 말에 이런 행렬을 보는 것은 분명히 드문 일이다.

모래 먼지를 꿰뚫어 보며 한 사람이 중얼거린다.

"가문(家紋)은 고리가 교차되어 있는 문장."

"그렇다면 반슈 다쓰노^{주6)} 5만 석 와키자카로군."

"으음, 이거 재미있군."

"무엇이?"

"아와지^{주7)} 태수 와키자카라면 작년 3월, 아코성이 넘어갈 때 쇼군의 사자(使者)로서 구라노스케와 다투었던 분일세. 그 구라노스케가 히노가 요닌 가키미 아무개로 이름을 바꾸고 어슬렁거리고 있는 것을 보면 아와지 태수가 어떤 얼굴을 할지, 아니, 구라노스케가 얼마나 당황할지. 이것은 한번 볼만하겠어."

주5) 참근교대(參勤交代), 에도 막부가 영주들에게 부과한 의무 중 하나. 영주가 격년 교대로 에도에 나와 막부에서 근무하며 쇼군의 통수 하에 들어가는 제도.

주6) 龍野(다쓰노), 현재의 효고현 남서부 이보가와(揖保川)강 하류 지역에 위치한 지명. 와키자카(脇坂)씨 5만 석의 성하마을이었던 다쓰노(龍野)가 그 중심이다.

주7) 淡路(아와지), 일본의 옛 영지 이름. 현재의 효고현 아와지시마(淡路島).

2

과연 아사노 낭인들은 허둥지둥 고헤이타의 시체를 길가로 끌어내고, 또한 바삐 움직여 고헤이타가 끌고 온 수레, 그리고 그들 자신의 가마와 궤를 길가로 치우고 그 앞에 무릎을 꿇었다.

구라노스케는 어딘가로 몸을 숨기기라도 하려나 싶어 보고 있자니 '히노가 요닌 가키미 고로베에'라고 커다란 꼬리표를 단 궤 앞에 얌전히 앉아 있다. 얌전하다기보다 낮등불처럼 흐릿하고, 눈앞을 지나쳐 가는 행렬도 눈에 비치지 않는 듯하다. 그러니, 처음에 길 위에서 엄청난 혈흔을 발견한 수행 무사 중 한 명이 행렬을 거꾸로 거슬러 달려 돌아간 것도 보고 있었는지 어떤지 알 수 없다.

행렬은 갑자기 딱 멈추었다. 한가운데의 가마가 마침 구라노스케 앞에 접어들었을 때였다. 가마의 문이 시동의 손에 열렸다.

"이거, 인사를 해 주시니 황송하군."

목소리가 큰 것으로 유명한 아와지 태수 와키자카였다. 올해 4월에 참근교대로 영지에 돌아가야 했지만 병에 걸려 오늘까지 미루고 있다가 이제야 돌아가는 길이다.

"히노가 요닌, 가키미 고로베에 님."

그 목소리는 멀리 있는 네 명의 삿갓을 쓴 무사들에게도 들렸을 정도였다. 게다가 그에 뒤이어 웃음을 머금은 아와지 태수의 커다란 목소리가 흘러왔다.

"듣자 하니 이번에 히노가의 도련님을 위해 모(某) 고케 댁의 따님을 얻으려고 에도에 오셨다던데, 이 혼례가 성사되기를 뒤에서 기원하고 있네. 그건 그렇고 이 신부를 짝사랑하여 보내고 싶어하지 않는 자가 방해를 하려고 도중에서 잠복하고 있다는 이야기도 들었네. 지금 근처에서 요기를 내뿜는 네다섯 마리의 늙은 여우를 보았거든. 조심하시게. ……아니, 어쨌거나 그립군, 고로베에, 얼굴을 보고 싶으니 좀 더 가까이 오게."

구라노스케는 가마 옆으로 다가갔다. 장창을 든 무사들이 주위를 둘러싼다.

거기에서 어떤 이야기가 있었는지, 외부에서는 전혀 알 수 없었다. 다만 잠시 후, 아와지 태수 와키자카의 행렬이 서쪽으로 사라져 간 후, 여섯 대의 가마가 줄지어 있던 히나고 요닌 일행의 가마가 열두 대로 늘고, 게다가 그 주위에 창은 물론이고 총까지 든 와키자카 가(家)의 가신이 이삼십 명이나 호위로 붙어 동쪽으로 나아가기 시작했다.

그 뒤에는 다섯 명의 여자는 물론이고 모리 고헤이타의 시체도 없었다.

인적이 끊긴 길에, 눈만 내놓은 두건을 쓴 여자 하나가 멍하니 앉은 채 움직이지 않았다. 옆에 역시나 어안이 벙벙한 듯이 앉아 있던 주겐들이 악몽에서 깬 것처럼 벌떡 일어나 빈 궤를 실은 짐수레로 다가가다가,

"에도로 돌아갈까요?"

하며 돌아보았지만 그녀는 아직도 움직이지 않았다. 노토의 여자

닌자 도모에다.

　일의 진전은 완전히 예상을 빗나갔다. 이제 하코네를 넘은 구라노스케가 에도로 들어가는 것을 저지하려면, 구라노스케를 죽이는 것 외에는 방법이 없다. 그러나 구라노스케를 암살하는 것은 지사카 효부가 엄하게 금지하고 있다. 이 모순된 두 가지 조건을 훌륭하게 채울 방법은 단 하나――아코 낭인 자체, 그것도 가장 사납고 피가 뜨거운 남자에 의해 구라노스케를 쓰러뜨리게 하는 것이다. 그녀는 이렇게 생각했다.

　수라의 수레에 실려, 모리 고헤이타는 그들의 망집(妄執)――복수가 그려 내는 죄악을 탄식했다. 그 무서움은 그의 마음까지 변질시키고 말았다. 여기까지는 계획한 대로이고, 또한 그 후의 고헤이타의 행동도 예상했던 대로다. 그러나 그 도구로 사용한 다섯 명의 산 제물――저주에 가득 차 썩을 대로 썩은 가엾은 여자들이, 칼을 거꾸로 들어 고헤이타를 죽이고 구라노스케가 에도에 들어갈 수 있도록 길을 크게 열어 주리라고는, 꿈에도 생각하지 않았다!

　문득 그녀 앞에 그늘이 졌다. 도모에는 얼굴을 들었다. 네 명의 삿갓을 쓴 무사가 서 있었다.

　"구라노스케는 에도로 들어갔다."

　하고 녹슨 목소리로 한 사람이 말했다. 노토의 닌자 쓰키노와 모토메의 목소리다.

　"구라노스케를 저지하지 못하면 어떻게 하겠다고, 그대는 말했지?"

차갑게 웃은 목소리는 구와가타 한노조가 틀림없다. ——사실, 네 사람은 방금 아와지 태수 와키자카에게 조롱당해 이를 박박 갈 정도로 분노하고 있었다.

도모에가 매달리는 듯한 눈으로 주위를 둘러본 것은 잠시였다. 그녀는 이때, 분명히 이 네 명의 노토 닌자가 아닌 또 한 명의 인간의 눈이 바로 옆에서 가만히 자신을 바라보고 있는 것을 느끼고 있었다. 그것은 무묘 쓰나타로의 눈이었다. 그러나 주위에 그의 모습은 보이지 않았다. 또한 설령 보였다 해도, 그녀의 입장은 이미 절체절명이었다. 네 명의 노토 닌자의 추궁도 그렇지만, 그녀 자신의 긍지에 걸고도 그렇다.

도모에는 고개를 끄덕였다.

"할복하겠다고 했습니다."

이 짧은 대답을 시작할 때 그녀의 손에 회검(懷劍)이 번쩍이고, 말을 마쳤을 때 그것은 배에 꽂혔다. 띠도 옷도 얇은 종이인 것처럼 무시무시하게 잘 드는 칼로 그대로 배를 후비고, 뽑아 든 회검을 왼쪽 유방 아래에 대고는, 그녀는 앞으로 털썩 엎어졌다. 처절하기 짝이 없는 여자 닌자의 최후였다.

이 신속한 자기 처리에는 어지간한 노토 닌자들도 간담이 서늘해진 모양이다. 기세등등하던 말은 어디로 갔는지 창백해져서 우두커니 서 있었으나 곧 안절부절못하며,

"어쨌든 이 일을 단조 다이히쓰 님께 보고해야 하네."

"주겐! 이자의 시체를 궤에 넣고, 저택으로 수레를 도로 끌고 가

게!"

하고 헐떡이듯이 말하고는 바람처럼 동쪽으로 달려갔다.

더 이상 도망칠 기력도 없어, 천천히 덜덜 떨리는 팔다리를 꼭두 각시 인형처럼 움직여 도모에의 시체를 짊어지고 수레 위의 궤에 넣으려던 주겐들은, 다시 한번 히익 하고 목구멍 안쪽에서 묘한 소리를 질렀다. 텅 빈 줄 알았던 궤의 바닥에, 어느새 한 남자가 하늘을 향해 드러누워 있었던 것이다. ──던져 넣어진다기보다 손에서 놓쳐 자연스럽게 떨어져 내린 두건을 쓴 시체를 양팔로 받으며, 남자는 말했다.

"……지금 구해 주어도, 어차피 너는 죽었겠지. 닌자라면 그래야 한다. ──주겐, 뚜껑을 덮어라. 그리고 지금 명령받은 대로 수레를 끌고 에도로 돌아가라."

3

우에스기가의 구니가로 지사카 효부가 요네자와에서 에도로 온 것은 11월 중순이었다. 그가 에도로 온 목적의 중대성은 에도 저택의 사람들도 대부분 상상할 수 있었다.

말할 것까지도 없이, 요즘 에도 항간에서 모두가 수군대는 아사노 낭인들의 복수가 가깝다는 소문과 관련된 용무가 틀림없다. 이것이 만일 사실이라면, 우에스기가에 길이 남을 수치다. 아마 즉각 고즈케노스케 님을 요네자와로 모시거나, 적어도 이 우에스기번의 저택에 숨겨 드리기 위해서 오시는 것이리라. 말할 것까지도 없이 우에스기가 쪽에서 방관하고 있었던 것이 이상할 정도다, 하며 사람들은 고개를 끄덕이고, 몸집은 작지만 반석과 같은 무게를 가진 구니가로를 올려다보며 모두 찌푸렸던 얼굴을 폈다.

또 하나, 에도 저택의 사람들의 이목을 끈 것이 있었다. 그것은 효부가 딸 오리에를 데리고 온 것이다. ——작년 봄, 이 오리에가 말도 없이 에도 저택에서 요네자와로 도망치고 그 때문에 한바탕 소동이 일어난 것은 아무도 잊지 않았기 때문에, 그녀를 데리고 에도로 나온 지사카 효부의 심중은 아무도 상상할 수 없었다.

——소토사쿠라다에 있는 번저에 들어온 당일 밤의 일이다. 영주 앞에서 물러나온 아버지를, 오리에는 작은 등롱을 들고 복도에서 불안한 듯이 기다리고 있었다.

"아버님, 영주님께서는 기분이…… 괜찮으시던가요?"

효부는 말없이 먼저 방으로 들어갔다. 그 고뇌에 찬 옆얼굴을 보고 오리에는 두 번 물을 용기를 잃었다. 에도에 오는 것을 무엇보다 두려워하는 오리에가 아버지가 명령하는 대로 동행하여 온 것도, 이 아버지의 고뇌의 얼굴에 그것을 거부할 기력을 잃었기 때문이었다.

방에 들어가, 두 사람은 우두커니 섰다. 거기에 한 남자가 엎드려 있었다.

"에도에 오신다고 듣고, 기다리고 있었습니다."

하고 남자는 얼굴을 들며 말했다.

"무묘인가."

하고 효부는 외쳤다. 오리에는 아무 말도 하지 못했다. 실로 그것은 무묘 쓰나타로의 그 차갑고 대담한 얼굴이었다.

"갑작스럽지만 명령하신 일들, 그 후의 진행과 처리에 대해서 보고드립니다."

그는 담담하게 말하기 시작했다.

"첫째, 아사노 낭인들 중 진실로 복수의 의지를 갖고 무리의 진두에 서 있는 자를 찾아내는 것, 둘째, 그들을 에도 저택에서 보내어진 자객으로부터 지켜 주는 것, 셋째, 그 낭인과 여자 닌자들을 맺어 주어 그들을 여자 지옥에 빠뜨리고 복수의 의지를 소멸시키는 것, 넷째로, 만일 그 여자들 중 우에스기가를 배신할 위험이 있는 자가 나온다면, 그 여자를 없애는 것. ……이런 말씀이셨지요. 결론부터 말씀드리면 노토의 여자 닌자들은 피땀을 쏟아 아코 낭인들 중 가장 격렬하게 선두에 서는 몇 명을 골라, 말씀하신 대로 여자 지옥에 빠뜨려 맹약을 배신하게 하였지만, 가엾게도 여섯 명의 여자들은 모두 목숨을 잃었습니다. 에도의 노토 닌자들과 싸워 죽임을 당한 자도 있고…… 가문을 배신할 위험이 생겨 제 손으로 없앤 자도 있습니다."

차가운 물 같은 쓰나타로의 목소리가 겨울 밤공기의 정원을 흐른다. 효부는 그 앞에 앉아 팔짱을 낀 채, 오리에는 작은 등롱 옆에 조용히 한 손을 짚고 쓰나타로의 옆얼굴을 바라보고 있었다.

"여전히 복수의 뜻을 버리지 않고 지금 에도에 모인 아사노 낭인은 마흔일곱 명. ——만일 말씀하신 것처럼 그들을 죽여서는 안 된다면, 마흔일곱 명의 여자 닌자가 더 필요하겠지요."

쓰나타로는 희미하게 비꼬는 웃음을 띠며 남의 일처럼 말했다.

"끝까지 복수의 뜻을 이루지 못하게 하겠다고 생각한다면, 그자들 모두를 없앨 수밖에는 없습니다. 그만큼 끈기가 단단한 마흔일곱 명으로 보입니다."

그러나 효부는 뺨에 손을 댄 채, 쓰나타로의 말을 듣고 있는 것인지 듣고 있지 않은 것인지 알 수 없는 얼굴이었다. 쓰나타로의 눈에 그제야 의아한 빛이 떠올랐다.

효부는 이윽고 조용히 말했다.

"수고를 끼쳤군. 고맙네. 아니, 자네에 대해서는 앞으로 나쁘게 대하지는 않을 게야."

"아니, 명령의 본래의 목적——그자들의 계획을 와해시킨다는 목적은 전혀 이루지 못했습니다. 그런데도 불구하고 제가 이곳에 뻔뻔스럽게 찾아온 것은 지금 말씀드린 대로, 일이 여기에 이르러서는 그 마흔일곱 명을 모두 죽이는 수밖에는 없는데, 그래도 괜찮으시겠느냐는 판단을 여쭈려고 한 것입니다."

왠지 가라앉은 효부의 태도에 오히려 쓰나타로의 온몸에 박력이 넘쳐흘렀다.

"그것만 허락해 주신다면 앞으로 이삼 일 안에라도, 제가 그 마흔일곱 명의 낭인들을 모조리 죽일 수 있습니다만."

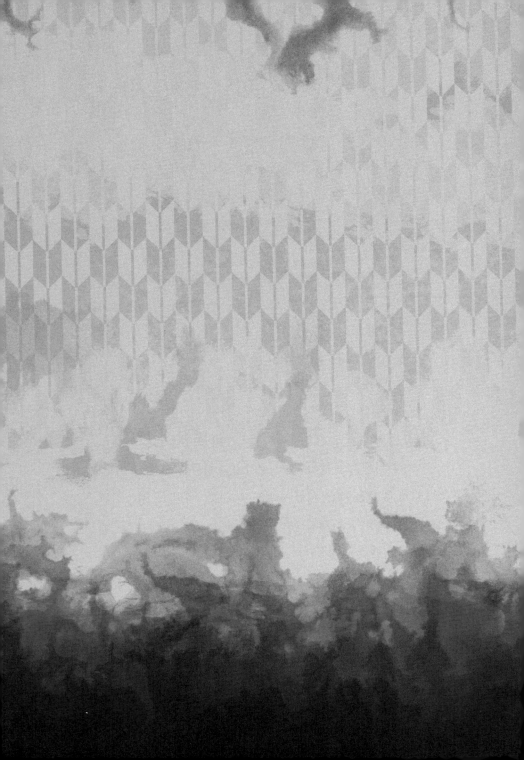

금강망

1

바라신다면 아코 낭인 마흔 일곱 명을 즉시 이 세상에서 없애 보이겠다, 고 태연하게 말하는 무묘 쓰나타로를 바라본 지사카 효부의 눈이 희미하게 동요한 듯했다.

"그들의 동정은 알고 있는가."

하고 말했다.

"모조리."

하고 쓰나타로는 대답하며 손가락을 꼽았다.

"두목 오이시 구라노스케는 외아들 지카라와 함께 니혼바시 고쿠초 3번가의 여관 오야마야에 투숙하고 있습니다. 이를 따르는 자는 오노데라 주나이, 오이시 세자에몬, 스가야 한노조, 우시오다 마타노조, 지카마쓰 간로쿠, 미노무라 지로자에몬으로 합계 여덟 명."

"…………."

"다음으로 신코지마치 6번가에 있는 셋집 기자에몬에는 요시다 주자에몬, 요시다 사와에몬, 하라 소에몬, 후와 가즈에몬, 데라사카 기치에몬 다섯 명이 합숙하고 있습니다……."

"…………."

"그리고 신코지마치 4번가 이즈미야 고로베에 셋집에는 나카무라 간스케, 마세 규다유, 마세 마고쿠로, 오카지마 야소에몬, 오카노 긴에몬, 오노데라 고에몬 여섯 명."

쓰나타로는 계속해서 손가락을 꼽는다.

"같은 신코지마치 4번가의 셋집 시치로에몬에는 센바 사부로베에, 하자마 기베에, 하자마 주지로, 하자마 신로쿠……."

"잠깐."

지사카 효부는 고개를 저으며 납 같은 안색으로 중얼거렸다.

"한 집에 건장한 남자들이 일곱 명, 여덟 명이나 동거하고 있는 것을, 집주인이 신고는 했을 텐데 용케 마치 부교소가[주8] 모르는 척하고 있군. 에도에 있는 낭인에 대해서는 어느 정도 눈을 빛내고 있을 마치 부교소가……."

"그렇다면 그것을 보아서도, 이제 그들은 그리 길게 대기할 수 없을 것 같습니다. 이제 그들은 오직 기라 님의 빈틈을 노릴 뿐——호기다 싶으면, 그들은 오늘 밤에라도 기라 저택으로 난입할지 모릅니다."

효부는 겁먹은 듯이 일어섰다. 그러나 쓰나타로를 내려다보며 중얼거린 말은 의외의 것이었다.

"무묘, 그 이야기는 나중에 다시 듣겠네. 오늘 요네자와에서 막 도착한 나일세. 조금 피곤하군. 용서해 주게……."

그렇게 말하더니, 효부는 도망치듯이 등을 돌리고 장지문을 열다가 돌아보며 말했다.

"자네는 당분간 이곳에서 지내게."

쓰나타로는 앉은 채 그 뒷모습을 바라보며 고개를 갸웃거렸다.

주8) 町奉行(마치 부교), 부교 중에서도 특히 도시의 자치 행정을 관할하고 소송을 담당하였던 부교. 에도 시대에는 에도, 오사카, 나라, 나가사키, 슨푸, 사카이 등에 설치되어 행정, 사법, 경찰 업무를 담당하였다.

그러고 나서 그대로 고개를 돌려 오리에를 보았다. 오리에는 물끄러미 쓰나타로를 바라보고 있었지만, 시선이 마주치자 퍼뜩 고개를 숙였다.

"보고 싶었습니다, 오리에 님."

쓰나타로치고는 솔직한, 따뜻함을 띤 목소리였다.

"그 후로 벌써 1년 이상이나 지났군요. 안내해 주신 요네자와의 고뵤산이나 법은사, 임천사 등의 풍물은 잊지 않았습니다. 지금은 벌써 눈에 덮여 있겠군요."

오리에의 뺨에 핏기가 올랐다. ——그러자 쓰나타로의 등에 이상한 공포와도 비슷한 감각이 흘렀다. 오리에가 오유를 닮은 것은 처음 만났을 때 한눈에 쓰나타로의 심장을 움켜쥐었던 일이었다.

오유, 오유! 그에게 처음으로 사랑이라는 것을 맛보게 하고, 그리고 산지옥에 떨어뜨린 여자, 그의 손에 죽임을 당하고, 그로 하여금 지상의 여자란 여자는 모두 요괴처럼 생각하게 만든 여자!

그 여자와 오리에가 꼭 닮았다는 것은 쓰나타로를 혼란스럽게 했다.

운명의 별이 부르는 소리일까. 아무것도 모르는 오리에는 쓰나타로에게 어떤 감정을 품은 것 같았다. 그에 대해 쓰나타로가 참으로 기묘한 반응——오리에의 시중을 드는 노파 우즈키가 화를 냈을 정도의 무례하다고도 볼 수 있는 태도를 보인 것은, 물론 '죽인 여자'에 대한 공포 때문이었다.

게다가 그는 그녀에 대한 집착을 끊기가 어려웠다. 여자는 싫어한다고 공언한 쓰나타로가 지난 1년, 교토에서 에도에 걸쳐 여섯 명의 여자 닌자와 함께 의사들을 타락시킨다는 이상한 임무에 분주하고 있을 때, 몇 번인가 오리에의 환상이 눈꺼풀 안쪽에 떠오르는 것에 그는 묘한 웃음을 띠지 않을 수 없었다. 씁쓸한 감정과 동시에 뭐라고도 말할 수 없는 달콤한 기분에 사로잡히는 것이다. 여자에 대한 미움이 굳게 만든 비정한 가면의 밑바닥에서, 예전의 아이처럼 한결같은 정감(情感)이 자칫 되살아나려 하고 있었다.

그리고 지금 1년 만에 오리에를 보고, 쓰나타로는 자신이 그녀에게 반해 있다는 것을 똑똑히 알았다. '오유를 닮은 여자'라는 주박(呪縛)에서 풀려나, 처음으로 순수하게 오리에를 사랑하고 있다는 것을 알았다. 그는 이때 오유를 완전히 잊고 있었다.

그런데도 지금 얼굴을 붉히며 부끄러워하는 오리에의 모습을 본 순간──악몽처럼 쓰나타로의 가슴을 오유의 환영이 스쳐 지나간 것이다. 그것은 예전에 오오쿠의 오조구치에서 그가 억지로 편지를 전했을 때 오유가 보인 수줍어하는 모습이었다.

무묘 쓰나타로는 공포에 휩쓸린 듯이 일어서고 있었다. 그러나 그것은 회상의 공포가 아니라 본능적인 운명의 예감에서 온 것인 듯했다.

"오리에 님, 실례하겠습니다."

"어디로 가시나요?"

오리에는 깜짝 놀라 얼굴을 들었다.

"아버지가 이 저택에 계시라고 하셨는데요."

"…………."

"아니, 이런 곳에서 빈둥거리고 있을 수는 없소. 방금 한 이야기를 들으셨겠지요. 아사노 낭인들은 오늘 밤에라도 이 가문의 영주님의 아버님 기라 고즈케노스케 님의 목을 따러 올지도 모르는 사태입니다."

무묘 쓰나타로는 툇마루를 통해 정원으로 내려갔다. 물론 그가 현관으로 정식으로 들어왔을 리는 없으니, 이것은 그가 숨어 들어온 길을 반대로 돌아가려는 행동인 듯하다.

쓰나타로는 쫓기다시피 정원을 걷기 시작했다. 그러나 오리에는 그 뒤를 쫓아왔다.

<hr>

2

"무묘 님."

"…………."

"무묘 님."

오리에는 두 번 부르고, 그러고 나서 이성을 잃은 듯이 말했다.

"저를 구해 주세요."

무묘 쓰나타로는 뒤를 돌아보았다. 음력 11월 중순의 차가운 달이 물처럼 나무들이나 돌, 샘물을 떠올라 보이게 하는 정원 한가운

데였다. 쓰나타로는 그 달빛 속에서 가련하게 입술을 떨고 있는 오리에의 얼굴을 바라보았다.

"당신을 구해 달라?——누구로부터 말입니까."

"아버지로부터요."

쓰나타로는 고개를 갸웃거렸다.

"아버님으로부터? ……효부 님이 당신을 어떻게 하신다는 겁니까?"

"아버지가 저를 어떻게 하시려는 것인지, 그건 저도 몰라요. 하지만 저는 무서워요. ……왜 아버지가 저를 에도로 데려왔는가 하는 것을 생각하면."

홀연히 쓰나타로는 어떤 일을 떠올렸다. 작년 봄, 이 오리에가 주군인 쓰나노리의 호색적인 눈에 들어 요네자와로 도망쳐 돌아갔던 일이다.

그 때문에 오슈 가도에 토벌대까지 보내어진 것을 뜻하지 않게 자신이 구해 준 것이 애초에 그녀를 알게 되고, 나아가서는 지사카 효부에게 기묘한 임무를 명받게 된 시작이었다. ——그 후, 아비인 효부는 오리에를 곁에 두고 있었다. 에도의 쓰나노리가 그 일에 대해 무언가 말해 왔는지 어떤지는 모른다. 태연한 효부의 태도로 보아 그런 이야기도 없는 것 같았지만, 설령 쓰나노리가 뭐라고 말해 오더라도 그것에 아랑곳할 효부로는 보이지 않았다.

그러나 아무리 강직한 지사카 효부라 해도 그런 일이 있었던 딸을 동행하여 에도로 오다니, 생각해 보면 의아하다.

"저는 에도로 오는 게 무서웠어요. 하지만 아버지는."

"아버님은 뭐라고 하셨습니까."

"아버지는 말씀하셨어요. 오리에, 이번에 에도로 가는 것은 내가 생각하는 바가 있어 목숨을 걸고 하는 일이다, 아비뿐만 아니라 너에게도 어쩌면 목숨을 받아야 할지도 모른다. 함께 에도로 가 주겠느냐──이렇게 말씀하셨어요."

"뭐라, 당신의 목숨을? 무엇 때문에?"

"그것뿐이고, 아버지는 아무 말씀도 하지 않으셔요."

두 사람은 침묵하며 물끄러미 얼굴을 마주 보았다.

전율이 무묘 쓰나타로의 등을 기어 올라왔다. 그는 어렴풋이나마 효부의 의도를 느꼈지만, 공포 때문에 그것을 입에 담을 수가 없었다. 동시에 오리에도 같은 것을 느끼면서, 그리고 그 때문에 지금 '저를 구해 주셔요'라고 말한 것이 틀림없는데도, 역시 공포 때문에 그것을 말로 표현하지 못하고 있는 것을 알았다.

"효부 님이 목숨을 걸고 에도로 가겠다고 하시며, 당신의 목숨도 받고 싶다고 하셨다고 했지요. ……모르겠군요."

쓰나타로는 중얼거렸지만 그것은 공포를 견디다 못해 이야기를 돌리려고 하는 버둥거림이기도 했다.

"효부 님의 심중을 이해할 수 없는 것은 처음부터 그랬습니다. ──오리에 님은 아시는지 어떤지 모르겠지만, 저는 지난 1년 동안 효부 님의 분부로 아사노 낭인이 기라 님께 복수하러 나서는 것을 어떻게든 미연에 방지하려고 분주하고 있었습니다. 하지만 이것은 실패했지요. 그것도 낭인들을 죽여서는 안 된다는 효부 님의 제약이 있었기 때문이고, 저와 함께 움직인 여섯 명의 여자가 모두 죽은 것도 그 제약 때문이었다고 할 수 있습니다. 낭인들을 모두 죽이면 만사 쉽게 끝날 일입니다. 저는 지금 효부 님께 그렇게 말씀드렸고요. 그런데도 효부 님은 만족스러운 대답을 하시지 않아요."

"…………."

"아버님이 아사노 낭인을 죽이는 것을 바라지 않으시는 마음은 잘 압니다. 아사노 낭인을 암살하면 기라가와 우에스기가에 세간의 의혹이 쏟아진다. 그리고 기라가와 우에스기가가 지금보다 더 세상의 미움을 받게 된다. ——그런 견해지요. 우리는 그 견해에 따라 움직였습니다. 하지만 이것만은 유감스럽게도 효부 님의 착각이었습니다. 아사노의 낭인들을 모두 죽이지 않으면 복수는 피할 수 없다. 그것이 확실해졌는데, 왜 효부 님은 아직도 망설이시는 것일까. 아무리 효부 님이 우에스기가의 안태를 바라신다 해도, 주군의 부군이 눈앞에서 죽임을 당하는 것을 방관하실 생각은 아니실 텐데. 무엇보다 그렇게까지 참는 것을, 쓰나노리 님이 바라고 계시리라고는 생각되지 않습니다."

"…………."

"그렇게까지 참는 것은 인내가 아닙니다. 겁쟁이입니다. 겐신 공이후로 내려온 우에스기가의 이름이 진흙투성이가 되어 세상의 웃음거리가 될 것입니다. 무사로서 부끄러워해야 할 일은 세상의 미움을 받는 것보다 세상의 웃음거리가 되는 것이라고 저는 생각하는

데──저는 아버님이 무엇을 생각하고 계시는 것인지, 전혀 모르겠습니다!"

"…………."

"아니, 효부 님은, 이번에는 목숨을 걸고 에도로 가는 것이라고 말씀하셨다고 했지요. 그렇다면 설마 아사노의 낭인들의 계획을 역시 못 본 척할 생각이시라고는 생각되지 않습니다. 우에스기가의 지사카라고 하면 당대에 보기 드문 지혜로운 자로서 이름 높은 명가로(名家老), 그 군략은 저 따위가 헤아릴 수 없겠지만, 어떤 기상천외한 수단으로 낭인들을 일거에 꼼짝 못 하게 하시려는 거겠지요. …… 그렇다고 해도."

이야기는 역시 가장 두려워하고 있는 것으로 되돌아가지 않을 수 없었다.

"당신의 목숨도 원한다니?"

그는 쉰 목소리로 말했다.

"오리에 님, 아버님의 말씀이라면 당신은 기꺼이 죽으실 겁니까."

"우에스기가를 위해서라면."

하고 오리에는 말했다. 결연한 어조였다.

"그렇다면 왜 제게 구해 달라고 하시는 겁니까."

"목숨이라면 버릴 수 있어요. 하지만…… 아버지가 원하는 것은 제 목숨이 아닌 듯한 기분이 들어요."

끝내 오리에는 그 말을 입술에 올림과 동시에 실신할 듯이 비틀거렸다. 쓰나타로는 그 몸을 받쳐 안은 채 얼어붙은 것 같았다.

그녀의 말이 의미하는 것은, 쓰나타로로서는 아직 확실하게는 알 수 없었다. 그럼에도 불구하고 그는 구역질을 느꼈다. 동시에 그녀에 대한 타오르는 듯한 사랑스러움이 전신의 혈관 구석까지 맥박치는 것을 느꼈다. 여자를 사랑하는 마음이 쓰나타로의 가슴에 불사조처럼 되살아난 것이다.

"오리에 님."

하고 그는 말했다.

"저와 함께 이곳에서 도망치시겠습니까."

"그렇게 둘 수는 없다."

하고 갑자기 쉰 목소리가 사방에서 들려왔다. 쓰나타로는 깜짝 놀라 정원을 바라보았다.

그 정도쯤 되는 남자가 그것을 전혀 눈치채지 못한 것은 실수였지만, 그만큼 지금의 사태에 혼미해 있었다고도 할 수 있을 것이다. 그렇다 해도 대낮처럼 밝은 달빛이 비치는 정원에 아무런 기척도 없이 숨어들어 있던 네 개의 그림자는 과연 대단했다.

말할 것까지도 없이 노토의 닌자, 구와가타 한노조, 오리카베 벤노스케, 쓰키노와 모토메, 메노사카 한나이다. 그들은 두 사람을 중심으로 정확한 정사각형을 이루고 있었다.

"이야기는 들었다."

"네놈이 노토의 여자들의 배후에서 우리의 동료를 죽인 놈이로군."

"지사카 님의 명령도 기괴하지만, 그 지사카 님을 배신하고 그 따님과 함께 도망치려고 하다니 더욱더 기괴한 놈이다."

"후후, 그렇게 두지는 않을뿐더러 네놈도 이곳을 떠나서는 안 된다."

그때, 저택 쪽에서 새된 목소리가 들려왔다.

"아가씨! 아가씨! 오리에 님은 어디에 계십니까?"

3

정원 맞은편에 하얀 그림자가 나타났다.

"오리에 님, 아버님께서 부르십니다. 아가씨!"

노파 우즈키다. 쓰나타로가 그것을 깨달았을 때, 그쪽에서도 정원 한가운데에 서 있는 오리에를 발견한 모양이었다.

"세상에, 그런 곳에——무엇을 하고 계십니까."

오리에와 함께 있는 남자가 무묘 쓰나타로인 줄은 몰랐던 듯했다. 우즈키는 이때 달빛을 통해 정원의 사방에 서 있는 네 개의 그림자도 눈치챈 듯했지만, 그 이상한 분위기에 한층 더 조바심이 났는지,

"그건 누구인가요?"

그렇게 외치며 다급하게, 구르다시피 이쪽으로 달려왔다. 우즈키의 모습이 네 개의 그림자 중 두 개의 그림자를 잇는 선을 가르려고

했다. ──그 찰나, 그녀의 몸은 양단되고 먹물처럼 뿜어져 나오는 피보라 아래에서 정원으로 엎어졌다.

오리에가 순간 소리도 지르지 못한 것은 그 처참하다고도 잔인하다고도 말할 수 없는 광경에 숨이 막혔다기보다, 그것이 현실인지 아닌지 자신의 눈을 의심했기 때문이었다. 무엇이 어떻게 된 것인지 알 수가 없다. 우즈키가 두 명의 닌자를 잇는 선을 가르려고 했다는 것조차, 금방은 알 수 없었다. 그들의 간격은 각각 6, 7간이나 떨어져 있었고 그들은 꼼짝도 하지 않았다. 대낮 같은 겨울의 달빛 아래에, 공간에는 아무것도 존재하지 않고 아무것도 움직이지 않았다. 그런데도 노파 우즈키는──마치 눈에 보이지 않는 가느다란 철사에 걸린 물고기처럼, 허리에서부터 몸통이 잘려 쓰러진 것이다.

움직이지 않는 네 명의 닌자야말로 실로 무서운 존재였다. 움직이지 않을 뿐만 아니라 그 순간, 희생자를 사이에 둔 두 명의 닌자는 얼어붙은 것 같았다. 실제로 검은 옷 속에서 두 사람의 육체는 무시무시한 염력을 방사하기 위해 얼음처럼 투명해졌다.

"노토 닌자술, 금강망."

하고 다른 한 사람이 중얼거렸을 때, 두 사람의 몸은 평상시의 상태로 돌아와 있었다.

"이봐, 무묘 쓰나타로인지 뭔지, 아사노 낭인들을 모두 죽이면 만사 쉽게 끝날 일이라고 했지. 동감이다. 다만 그 일에 네놈의 힘은 빌리지 않을 것이다."

"여차하면 기라 저택을 둘러싸고 그 주위에 이 금강망을 치면, 설령 낭인들이 오십 마리 백 마리 몰려오더라도 보다시피 이렇게 되거든."

"지금까지 그자들을 내버려 두고도 아무렇지 않았던 것도, 그자들이 한데 모이기를 기다리고 있었던 것이라고 할 수 있지."

"왜냐하면 이 금강망을 한 번 치면, 이쪽의 수명을 3년씩 줄이게 되거든."

웃는 듯한 목소리가 사방에서 다가온다. 목소리뿐만 아니라, 네 개의 그림자는 천천히 걸어왔다. 쓰나타로와 오리에를 둘러싼 보이지 않는 죽음의 사각형이 작아졌다.

"우즈키."

그제야 오리에는 절규하며, 노파의 시체 쪽으로 달려갔다.

"위험해!"

동상처럼 우뚝 서 있던 쓰나타로가 당황하여 그녀를 껴안으려고 했으나, 오리에는 구르다시피 달려갔다. ──그때, 정원 맞은편에서 또 목소리가 났다.

"오리에."

"앗, 아버님."

다가온 것은 지사카 효부였다. 그는 오리에에서 쓰나타로──그러고 나서 네 명의 노토 닌자에게 시선을 옮기다 마지막으로 노파의 무참한 시체에 시선을 떨어뜨리더니, 성큼성큼 그 옆으로 다가갔다.

"한나이, 벤노스케, 모토메, 한노조──노파를 죽인 것은 네놈들의 짓이냐."

"가로님, 이 자초지종을 저희가 변명하기보다는 가로님의 변명을 듣고 싶습니다."

그들이 대담하게 그렇게 말하며 효부 쪽을 돌아보았을 때, 효부는 일갈했다.

"우쭐대지 마라, 노토의 개들, 닌자 주제에 우에스기 15만 석의 살림을 맡고 있는 이 효부에게 따질 것이 있다니 무엄하다. 삼가거라!"

전쟁터에서 십만 병사를 질타하는 목소리란 이런 목소리일 것이다. 넓은 정원에 가득 찬 푸른 달빛에 균열이 간 것이 아닌가 싶은 일갈에 네 명의 닌자는 일순 움츠러들고, 가장 가까이 있던 두 사람은 저도 모르게 한쪽 무릎을 털썩 꿇으며 공손해졌을 정도였다.

"오리에, 이리 오너라."

하고 효부는 조용히 말했다. 오리에는 아버지 곁으로 달려가려다가 갑자기 뒤를 돌아보았다.

"──저놈, 도망쳤다!"

하고 노토 닌자 중 한 사람이 외치고, 그들은 정원을 우르르 달려갔다. 그러나 죽음의 사각형은 무너져 있었다. 무묘 쓰나타로는 이미 먼 담장 위에 서 있었다.

그곳에서 침통한 목소리가 들렸다.

"아직 효부 님의 심중을 알 수 없으니, 오늘 밤은 이대로 저는 가겠습니다. ──허나."

그 그림자는 달빛이 비치는 밤하늘로 날아올랐다. 처절한 목소리만을 남기고.

"오리에 님, 저를 원하실 때는 저를 부르십시오. 이 무묘 쓰나타로, 언제든 당신을 구하기 위해 꼭 오겠습니다!"

무명(無明)·유명(有明)

1

1702년 12월 14일.

요 며칠 계속 내리던 눈은 인마(人馬)의 왕래도 멈출 정도로 에도 시중을 완전히 덮었지만, 그 눈이 겨우 그치고 오싹할 정도의 달이 나타난 것은 그날 오후 열 시쯤이었다.

소토사쿠라다에 있는 우에스기 가미야시키의 한 방에, 지사카 효부는 오후부터 앉아 있었다. 그 앞에 세 남자가 조아리고 있다. 숯불, 등롱, 차, 식사, 그런 것들을 가져올 것을 명령받은 것은 호리에였지만, 언제 그 방에 들어가도 효부를 비롯해 세 명의 닌자 모두가 얼어붙은 듯이 꼼짝도 하지 않았다.

첫 번째의 메노사카 한나이가 눈이 끊임없이 내리는 바깥에서 돌아온 것은 오후 두 시쯤이었다. 그는 그날 아침부터 오이시 구라노스케를 비롯해 아사노 낭인 십여 명이 다카나와에 있는 센가쿠지에 모여, 방장을 빌려 장지문을 굳게 닫고 비밀회의를 한 후 흩어졌음을 알렸다.

두 번째의 쓰키노와 모토메가 저택으로 돌아온 것은 오후 다섯 시쯤이었다. 그는 그날 오후부터 혼조 후타쓰메 아이오이초에 있는 아즈키야 젠베에 즉 아코 낭사 간자키 요고로의 가게가 문을 닫고, 그 뒷문으로 삼삼오오 십여 명의 장정이 모이고 있음을 알렸다.

세 번째의 오리카베 벤노스케가 돌아온 것은 밤이 깊어 눈이 그치고 나서였다. 센가쿠지를 나온 구라노스케는 오노데라 주나이와 함께 료고쿠야 구라요네자와초에 있는 호리베 야헤에의 집에 가마를 타고 가서 요란하게 술을 마셨지만, 그 술상에 있는 것은 황밤[주1], 다시마, 오리를 조리하여 채소를 넣고 끓인 장국 등 출진을 축하하는 것이 틀림없는 것이었음을 보고했다.

그래도 지사카 효부는 움직이지 않는다. 한 사람 한 사람의 보고를 듣고,

"좋다, 여기에서 대기하고 있어라."

하고 말했을 뿐, 가만히 화로에 손만 쬐고 있다.

대체 이 구니가로는 무엇을 생각하고 있는 것일까? 세 닌자의 눈은 의혹과 초조함으로 날카롭게 빛나며 효부를 노려보고 있었으나, 쇠로 만들어지기라도 한 듯한 그 모습에 튕겨 나와 점차 시선이 방바닥으로 떨어지는 것을 금할 수 없었다.

돌이켜보면 그들이 효부의 명령대로 움직이고 있는 것이 그들 자신에게도 이상했다. 복수를 지향하는 아코 낭사를 암살한다——이 주군 쓰나노리의 의지를 거역하고, 뿐만 아니라 이 계획을 방해한 것이 효부인 것은 이제 분명하다. 그럼에도 불구하고 에도에 온 이후로 에도 저택의 주도권을 쥐고 있는 것은 이 효부였다. 이 자그마한 몸집의 구니가로는 그들뿐만 아니라 쓰나노리조차 반석 같은 무게로 짓누르고 있었다.

주군 앞에 그들 네 명의 닌자를 불러내어,

"이후, 이자들은 제가 부리겠습니다."

주1) 밤을 껍질째 말려 껍질과 속껍질을 제거한 것. 출진(出陣)이나 승리를 축하할 때 쓰였다.

그렇게 말하자 쓰나노리가 침울한 얼굴로 고개를 끄덕이는 것을 보고는 그들도 따르지 않을 수 없다.

그러나 효부의 속내를 이해하지 못하면서도, 그들도 효부를 전면적으로 의심하는 것은 아니었다. 아코 낭인들이 기라 저택에 쳐들어가는 것을 효부가 뻔히 보면서도 못 본 척할 것이라고는 생각되지 않는 것이다. 그렇다면 그가 에도에 올 리는 없다. 또한 그 후로 낭사들의 동정에 대해 일각의 빈틈도 없이 자신들 닌자로부터 보고를 받고 있을 리는 없다. ——그러나 이제 낭사들은 드디어 심상치 않은 움직임을 보이기 시작했다. 백에 아흔아홉, 낭인들이 기라 저택에 밀어닥치는 것은 오늘 밤이리라 생각된다. 그런데도 여전히 움직이지 않는 효부는 무엇을 생각하고 있는 것일까?

네 번째의 구와가타 한노조가 안색을 바꾸며 달려 돌아온 것은 한밤중도 지난 오전 한 시가 넘어서였다. 그는 혼조 후타쓰메 아이오이초에 있는 아즈키야에 십여 명, 혼조 미쓰메 요코초에 있는 검술 도장 스기노 구로에몬 즉 스기로 주헤이지의 집에 십여 명, 그리고 혼조 하야시초에 있는 나가에 조자에몬 즉 호리베 야스베에의 집에 구라노스케를 비롯한 십여 명, 도합 마흔일곱 명의 아사노 낭사가 모두 집결을 마쳤다고 알리고, 나아가——오늘 아침 인시가 시작될 때, 오전 4시를 기해 그들은 그 세 곳에서 기라 저택으로 쇄도할 예정임을 보고한 것이다.

"좋아."

지사카 효부는 벌떡 일어났다. 무시무시한 눈빛을 보고 네 명의 닌자는 일제히, 그제야 효부의 계획을 직감했다. 네 사람을 기라 저택을 에워싼 네 지점에 세우고, 필살의 금강망을 친다. 그리고 습격하는 아코 낭인 마흔일곱 명을 한 사람도 남김없이 이날 밤에 모두 죽인다. ──가로는 이 한순간을 기다리고 계셨던 것이다, 그들은 그렇게 생각했다.

　그러나 그것은 착각이었다. 효부는 의외의 말을 했다.

"영주님께 가겠네. 그대들도 모두 따라오게."

2

"오늘 아침 새벽, 인시가 시작될 때 아사노 낭사들이 고즈케노스케 님의 저택으로 밀어닥칠 것입니다."

　이불 위에 일어나 앉은 우에스기 단조 다이히쓰 쓰나노리는 지사카 효부의 이 말을 듣고 깜짝 놀랐다. 말도 없고 숨도 쉬지 않은 채 문지방 바깥에 조용히 엎드려 있는 효부의 모습에, 방금 그 한 마디는 잘못 들은 것이 아닐까 하고 의심했다.

"효부, 뭐라고 했나."

"고즈케노스케 님이 오늘 아침에 돌아가실 것이라고 말씀드렸습니다."

　지사카 효부는 엎드린 채 조용히 대답한다. 쓰나노리는 고함쳤다.

"그, 그런 말을, 그대는 뻔뻔하게…… 아니, 지금 아사노 낭인이 습격해 오는 것은 인시라고 했지. 그렇다면 아직 늦지 않았어. 즉시 병사들을 골라 혼조 마쓰자카초에 보내면, 아직 늦지 않을 걸세! 아버지를 지켜 주게, 아버지를 죽게 하지 말게, 효부, 무엇을 그리 느긋하게 있는 겐가?"

"그 일에 대해, 영주님의 각오를 여쭙고자 이 효부 이렇게 찾아뵈었습니다."

"각오?"

"그렇습니다, 고즈케노스케 님은 아코 낭사들에게 죽임을 당하시게 해야 한다, 그 각오입니다."

"효부, 그, 그대는…… 에도에 온 후로, 나는 그대의 속내를 의아하게 여기고 있었네. 그렇지만 그대는 만사 내게 맡기라고 가슴을 펴고 말했기에, 나는 믿고 있었어. 그런데 그대는 애초에 무엇을 하러 에도에 온 것인가!"

"고즈케노스케 님이 아코 낭사들의 손에 돌아가시게 하려고…… 그때까지 그들에게 우리 가문에서 무분별하게 손을 쓰지 않도록 하려고…… 에도에 왔습니다."

쓰나노리는 깜짝 놀랐다. 혹시나 하고 의심은 하고 있었지만 설마 하는 생각도 든다. ──그 무서운 고백을 듣고 깜짝 놀란 것은 네 명의 닌자도 마찬가지다. 그들은 눈을 크게 부릅뜨고, 이 우에스기가의 가로로서 있을 수 없는 말을 하는 가로를 지켜보았다.

"아버지에게…… 죽으라는 것인가. 아버지가 죽는 것을, 효부, 그대는 바라는 겐가."

"전에는 바라지 않았습니다. 할 수만 있다면 고즈케노스케 님의 목숨을 구해 드리고 싶다고…… 이 효부는 효부 나름대로 몹시 고심했습니다. 아사노 낭인의 암살이라는 비상 수단을 쓰지 않아도 그것이 이루어질 수 있다면. ──허나 그 수단을 사용하지 않고서는 그들의 거사를 막을 수 없음이 판명된 지금은, 저는 고즈케노스케 님이 돌아가시기를 바라고 있습니다."

"뭣이."

"이 한 마디를 지금 올리기까지…… 이 효부는 밤마다 뒤척였습니다. 게다가 지금 말씀드리면서도, 입이 찢어져도 할 수 없는 말이라 생각하지만…… 설령 이 입이 찢어져도, 아니, 영주님께 사지가 찢기는 벌을 받더라도 이 효부, 이 말씀을 드립니다."

"왜냐! 효부, 왜, 왜냐?"

"그것이 쇼군의 의향과, 민심이라면."

지금까지 다다미에 매달리듯이 엎드려 있던 지사카 효부는 처음으로 얼굴을 들었다. 이 얼마나 무서운 말인가. 그리고 이 얼마나 무서운 눈인가.

"올바르게 말하자면, 그것이 민심이기 때문에 쇼군이 마음을 바꾸셨다, 고 말해야 할 테지요. 아사노 칼부림 때, 궐내의 싸움은 양쪽을 모두 처벌한다는 막부의 규칙을 잊고, 싸움의 이유를 불문에 부치고 다쿠미노카미에게는 할복, 고즈케노스케 님께는 얌전히 있으라는 관대한 처분을 내리신 것은 쇼군의 한때의 역정에 의한 편파적인 판결이었습니다. 시간이 지나 백성들이 이 판결을 비판하기 시작한 것을 깨닫고, 쇼군은 자신의 조치를 큰일났다, 하며 후회하시게 된 것입니다."

"네놈은——쇼군의 마음을 보고 온 것처럼."

"아니요, 이것은 이 효부의 억측이 아닙니다. 고즈케노스케 님이 성곽 안에서 외진 혼조로 옮기시는 것을 조정에서 차갑게 묵시하신 것도 그 표현, 또한 아사노 낭인들이 쉰 명 가까이 에도에 모여 있는 것을 알면서도 지금도 모르는 척 눈 감아 주고 계시는 것도 그 중 거."

효부는 불기 없는 재 같은 안색으로 말을 이었다.

"얄미운 아사노의 가로 오이시 구라노스케 놈은 쇼군이 후회하시고, 또 고즈케노스케 님을 죽이라고 소리 내어 말하지만 않을 뿐 태도로는 확실하게 보여 주실 때까지 기다리고 있었습니다. 칼부림 직후에 고즈케노스케 님을 죽였다면 분노를 핑계로 한 역심 반란으로 보였겠지만, 사건이 있은 후로 2년 가까이 이를 악물고 기다리고 또 기다리면서, 그 사이에 쇼군께 빚을 지우는 형태를 만들어 버렸습니다. 그놈들은 이제 단순한 복수가 아니라, 쇼군의 편파적인 판결에 대한 항의라는 대의명분을 만들고 만 것입니다."

"모른다, 몰라, 쇼군이 무엇을 생각하고 계시는지, 아사노 낭인들이 어떤 궁리를 한 것인지는 모른다. 내가 알 바 아니다, 그리고 아버지가 알 바도 아니다!"

"분명히, 고즈케노스케 님께 죄는 없습니다. 다만 고즈케노스케 님은…… 쇼군의 판결에 대한 뒤치다꺼리를 하셔야 하는 분입니다."

"그거야말로 편파적이다!"

쓰나노리는 벌떡 일어나며 절규했다.

"시간이 가고 있다. 효부, 그대의 요상한 설교를 듣고 있을 때가 아니야. 아버지를 죽게 놓아둔다면 우에스기가의 불명예다. 노토의 닌자들, 일어서라, 빨리 무사들을 불러 모아라."

"안 된다."

효부는 돌아보며 낮고 강렬한 목소리로 말했다. 무릎을 띄우려던 네 명의 닌자는 꼼짝도 못 하고 짓눌렸다.

"아사노 낭인들의 암살조차 막았던 이 효부입니다. 지금 손을 쓰는 것은 절대로 안 됩니다. 그것은 우에스기가의 단절을 부르는 일입니다."

"뭐라, 우에스기가의 단절? 당치도 않은, 낭인들이 고케에게 야습을 가하는 것을, 고케의 친족인 우에스기가 막는 것이 왜 단절이 된단 말인가."

"지금의 쇼군께서 다름 아닌 쓰나요시 공(公)이기 때문입니다. 지금의 쇼군은 다이묘를 뭉개는 것을 도락으로 삼고 계시는 분입니다. 일족이신 에치고의 녹봉 26만 석 마쓰다이라[주2]조차 벌레처럼 눌러 죽이신 분입니다. 만일 우리 가문이 지금 쇼군의 의향을 거스

주2) 松平(마쓰다이라), 일본의 성씨 중 하나. 미카와(三河) 지방 가모군(加茂郡)의 마쓰다이라(松平)라는 곳에서 시작되어 지카우지(親氏)를 1대로 하며, 9대 이에야스(家康) 때에 도쿠가와 씨(德川氏)로 개칭하였다. 종가에만 도쿠가와 성씨가 허락되었고 다른 집안은 마쓰다이라라고 칭하였다.

르고 아사노 낭인의 습격에 참견한다면, 기다렸다는 듯이 쇼군의 손길이 이 가문에 미칠 것이 분명합니다. 구실은 얼마든지 붙일 수 있습니다, 영주님! 이 가문은 본래 세키가하라에서 도쿠가와가(家)에 대항하다가 아이즈주3) 130만 석에서 30만 석으로 줄었고, 지금은 겨우 15만 석으로 여명을 잇고 있는 집안입니다."

쓰나노리는 이불 위에 털썩 앉았다. 효부의 눈에서 눈물이 흘러 떨어졌다.

"오이시 구라노스케는 히노가(家) 요닌이라는 직함으로 에도에 내려왔다고 하고, 또 와키자카 님은 그것을 알면서도 오이시를 감싸셨다고 합니다…… 고관대작과 영주 또한 아사노 낭인들을 공공연히 격려하신 것입니다. 그것도 전부 쇼군가와 민심을 뒷배로 삼고 있기 때문입니다. 가엾지만, 이제 고즈케노스케 님은 천하 모두에게 버려져, 혼자 죽임을 당하실 수밖에는 없습니다."

"그렇게 둘 수는 없다."

미친 듯이 눈을 치켜뜨며 쓰나노리는 고함쳤다.

"우에스기 15만 석을 걸고, 나는 아버지를 지킬 것이야!"

"은감불원(殷鑑不遠)주4)이라, 다쿠미노카미의 경솔함의 전철을 밟으셔서는 안 됩니다. 게다가 우에스기가가 망하게 된다 해도, 우리에게는 칠 적이 없습니다, 영주님…… 쇼군의 꿍꿍이에 빠지지 마십시오. 지금 참기 힘든 것을 참는 것이야말로, 쇼군을 이기는 것입

주3) 会津(아이즈), 후쿠시마현 서부의 아이즈 분지를 중심으로 하는 지역의 이름.
주4) 시경(詩経)에 나오는 말로, 거울삼아야 할 실패의 선례는 가까이 있다는 뜻. 은(殷) 왕조는 전대의 하(夏) 왕조가 멸망한 것을 거울삼아 경계해야 한다는 데서 온 말이다.

니다."

효부는 배 밑바닥까지 울리는 목소리로 말했다.

"설령 영주님께서 아무리 말씀하신다 해도, 지금 우에스기가의 무사를 한 사람이라도 움직이는 것은 이 효부가 허락하지 않겠습니다. 후시키안 겐신 공 이래 150년, 명망 있는 우에스기 가문을 맡고 있는 이 지사카 효부의 충의는 이것입니다."

쓰나노리는 얼굴을 덮었다. 기질이 격렬한 이 영주가 몸부림치며 오열하는 것이었다. ——그러나 지사카 효부는 여전히 미동도 하지 않는다. 자그마한 몸에서 뿜어져 나오는 거대한 바위 같은 냉철한 위압감으로, 주군과 네 명의 닌자를 억누르고 있다.

쓰나노리의 흐느낌 외에는 고요한 눈 내리는 깊은 밤을, 바람이 휘잉 불어 지나가는 소리가 났다. 그 바람 소리 속에, 멀리 하나의 목소리가 기와지붕 위의 허공에서 들렸다.

"——충의——효부 님, 당신도 충의입니까——."

효부는 놀라 얼굴을 쳐들었다. 그러나 목소리도 바람 소리도, 그것을 끝으로 끊어졌다. 쓰나노리도 닌자들도 알아채지 못한 듯하다. 지금 그 목소리는 착각이 아니었을까 싶을 정도로 조용했다.

효부는 다시 한번 엎드렸다가 일어섰다.

"따라오너라."

네 명의 닌자를 거느리고, 그는 고개를 숙인 채 그 자리를 떠났다.

효부는 원래의 방으로 돌아갔다. 오리에가 혼자 하얀 꽃처럼 앉아 있었다. 이미 이날까지 무슨 타이름을 들은 것인지, 단두대에 앉은 순교자 같은 하얀 윤곽이 그 온몸을 두르고 있었다.

"오리에, 알고 있겠지."

하고 효부는 말했다. 그는 잠시 침묵하다가 다시 쉰 목소리로 말했다.

"오늘 밤이야말로, 영주님은 천하에서 가장 불행한 분이시다. 15만 석의 영지를 가지고 계시지만, 눈앞에서 친아버지가 죽임을 당하는 것에 눈을 감고 견디셔야만 한다. ……네가 아무리 괴로운들, 그런 고통 따위는 미치지도 못할 산지옥에서 울고 계시다. 오리에, 그 눈물이라곤 없는 영주님이 울고 계신단 말이다."

오장육부가 끊어지는 듯한 목소리였다.

"이 영주님의 괴로움을 달래 드리려면 여자인 네 힘을 빌려야 한다. 이 효부는 할 수 없는 일이다. 날이 밝을 때까지 너의 모든 것을 바쳐 영주님을 안아 드려라. 함께 울어 드리는 것이다. ……또한 만일 괴로움을 견디다 못해 영주님이 짐승이 되신다면."

효부는 신음했다.

"영주님의 매를 달게 받고 죽어라. 지사카 부녀(父女)의 충의를 다하는 것은 오늘 밤이다."

"예."

"준비하고 가거라."

오리에는 일어섰다.

멍하니 이 대화를 듣고 있던 네 명의 닌자를 돌아보며 지사카 효부는 말했다.

"거기 네 사람, 영주님의 침소 주위에 금강망을 쳐라."

누구에 대해 금강망을 치는 것인지 묻기도 전에 효부는 성큼성큼 방을 나갔다.

효부는 혼자서 바깥문 쪽을 향해 눈 속을 걸어갔다. 이윽고, 설령 혼조에서 도움을 청하는 말이 달려오더라도 이 문에서 물리치고, 또한 안의 동요를 이 한몸으로 막아 바깥에 새어나가게 하지 않을 각오에서였다.

3
———

오리에가 혼자서 하얀 옷으로 갈아입고 앉아 있었다. 한 번 마음으로 "──쓰나타로 님!" 하고 부르고는, 만감을 떨쳐 내며 슥 일어서려고 했다.

그 눈앞에 소리도 없이 거대한 얇은 날개의 잠자리처럼 날아 내려온 것이 있었다. 그것은 사람의 모습이 되었다. 오리에는 입을 벌렸지만, 숨소리도 나지 않았다.

"오리에 님."

슬픈 듯한 무묘 쓰나타로의 눈이었다.

"가십니까."

오리에는 주문처럼 말했다.

"가야 해요. 우에스기가를 모시는 사람으로서, 아버지의 말을 거역해서는 안 돼요. ……충(忠)이라는 한 글자를 지켜야만 해요."

"충이라. ──말 잘했소."

고개를 끄덕이듯이 말한 쓰나타로의 눈에 점차 불꽃이 타오르고, 그는 옆구리에 끼고 있던 기름종이 같은 것을 여자의 발치에 펄럭 깔았다.

침실 옆에 하얀 백로처럼 고개를 숙이고 앉은 처녀를, 쓰나노리는 오랫동안 노려보고 있었다.

처녀는 한 마디도 하지 않는다. 그러나 그녀가 이곳에 온 이유, 지사카 효부가 이곳에 보낸 이유를 쓰나노리는 알아챘다. 그리고 미칠 듯한 괴로움 속에서, 쓰나노리는 짐승 같은 웃음을 띠었다. 예전에 그는 이 처녀에게 손을 대려다가 놓쳤다. 그 처녀가 지금 스스로 자신의 수청을 들려 하고 있다. 그러나 쓰나노리의 눈에 번득인 것은 사랑보다도 미움에 가득 찬 육욕이었다. 그는 지사카 효부의 딸을 필요 이상으로 모욕하고 싶은 욕망에 사로잡혔다.

"오리에, 옷을 벗어라."

하고 그는 쉰 목소리로 말했다. 겨울의 등불 그림자 속에서, 오리에는 조용히 일어서서 그 하얀 옷을 벗어 던졌다.

매끄러운 어깨, 밥그릇을 엎어 놓은 듯한 두 개의 유방, 잘록한 허리, 나긋나긋한 다리──그 모든 것에 유리처럼 등불 그림자가 비쳤다. 순결하고 요염한, 형용할 수도 없는 아름다움에 반쯤 미친 쓰나노리가 숨을 삼키며 올려다보았을 때, 여자의 두 팔의 살이 무거운 소리를 내며 방바닥에 떨어졌다. 떨어짐과 동시에 그것은 피보라를 일으키며 몇 개의 고깃덩어리가 되었다. 이어서 두 다리의 근육이 풀솜을 벗듯이 미끄러져 떨어지고, 이 또한 피투성이의 비장근이며 벌림근, 모음근, 둔근의 축적이 되었다.

이 세상의 것이 아닌 악몽을 꾸는 기분으로 크게 부릅떠진 단조 다이히쓰 쓰나노리의 공포에 질린 눈에 안개가 끼었다. 안개 속에, 노출된 뼈만 남은 다리로 선 여자의 유방이며 배며 허리의 살덩어리가 마치 만화경의 꽃의 파편이 무너지듯이 해체되고——순식간에 그것은 어둑어둑한 피안개의 밑바닥으로, 여체의 회가 되어 겹쳐져 갔다.

——혼조의 하늘에만 단장(斷腸)의 애끓는 마음을 보내고 있던 지사카 효부가, 아무런 기척도 없는데 깜짝 놀라며 머리를 든 것은 이 시각이었다.

예감이라고 해야 할까, 아니, 효부의 가슴에는 단 하나, 고뇌 속에 악몽과 같은 다른 걱정이 꼬리를 끌고 있었다. 바로 그 때문에, 그는 네 명의 노토 닌자에게 금강망을 치게 한 것이다. 그럼에도 불구하고 이때 효부는 차가운 가슴의 술렁거림에 떠밀려 허우적거리듯이 달려 돌아갔다.

"메노사카."

단정하게 복도에 앉은 메노사카 한나이가 부르는 소리에 희미하게 움직인 듯 보인 순간, 피보라를 뿜으며 후드득 복도로 무너져 떨어졌다.

"쓰키노와."

혼이 날아간 효부가 달려가 복도의 다른 쪽 끝에 있는 쓰키노와 모토메를 불렀을 때, 그 모습도 절단되어 자기 자신의 피의 연못 속에 해체되었다.

"오리카베…… 구와가타."

온몸에 찬물을 뒤집어쓴 듯한 기분으로 효부가 쓰나노리의 침소를 둘러싸고 있는 방을 달려감에 따라, 두 곳의 끝에 각각 앉아 있던 오리카베 벤노스케와 구와가타 한노조도 한 줄기 마풍(魔風)에 휩쓸린 마른 잎처럼 분해되어 방바닥을 피로 물들이는 것이었다.

인시. 혼조 마쓰자카초.

날이 밝으려면 아직 멀었는데, 땅은 대낮 같았다. 달과 눈과——그보다 더욱 빛을 발하고 있는 것은 그 눈을 걷어차며 달리는 칼날, 그 달에 빛나는 창이었으리라.

두건 밑에 투구를 넣고, 검은 고소데에 순백의 소데지루시[주5], 옷깃에 자랑스럽게 이름을 표시하고, 겐로쿠의 무사도의 꽃을 흩뜨릴 때는 지금이라는 듯 발소리를 울리며 기라 저택의 문으로 쇄도해 가는 마흔 일곱 무사를, 영혼이 없는 사람처럼 지켜보며 무묘 쓰나

주5) 袖標(소데지루시), 전쟁터에서 적과 아군을 구별하기 위해 갑옷 좌우 소매에 단 작은 깃발이나 천 조각.

타로는 중얼거렸다.

"충의는 싫다. ……여자도 싫다."

그의 눈에 달은 비치지 않았다. 하늘은 어두웠다. ——그는 비틀비틀 걷기 시작했다. 하얀 눈에 덮인 땅도 그의 시야에는 안개처럼 어두웠다. 실제로 그의 몸은 어둑어둑한 안개에 휩싸여 있는 것 같았다.

그는 자기 자신에게 속삭였다.

"무묘 쓰나타로, 너는 어디로 갈 것이냐."

그리고 그 그림자는 눈 내리는 에도를 기어가는 얇은 날개의 잠자리처럼 팔랑팔랑 사라져 갔다.

인법충신장

초판 1쇄 인쇄 2023년 12월 10일
초판 1쇄 발행 2023년 12월 15일

저자 : 야마다 후타로
번역 : 김소연

펴낸이 : 이동섭
편집 : 이민규
디자인 : 조세연
영업·마케팅 : 송정환, 조정훈
e-BOOK : 홍인표, 최정수, 서찬웅, 김은혜, 정희철
관리 : 이윤미

㈜에이케이커뮤니케이션즈
등록 1996년 7월 9일(제302-1996-00026호)
주소 : 04002 서울 마포구 동교로 17안길 28, 2층
TEL : 02-702-7963~5 FAX : 02-702-7988
http://www.amusementkorea.co.kr

ISBN 979-11-274-6848-4 04830
ISBN 979-11-274-6079-2 04830(세트)

NIMPO CHIYUSHINGURA
©Keiko Yamada 1976, 1990
First published in Japan in 1976, 1990 by KADOKAWA CORPORATION, Tokyo.
Korean translation rights arranged with KADOKAWA CORPORATION, Tokyo.

*잘못된 책은 구입한 곳에서 무료로 바꿔드립니다.